AF235337

Susann Englert

Als wir uns trafen…

Romantikthriller

Impressum

Bibliografische Information der Deutschen Nationalbibliothek:
Die Deutsche Nationalbibliothek verzeichnet diese Publikation in der Deutschen Nationalbibliografie; detaillierte bibliografische Daten sind im Internet über http://dnb.dnb.de abrufbar.

Herstellung und Verlag: BoD –Books on Demand, Norderstedt

ISBN: 978-3-754-384-930

Scheint eine Situation ausweglos,
kann jemand in dein Leben treten,
der dir wieder Hoffnung schenkt.

Kapitel 1

„Ruhe da drinnen!"
Ein heftiger Schlag lässt die Tür zum Schlafzimmer von
Maggie wackeln. Eingeschlossen und sich in leichter Sicherheit fühlend, streichelt sie über das dunkelblonde, zottelige
Haar ihres vierjährigen Bruders Benni. Der Kleine weint und
zittert und der Schreck des Klopfens lässt ihn ein weiteres
Mal zusammenzucken.
Schon seit vielen Monaten schläft Benni nicht mehr in
seinem eigenen Zimmer. Maggie ist die Gefahr zu groß, ihn
allein dort schlafen zu lassen. Ihr Stiefvater Peter ist wie eine
tickende Zeitbombe und keiner weiß nur im Geringsten, was
er als Nächstes kaputtschlagen könnte. Maggie und Benni
mussten schon einige Male selbst daran glauben.
„Hey Kleiner, beruhige dich.", flüstert sie in sanftem Ton zu
ihrem Bruder. Tränen in ihren Augen lassen die Konturen
des Zimmers verschwimmen.
Maggie ist schon lange am Ende angelangt, doch weiß, dass
sie vor allem für Benni stark sein muss. Ihr größter Hoffnungsschimmer ist ihr 18. Geburtstag. Bis es so weit ist,
müssen beide nur noch acht Monate überstehen.
Manchmal jedoch stellt sie sich die Frage, ob sie es beide bis
dahin überleben werden. Maggie selbst ging schon mehrfach mit angebrochenen Rippen und schlimmsten Schmerzen auf die Arbeit.

Zweimal hatte sie den Mut gefasst, das Jugendamt und die Polizei miteinzubeziehen. Schnell wurde aber klar, dass es einmal zu viel war. Das Jugendamt wollte ihr Benni wegnehmen und Maggie weiß, dass er daran zerbrochen wäre. Sie ließen nicht einmal ein gemeinsames Gespräch zu, indem Maggie hätte fragen können, ob sie gemeinsam in einem Heim wohnen könnten. Peter und ihre Mutter hatten der Frau vom Sozialamt Lügen über sie erzählt. Maggie hätte ein Suchtproblem und ihr Leben nicht im Griff. Der Anruf wäre eine Kurzschlussreaktion gewesen. Peter hatte es fast geschafft, dass sie Maggie aus dem Haus holten und sie bezüglich der Angaben, in eine Entzugsklinik stecken wollten. Dabei waren es stets Peter und Elsa, ihre Mutter, die betrunken waren und oftmals Drogen konsumierten. Natürlich kam dieses Detail nie ans Licht.
Selbst als Maggie die Polizei einschaltete, bekamen dies die zwei mit. Sie spielten trautes Heim auf die perfekte Weise. Wieder wurde Maggie als Sünderin in den Raum gestellt und schließlich gab es auch die notierten Zeilen des Amtes für den Beamten zu sehen. Ein weiteres Mal verlor sie und alles, was sie dafür bekam, waren derbe Schläge.

Mit der Volljährigkeit erhoffte sich Maggie, das Sorgerecht für Benni zu bekommen. Sie könnten mit etwas Unterstützung des Staates in eine kleine Wohnung ziehen und die Vergangenheit ruhen lassen. Alles was sie derzeit in ihrem Job als Bedienung verdiente, reichte kaum für Rücklagen. Elsa wusste, wie viel sie bekam, und forderte monatlich

Geld von Maggie ein. Dies wurde wohl insgeheim von Peter veranlasst. Ihr selbst blieben Trinkgelder und einhundert Euro. Das Geld der Gäste sparte sie, und einen Teil ihres restlichen Verdienstes legte sie ebenfalls zur Seite. Viel blieb davon natürlich nicht übrig.

Ihrer Freundin und Chefin, der das Café gehörte, erzählte sie nie etwas von ihrem Privatleben. Laura wusste lediglich, dass ihr Vater vor vier Jahren verstarb und Peter nun der Hausherr war. Ab und zu war Benni mit bei der Arbeit. Meist am Wochenende und wenn am Nachmittag noch eine Schicht dazukam und Maggie arbeiten gehen konnte. Laura hatte glücklicherweise nie etwas dagegen und hakte deshalb auch nie nach, weshalb Benni nicht bei seiner Mutter zu Hause war.

Maggie vermisste ihren Vater wahnsinnig. Sie waren ein Herz und eine Seele. Er war liebevoll, lustig, klug. Er wollte seiner Tochter alles ermöglichen, so dass sie ihr Leben ganz nach ihren Vorstellungen leben konnte.

Im Grab würde er sich umdrehen, wenn er wüsste, wie der Alltag nun im Hause Krüger ablief. Maggie hatte kurz nach seinem Tod die Schule abgebrochen, obwohl sie eigentlich auf dem besten Weg zu einem guten Abitur gewesen wäre, hätte man ihr die Jahre bis dorthin nicht geraubt.

Ihre Mutter machte eine 180-Grad-Wendung, welche man ihr nicht nur am Charakter anmerkte, sondern auch äußerlich. Sie ließ sich nicht nur gehen, sondern wog statt den vorherigen knapp siebzig Kilo nun über einhundert. Ihre

Tage verbrachte sie damit, auf der Couch zu sitzen, fernsehen zu schauen und fettiges Zeug zu essen. Ab der Mittagszeit floss Bier und Wein in sie hinein. Sie war zu einer verbitterten Witwe geworden, die den falschen neuen Mann in das Haus gelassen hatte, keine eigene Meinung mehr vertrat und von der Lebensversicherung ihres verstorbenen Mannes lebte.

Peter kam in das Haus, da war Benni knapp ein halbes Jahr alt. Nach einigen Monaten heirateten die beiden schlagartig und das Elend nahm seinen Lauf.

Elsa und Peter lernten sich auf einem Fest in der Stadt kennen. In Maggies Augen war er auf den ersten Blick ein asoziales Arschloch gewesen. Lange, leicht gewellte, graumelierte Haare und diese oftmals ungewaschen. Zu Hause lief er dann immer mit einer Flasche Bier herum und trug ein schwarzes Achselshirt, welches eng über seinem wachsenden Bierbauch gespannt war.

Schnell hatte es sich herauskristallisiert, dass er nur ein unbeschwertes Leben haben wollte, in dem er nichts selbst bezahlen musste. Elsa war wohl so instabil gewesen, dass sie sich dachte, den Erstbesten zu nehmen. Nur das gerade dieser ihr Leben komplett auf die schiefe Bahn brachte und ihre Kinder zu schlagen und demütigen begann. Ihr wurde alles vollkommen gleichgültig, weil sie von Selbstmitleid und Hass erfüllt war. Elsa war traurig über den Verlust ihres Mannes und hasste ihren Sohn dafür, dass er geboren wurde. Elsa hätte ihn beinahe sterben lassen. Dies wäre auch geschehen, hätte Maggie nicht begonnen, sich um Benni zu kümmern.

Vor Bennis Geburt war alles noch bestens. Maggie hatte zwar nie die beste Beziehung zu ihrer Mutter, aber sie sprachen miteinander und achteten sich. Elsa war eine hübsche Frau mittleren Alters gewesen und auch die späte Schwangerschaft stand ihr gut. Als dann eines Tages die Wehen einsetzten, war Maggies Vater auf einer geschäftlichen Besprechung seiner Marketingabteilung. Er war ein hohes Tier in der Werbebranche und verdiente genug Geld für die ganze Familie. Es fehlte ihnen an nichts für ein schönes Leben. Elsa rief ihn an, dass sie auf dem Weg ins Krankenhaus sei und auch Maggie in Kürze von der Schule aus direkt dorthin kommen würde.
Er war ganz aufgeregt und brach das Meeting ab, um schleunigst loszufahren. Er wollte an der Seite seiner Frau sein, so wie er es auch bei Maggies Geburt getan hatte. Leider bekam er seinen Sohn nie zu sehen. Noch circa zehn Kilometer hätte er zu fahren gehabt, doch in diesen nahm ihm ein SUV mit zu hoher Geschwindigkeit die Vorfahrt. Sein Wagen überschlug sich und knallte mit der Fahrerseite an einen Laternenmast. Er wurde noch an Ort und Stelle für tot erklärt. Mit der Geburt von Benni bekam Elsa auch diese Nachricht, nachdem sie sich ständig bei Maggie über ihn informiert hatte. Maggie rannte ständig zwischen Kreißsaal und Krankenhausempfang hin und her, bis irgendwann das Handy ihrer Mutter zu klingeln begann. Sie weiß noch wie

heute, dass sie nach dieser Nachricht die Hand ihrer Mutter hielt, während sie pressen musste. Sie sagte es ihr erst, nachdem alles überstanden war, um Komplikationen zu vermeiden.

In den Krankenhaustagen schien alles noch halbwegs normal zu verlaufen. Beide waren von Trauer erfüllt, doch Elsa kümmerte sich rührend um ihr Neugeborenes. Wog es in ihren Armen und sagte, dass sie es schaffen würden. In den eigenen vier Wänden, drei Tage nach der Beerdigung, lief es jedoch nicht mehr so ab. Maggie hörte ihren Bruder unaufhörlich schreien. Sie hielt sich anfangs zurück und hoffte, ihre Mutter würde sich einschalten. Meist geschah dies auch nach gewisser Zeit. Später jedoch, Benni war in etwa einen Monat alt, kam Maggie von einer Übernachtung bei ihrer Freundin nach Hause und konnte ihren Augen nicht trauen.

Ihre Mutter saß auf der Terrasse und trank um elf Uhr am Morgen Wein. Benni lag in seinem Laufstall, ein Fläschchen neben sich liegend und schrie wie am Spieß. Seine kleinen Augen waren schon ganz verquollen und er stank fürchterlich. Es dauerte nicht lange, bis Maggie sah, dass er in seiner eigenen Kacke lag. Sie setzte schnell neues Wasser auf, um Milch für ihn zu machen. In der Zwischenzeit nahm sie Benni mit ins Badezimmer und wusch ihn. Sie verstand die Welt nicht mehr.

Wenig später ging sie mit ihm auf dem Arm nach draußen, während sie ihm sein Fläschchen gab.

„Mutter, was ist los mit dir?", schrie sie Elsa an.

„Was soll denn sein?", lallte sie eine Gegenfrage.

„Wie lange lag Benni schon so in seinem Laufstall?"

„Ich habe ihn Freitag Nacht hineingelegt."

„Dir ist schon bewusst, dass es gleich Sonntag Mittag ist, oder?"

„Ist es wirklich schon so spät? Ich habe ihm doch eine Flasche dazugelegt.", säuselte Elsa.

Maggie wurde immer wütender.

„Dir ist auch bewusst, dass Benni noch ein Baby ist? Er kann sich sicher noch nicht allein die Flasche geben, geschweige denn seinen Hintern abputzen. Normalerweise sollte er noch von dir gestillt werden."

„Jetzt bist du ja wieder da, Maggie."

„Was soll das heißen? Du hättest ihn beinahe verhungern lassen, Elsa!"

Elsa drehte sich zu ihrer Tochter um, ihre Augen vom Alkohol gerötet und schaute monoton auf Benni, dann auf ihre Tochter.

„Dieses Baby ist schuld an dem Tod deines Vaters. Warum bitte, soll es dann leben?", sagte sie mit entschlossener Stimme. Maggie gefror das Blut in den Adern.

„Es ist euer Sohn. Es ist dein Sohn. Werde bitte wieder normal, Mutter. Er kann rein gar nichts für den Unfall."

Sie schaute Maggie nochmals tief in die Augen.

„Er ist der Teufel, Maggie.", sagte sie unverfroren. „Lass ihn doch sterben oder kümmere du dich um ihn."

Maggie war just nicht mehr im Stande, überhaupt noch etwas zu sagen. Sie war geschockt. Verwirrt.

13

Sie hatte sich erhofft, dass ihre Mutter am nächsten Tag wieder normal ticken würde, aber diese Hoffnung schwand. Tag für Tag. Es war egal, wie sehr Maggie mit den besten Argumenten auf sie einredete. Elsa schien in ihrer eigenen Welt zu sein und in der existierte lediglich sie allein. Dieses Verhalten dauerte so lange an, bis schließlich Peter in ihr Leben trat.

In Nächten wie diesen, in denen sie ihren nun vier Jahre alten Bruder versuchte zum Schlafen zu bringen, dachte sie oft über eines nach. Was wäre, wenn sie vor Jahren anders reagiert und Hilfe beim Amt gesucht hätte? Doch sie selbst war noch zu jung gewesen. Diese ganze Situation war viel zu neu und zu viel für sie. Maggie traf jedoch keinerlei Schuld, denn sie war sich sicher, dass sie alles nur Beste für Benni tat. Sie war nicht nur eine Schwester, die ihren Bruder über alles liebte, sondern auch gleichzeitig eine Mutter für ihn.

So hatte sich Maggie ihr Leben zwar nie ausgemalt, aber dies war nun die Realität. Sie musste so rasch erwachsen werden, dass sie sich mit siebzehn wie fast dreißig fühlte.

Auf der Arbeit war sie gerne, denn dort konnte Maggie sie selbst sein. Einfach Meg. Keiner wusste, was sie privat machte und welche Probleme sie mit sich herumtrug. Sie konnte einfach ihren Spaß machen und mit halbwegs normalen Leuten sprechen. Vom häuslichen Alltag abschalten.

Kapitel 2

Weiterhin bei seinen Eltern zu wohnen war nur vorübergehend. David hatte mit seinen 26 Jahren bereits eine eigene Wohnung gemietet, doch um seinen Vater weiterhin zu unterstützen nahm er einen Umzug in Kauf. Davids Vater Karl ist ein angesehener Architekt und leitet oftmals den Bau seiner Projekte selbst.

Die Leidenschaft Bauten zu gestalten hatte er seinem Sohn weitergegeben. David hat es schon früh fasziniert, wie auf einem leeren Blatt Papier großes entstehen kann. Abgesehen von einigen notwendigen Normen, konnte er trotz allem seiner Kreativität freien Lauf lassen.

Karl und Britta, die Mutter von David, wollten langsam etwas ruhiger leben. Ländlicher. Karl machte seinem Sohn das Angebot ihn zum Partner zu machen. David musste daraufhin nicht allzu lange überlegen. Die Beziehung zu seinen Eltern konnte nicht besser sein und das gekaufte Haus besaß im obersten Stockwerk eine eigene Wohnung für ihn. Bis er sich sicher darin war, dass dies der richtige Weg sein würde, konnte er diesen Kompromiss eingehen. Eine eigene Wohnung konnte er sich auch später noch suchen. Schließlich konnte es auch geschehen, dass ihn die neue Umgebung nicht ganz und gar überzeugte.

Normalerweise war David ein Stadtmensch. Nach getaner Arbeit ging er sonst mit Freunden in die Bars und Clubs. Er fragte sich, ob es so etwas auf dem Land überhaupt geben würde. Sicher musste man einige Zeit fahren. Ebenfalls war er sich etwas unsicher, welche Menschen ihn dort erwarten würden. Einsiedler, welche sich von der Stadt abwenden? Tante-Emma-Läden und Dorftratsch?

Womöglich ging er mit diversen Vorurteilen an den Umzug heran. David musste sich einfach überraschen lassen, schließlich schloss er sich seinen Eltern freiwillig an.

Seit knapp drei Stunden nun, fuhr David dem Auto seiner Eltern hinterher.

Zwischendurch gab es eine Essenspause in einem kleinen Bistro auf einem Autohof. Karl erzählte voller Tatendrang von seinen Plänen für den Neuanfang. Auf dem Land wurde wieder mehr gebaut. Selbst in den kleinsten Dörfern gab es die bekannten Neubaugebiete. Die Leute mochten es, beste Modernisierungen zu besitzen. Ziel von Karl war es jedoch, den ländlichen Charme zu bewahren. In der neuen Heimat und ebenfalls Nachbargemeinden sollte Neues entstehen. Er wollte in keiner Weise exklusive Villen oder gar geradlinige Zementblöcke auf den freien Flächen wissen. Karl war ein mehr als erfolgreicher Unternehmer und dies hatte sich in den vergangenen Jahren herumgesprochen. In seiner Fantasie standen rustikale Blockhütten vor ihm. Diese nicht zu klobig, sondern in eine moderne Richtung gehend.

Vor einigen Minuten fuhren sie in den kleinen Ort hinein. David begutachtete die Häuser an den Straßenseiten und versuchte, sich ein erstes Bild zu machen. Nicht lange und sein Vater verkündete ihm mit dem Warnblinker, dass sie ihr Haus erreicht hatten. Es stand an vorletzter Stelle einer Einbahnstraße. Nach hinten hinaus sah man lediglich Wald und Wiese. David war froh darüber, dass diese Fläche nicht bebaut werden sollte. Es sah wunderschön aus und lud zum Spazierengehen ein.

Beide Autos wurden auf dem großzügigen Hof geparkt und alle stiegen aus. Karl streckte sich und schaute in die Gesichter seiner Familie.

„Gefällt es euch?", fragte er erwartungsvoll.

David und seine Mutter blickten einander an und nickten sich bejahend zu.

Eine dunkle Holzfassade verzierte das Zwei-Etagen-Haus. Auf der hinteren Seite des Gebäudes gab es einen sehr großen Garten. Hoch gewachsene Tannen brachten ausreichend Privatsphäre. Während Britta und David das Äußere inspizierten, lud Karl die Koffer aus. Alles Weitere würde am nächsten Tag das Umzugsunternehmen bringen. Am heutigen Tag wurde minimalistisch gelebt. Ebenso David holte etwas später seine drei Gepäckstücke und brachte sie gleich in seine Etagenwohnung. Er schaute sich kurz in seinen drei Zimmern um und war erfreut darüber, dass es größer auszufallen schien als seine vorherige, eigene Wohnung. Trotz allem wusste er, dass er trotz der eigenen vier Wände sicherlich viel Zeit mit seinen Eltern verbringen würde.

Karl und Britta standen gerade eng umschlungen im Wohnzimmer, wo sie sich wohl schon bildlich alles eingerichtet hatten, als David die Treppe hinunter gerannt kam.

„Ich gehe mir noch etwas die Beine vertreten. Ist wohl gerade der richtige Zeitpunkt.", lachte er.

„Ist bei dir dort oben alles ausreichend genug?", fragte ihn sein Vater.

„Es ist alles bestens, Dad. Ich habe keinerlei Beanstandungen vorzugeben.", grinste er weiterhin. „Also ich bin dann mal weg. Viel Spaß euch!" David zwinkerte ihnen ironisch zu.

„Ich wusste gar nicht, dass wir einen so frechen Sohn in die Welt gesetzt haben.", sagte Britta mit Blick auf Karl gerichtet.

„Er weiß eben, wie er die Dinge richtig zu deuten hat." Karl nahm seine Frau wieder fest in den Arm und küsste sie innigst.

David beschloss, den Laufweg in Richtung der Wälder etwas zu erkunden. Es war Mittag und er hatte noch ausreichend Zeit. Er wollte herausfinden, ob es womöglich einen Rundweg gab. So konnte er ab und an etwas joggen gehen. David nahm schwer an, dass es in der Nähe kein Fitnessstudio gab.

Die Natur war beeindruckend. Nach etwa zwanzig Minuten kam David am höchsten Punkt an. Er setzte sich auf die vorhandene Bank und blickte in die Ferne. Wiesen und Bäume waren hier oben in der Überzahl. Der Blick nach unten zeigte das Dorf. Nach den Häusern zu urteilen, gab es maximal 1500 Einwohner. Ziemlich weit hinten erspähte er eine freie, eingezeichnete Fläche, bei der es sich um das zu bebauende Gebiet handeln musste. In gut zwei Wochen war das Treffen mit dem Bauherrn, an welchem sein Vater und er gemeinsam teilnehmen würden. David war bereits voller Freude, die Entwürfe beginnen zu können. Das Projekt der Neubausiedlung würde in zwei Sparten aufgeteilt werden, so viel wussten sein Vater und er schon. Dies bedeutete im Normalfall, dass Privatkäufe freier Grundstücksflächen stattfanden und ebenfalls Reihenhäuser gebaut werden sollten, welche nach Fertigstellung zur Vermietung bereitstanden. Bald schon würden sie die genaueren Details erfahren und bis dahin, gab es etwas Eingewöhnungszeit in der neuen Umgebung. David genoss den Ausblick noch eine Zeit lang und beschloss daraufhin, den Weg noch etwas weiter zu gehen.

Keine fünfzehn Minuten bergabwärts kam er auf der Straße an, die parallel zu der lag, in der er nun mit seinen Eltern wohnte. Er beschloss, diese noch etwas weiter in Richtung Ortsmitte zu gehen. Es würde sicherlich weiter unten einen Weg geben, der ihn wieder auf die andere Straßenseite führte. Umso länger er seinen Spaziergang ausdehnte, desto mehr Zeit der Zweisamkeit, konnten seine Eltern miteinander genießen. David schaute sich die diversen Häuser an. Seit seinem Architekturstudium war es beinahe zum Zwang geworden, seinen Blick auf die Details an sämtlichen Bauten zu lenken. An einem Teil der Straße gab es große Unterschiede zwischen den Grundstücken der Nachbarn. Die einen Häuser waren in einem sehr guten Zustand, andere dagegen leicht verkommen oder noch nicht verputzt. Er fragte sich, ob die derzeitigen Mieter oder Hausbesitzer erst hierhergezogen waren oder ihnen nicht die nötigen finanziellen Mittel zur Verfügung standen. David gingen zig Ideen durch den Kopf, wie man den Häusern den Feinschliff geben könnte.

Als er nochmals zurückschaute, starrte ihn ein Mann mit starrem Blick an. Er sah ungepflegt aus und spuckte provokant auf den Grasboden vor sich. David war angeekelt, doch auch wurde ihm nun bewusst, weshalb das Haus so heruntergekommen aussah.

David ging die Straße weiter und weiter. Aus einer kleinen Nebenstraße heraus hörte er seichte Musik. Er blickte um die Ecke und erspähte ein kleines Café. Er griff in seine Hosentasche, um herauszufinden, ob er etwas Geld mithatte. Der zu sehende Zehner in seiner Hand gab ihm die Antwort, sich einen Kaffee und ein Stück Kuchen zu gönnen.

Als er das liebevoll eingerichtete Ambiente betrat, bekam er zu spüren, dass er auf dem Dorf angekommen war. Beinahe alle Blicke von den knapp zwölf Gästen fielen auf ihn. Er nickte freundlich, fast etwas verlegen, in den Raum. Er erspähte einen freien Platz in der Ecke des Cafés und setzte sich dort auf die dunkelblaulederne Couch. Keine Minute später stand eine junge blonde Frau vor ihm.

„Hallöchen, ich bin Laura.", begrüßte sie ihn voller Euphorie und streckte ihm eine Karte vor die Nase.

„Hallo, ich bin David.", tat er es ihr gleich und nahm die Karte entgegen.

Laura war kein Mensch von Schüchternheit und fing an zu prasseln.

„Schön dich kennenzulernen, David. Du bist nicht von hier, oder? Auf der Durchreise? Was führt dich hierher? Möchtest du schon etwas trinken oder erwartest du noch jemanden?"

David musste einen Lachanfall zurückhalten. Er schmunzelte und zog eine irritierende Grimasse. Trotz allem gefiel ihm ihre leicht aufdringliche Art. David versuchte, mit ihr mitzuhalten, und legte sich rasch ein paar Gegenfragen zurecht.

„Auch schön dich kennenzulernen, Laura. Laut dem Namen dieses Cafés bist du sicher die Besitzerin. Ist das so? Gehst du immer so auf die Leute zu oder bist du nur aufgedreht? Die Gastronomie scheint dir im Blut zu liegen oder irre ich mich da?"

Laura brach in Gelächter aus und steckte David damit an. Dieser Konter gefiel ihr auf Anhieb. Die gegenseitigen Fragen blieben vorerst unbeantwortet, doch die Sympathie hatte bei beiden sofort gewonnen.

„Ich hätte gerne einen Cappuccino und ein Stück Kuchen. Gibt es eine Empfehlung?", fragte er.

„Darf ich dich überraschen oder bist du wählerisch?", kam eine beinahe zweideutige Gegenfrage.

„Überrasche mich.", entgegnete er kurz und lächelte.

Hinter dem Tresen nahm er in Kürze leises Getuschel wahr und sah, das Laura hier nicht allein arbeitete. Neben ihr stand eine Frau, die jünger als sie war. Sie war zierlich, hatte hellbraunes langes Haar, welches jedoch zu einem Zopf gebunden war. Ihr Gesicht war zart und ihre Gesichtszüge wirkten glücklich und zugleich verletzlich. David konnte seinen Blick kaum von ihr abwenden und überlegte nebenher, über was die beiden wohl gerade sprachen. Eher gesagt grübelte er, was sie über ihn zu reden schienen.

Er war so abgelenkt, dass er gar nicht merkte, dass Laura bereits wieder vor ihm stand.

„Einen Cappuccino und ein Stück meines hausgemachten New-York-Cheesecakes. Guten Appetit."

„Vielen Dank."

Dieses Mal hielt sich Laura zurück und ging lediglich lächelnd davon, um David seine Ruhe zu lassen.

„Der sieht doch echt wahnsinnig gut aus, findest du nicht?", fragte Laura hin und weg.

„Ja, sieht er. Ob er für längere Zeit hier ist?", fragte sie fast sich selbst.

David war gut einen Meter achtzig groß, sportlich, attraktiv und hatte kurzes schwarzes Haar.

„Glaube mir Maggie, das werde ich heute noch herausfinden.", gab Laura selbstsicher zurück.

„Zahlen, bitte.", rief ein älterer Mann und Maggie machte sich unverzüglich auf den Weg zu dem Paar. Sie konnte sich einen kurzen Blick zu ihm nicht verkneifen, doch als er ihren erwiderte, lächelte sie ertappt und lenkte ihre Aufmerksamkeit wieder auf die Senioren.

Maggie hatte, was Männer anging nicht allzu viel Erfahrung. Sicher gab es die erste Schulbeziehung, welche jedoch eher oberflächlich und mit dem ersten Kuss einherging, doch zu mehr hatte sie durch Benni nie die Zeit. Jemanden näher kennenlernen ohne wegzugehen ist schwierig und wirklich wohl in ihrer Haut fühlte sie sich auch nicht gerade. Niemand möchte eine leicht bekleidete bis nackte Frau sehen, deren Haut nur allzu oft mit blauen Flecken und Blutergüssen, übersät war. Auch war sie sich nicht sehr sicher darin, ob sie gut im Flirten war. Zu einem Blickkontakt mit Augenaufschlag reichte es sicher, aber mehr Kontakt aufzubauen, war eine große Schwierigkeit für sie.

„Hat es dir geschmeckt?", wollte Laura wissen, als sie den leeren Teller vom Tisch holte.

„Sehr gut sogar. Backst du alle Kuchen selbst?"

„Aber sicher doch. Kuchen und ab und an auch mal eine Torte. Meistens zu den Wochenenden. Ich empfehle dir, auch einmal die Pfannkuchen und den Apfelstrudel zu probieren.", preiste sie ihre süßen Speisen an.

„Das werde ich sicher tun, schließlich wohne ich seit heute hier.", zwinkerte er.

„Das ist gut zu wissen, David. Bist du denn allein hierhergezogen?", hakte sie weiter nach. Laura war sich sicher, dass nun die Antwortrunde begonnen hatte.

„Nein, das bin ich nicht. Mein Vater hat mich überredet, mit ihm das Projekt des Neubaugebietes hier im Dorf zu übernehmen. Somit bin ich mit meinen Eltern hierhergekommen."

Laura sah erfreut aus, zu hören, dass er nicht mit seiner Freundin oder Frau zugezogen war.

„Und das Café gehört also nur dir?"

„Jepp und es ist mein ganzer Stolz. Bereits seit zwei Jahren. Irgendetwas Schickes muss es auf dem Land ja geben.", lachte sie.

„Es gefällt mir hier, das muss ich zugeben. Nun weiß ich, wo ich außerhalb der vier Wände an meinen Entwürfen arbeiten kann."

„Zu jeder Zeit, natürlich innerhalb der Öffnungszeiten. Maggie und ich stehen zu Diensten.", sagte sie forsch.

„Sie ist deine Partnerin?"

„Nein, sie ist jedoch die einzige Mitarbeiterin. Wir schmeißen den Laden zusammen."

„Maggie also…", murmelte er vor sich hin und schaute in ihre Richtung.

Laura blieb das nicht unbemerkt, ließ es sich aber nicht anmerken.

„Na ja, so schön es hier auch ist, würde ich gerne zahlen. Ich muss noch ein paar Koffer auspacken."

Laura zog ihn ab und bedankte sich.

„Dann auf bald?", wollte sie wissen.

„Ich werde wahrscheinlich zum Stammgast werden.", lachte er.

„Sehr gut für meine Einnahmen.", klang sie freudig.

Während sich David zum Aufbruch bereit machte, sah er die Mädels wieder aneinanderhängen.

„Und, hast du deine Antwort bekommen?", fragte sie Laura.

„Ja, habe ich. Er wohnt seit heute hier.", antwortete sie leicht monoton.

„Sollte dich das nicht freuen?" Maggie schien verwirrt.

David ging an ihnen vorbei, wünschte noch einen schönen Tag und verabschiedete sich von beiden. Maggie schenkte er ein besonderes Lächeln.

„Sein Interesse gilt dir, Maggie. Ich werde da wohl keine Chance haben.", sagte sie ironisch eingeschnappt und mit einem Schmollmund.

Leicht verlegen schaute sie David, durch die Glasscheibe hindurch, nach.

Kapitel 3

„Hey Kleiner, na wie war es heute?", fragte Maggie ihren kleinen Bruder von weitem, als er ihr vom Kindergarten aus entgegenrannte.

„Haben heute gebastelt.", sagte er freudig.

„Hast du mir auch etwas gebastelt?", wollte sie wissen. Benni schüttelte den Kopf.

„Das wird behalten."

„Du meinst, ihr behaltet es im Raum der Tagesstätte?"

„Mmh.", murmelte er und schaute trübsinniger.

„Was ist denn los, Benni?" Maggie nahm seine Hand, um loszulaufen.

„Gehen wir wieder heim?"

„Ja, das müssen wir."

„Ich mag nicht.", erwiderte er.

„Ich auch nicht, kleiner Schatz. Irgendwo müssen wir aber schlafen."

Stets wollte sich Benni weigern, den Heimweg anzutreten. Stets musste Maggie ihm verständlich machen, dass die beiden keine andere Wahl hatten.

Er konnte die Erwachsenenwelt noch nicht verstehen. Maggie versuchte ihm immer wieder zu erklären, dass es noch ein paar Monate dauern würde, bis sie das Haus ihrer Mutter verlassen konnten. Benni verstand dies aber nur schwer.

Nie konnte man erahnen, was die beiden erwarten würde, wenn sie daheim angekommen waren. Entweder saßen Elsa und Peter benommen auf der Couch und schauten, zumindest den Anschein erweckend fernsehen oder aber Elsa schlief und Peter war volltrunken. Zweiteres war die gefährliche Variante.

Der Weg nach Hause brachte wieder und wieder ein mulmiges Gefühl mit sich. Maggie war bereits jetzt schon wieder flau im Magen. Der Gedanke an Davids Lächeln stimmte sie zumindest etwas positiver. Laura hatte recht damit, dass er sehr attraktiv war.

Das schöne Gefühl, welches Maggie überkam, verflog schnell. Was sollte jemand wie er von ihr wollen? Zumindest wenn er sie näher kennenlernen würde. Maggie befand sich als unattraktiv und war wohl zerbrechlicher, als es von außen den Anschein machte. Einen kurzen Moment überlegte sie, ihm eine heile Welt vorzuspielen, falls er doch einmal das Gespräch mit ihr suchen würde. Diese Idee fegte sie jedoch schnell wieder aus dem Kopf, denn so war sie nicht. In ihren tiefen Gedanken versunken und nun wieder in der Realität angekommen, waren die beiden auch schon wieder zu Hause. Von der Straße aus wirkte es still im Haus. Mit pochendem Herz und einem traurig aussehenden Gesichtsausdruck von Benni gingen sie zur Haustür und Maggie schloss leise auf.

„Na Sohnemann, wir dachten schon, du hättest dich verlaufen.", rief Karl aus der Küche in den Flur.
„Der Ort hier ist, glaube ich, zu klein, um sich zu verlaufen, und schließlich bin ich schon groß.", lachte David.

„Hey mein Schatz." Seine Mutter kam ihm entgegen und gab ihm einen Kuss auf die Wange.

„Hey Mom. Die Wohnung eingeweiht?" Er streckte ihr frech die Zunge heraus.

„Das hat er von dir, Karl. Ganz sicher."

David und sein Vater lachten lauthals.

„Wo warst du denn unterwegs?", wollte Britta wissen.

„Ich bin erst den Waldweg entlanggelaufen und danach etwas durch den Ort. Ich habe auf dem Weg ein kleines Café entdeckt und mich dort hineingesetzt."

„Schon Bekanntschaften geschlossen?", klinkte sich sein Vater ein.

„Kann man so sagen. Die Besitzerin ist auf jeden Fall nicht auf den Mund gefallen."

„Ist sie dein Typ?"

„Karl, lass ihn doch."

„Sie ist nett, aber nein. Sie nicht.", kam es aus ihm herausgeplatzt.

„Sie also nicht. Wer dann?"

„Was gibt es denn heute zu essen?", fragte David ablenkend.

„Selbst gemachte Pizza von außerhalb. Wir bestellen in einer halben Stunde." Seine Mutter griff zügig ein, so, dass Karl ihn nicht weiter ausfragen konnte.

„Welche möchtest du?"

„Spezial, bitte. Ich springe schnell unter die Dusche."

„Okay, dann weiß ich Bescheid.", entgegnete Britta und David ging die Treppe nach oben.

David musste sich insgeheim eingestehen, dass er nach dem ersten Sehen Maggies, ein Auge auf sie geworfen hatte. Sie hatte ihn, ohne mit ihm gesprochen zu haben, auf Anhieb fasziniert. Dabei könnte man genauso sagen, dass sie ihm keinerlei richtige Beachtung schenkte. Was war es, was sie so interessant machte?

David würde sicher in den nächsten Tagen wieder seinen Platz im Kaffee aufsuchen. Er würde seine Skizzenblöcke und sein Notebook mitnehmen, um zu arbeiten. Ihm gefiel das Ambiente und weshalb weitersuchen, wenn er bereits etwas gefunden hatte, was ihm kreative Ideen verschaffte.

Als Maggie mit Benni die Wohnung betrat, blieb es weiter ruhig. Ein Blick ins Wohnzimmer und sie sah, wie ihre Mutter auf der Couch versunken vor sich hin döste. Der Gedanke, Peter könnte unterwegs sein, hatte sich schnell in Luft aufgelöst. Maggie hörte das Duschwasser im Badezimmer laufen und somit konnte lediglich er gerade dort sein.

„Was willst du denn essen, Benni? Es ist gleich sechs Uhr."

Maggie schaute in den Kühlschrank, doch dort sah es ziemlich mau aus. Kalt gestellte Flaschen Bier und Wodka konnte man einem Kind sicher nicht als Abendbrot anbieten. Maggie durchforstete die weiteren Küchenschränke.

„Also ich hätte Spaghetti oder Wurstbrot im Angebot."

Maggie war traurig darüber, dass sie einem kleinen Kind nicht mehr anbieten konnte.

„Brot mit Wurst. Und Butter.", sagte er und krabbelte auf den Stuhl am Esstisch.

„Gut, dann gibt es Wurstbrot. Salami oder Geflügelwurst?"

„Beides.", sagte er und tippelte mit den Fingern auf der brüchigen Holzoberfläche des Tisches herum.

„Ist dieser Krach nötig?" Peter stand im Türrahmen und schaute grimmig.

Maggie stellte Benni einen Becher mit Saft hin und richtete sich dann zu Peter.

„Wir müssen unbedingt einkaufen gehen, sonst gibt es hier bald nur noch Flüssignahrung, Peter."

„Dann geh doch oder weißt du nicht, wie du zum Supermarkt kommst?!"

„Ich brauche Geld zum Einkaufen, dann kann ich auch gehen."

„Ich dachte, du gehst arbeiten?" Peter ging zum Kühlschrank und holte sich ein Bier heraus. Vorab nahm er einen kräftigen Schluck Wodka aus einer der offenen Flaschen.

„Bitte, Peter. Du weißt, dass ich den Großteil meines Verdienstes euch geben muss." Maggie versuchte, sanftmütig zu bleiben. Sie strich Butter auf die zwei Brote für Benni und belegte eines mit Salami und das andere mit Geflügelwurst, dann stellte sie es ihm hin.

„Guten Appetit, kleiner Mann." Sie gab ihm einen Kuss auf die Stirn.

Peter ging zur Tasche von Elsa und holte den Geldbeutel heraus. Er schaute im Notenfach nach und zog zwei Zwanzig-Euro-Scheine heraus. Unsanft fand es seinen Platz neben Maggie auf der Küchentheke.

„Das sollte reichen."

„Danke. Ich gehe morgen nach der Arbeit in den Markt.", sagte sie weiterhin ruhig bleibend. In jenem Moment, gerade als Peter die Küche verlassen wollte, balancierte Benni sein Brot in der Hand und es rutschte ihm aus den Händen. Natürlich mit der Wurstseite voran auf den weißen Fliesenboden. Benni riss schon jetzt die Augen vor Angst auf und Maggie war im Begriff, schnell danach zu greifen und es aufzuheben, ehe Peter es bemerkte. Es war zu spät.

„Meine Güte, du dummes Kind. Kannst du nicht einmal eine Scheibe Brot in der Hand halten.", schrie er. Mit einem lauten Knall stellte er seine Flasche auf dem Tischboden ab und schlug Maggie das Brot aus der Hand.

„Da ist es doch kein Wunder, dass wir keine Lebensmittel haben, wenn sie alle im Müll verschwinden."

„Tut leid.", zitterte die Stimme von Benni.

Peter griff Bennies Oberarm und drückte fest zu.

„Das heißt, tut mir leid! Wie blöd bist du eigentlich?" Peter wurde rot vor Wut.

„Aua!", rief Benni und begann zu weinen.

Maggie wusste, was nun auf sie zukommen würde, da sie ihrem Bruder helfen musste.

„Verflucht, lass ihn sofort los." Maggie zog Peter am Handgelenk mit aller Kraft zurück. „Das kann doch passieren." Peter drehte sich zu ihr um und stieß sie mit aller Kraft zurück. Maggie konnte nicht schnell genug reagieren und ihr unterer Rücken knallte mit voller Wucht gegen die Kante der Küchenzeile. Reißender Schmerz durchzog sie. Peter stellte sich dicht vor sie und legte seine Hand fest um ihren Hals.

„Du kleines Stück Dreck sagst mir sicher nicht, was ich tun soll oder nicht. Ist das klar?", schrie er sie an. Maggie versuchte, unter der Anspannung zu nicken, in der Hoffnung, er würde sie somit aus dem Würgegriff befreien. Kurz darauf schnappte er sich seine Flasche und ging aus der Küche.

Maggie rieb sich ihren Rücken und ging dann auf Benni zu. An seinem nackten Ärmchen war ein dunkelroter Abdruck zu erkennen und es war zu erahnen, dass es nicht dabei bleiben würde. Benni zitterte und Tränen liefen seine Wangen hinunter.

„Es ist alles okay, Benni. Iss dein Brot und ich mach dir das andere neu, okay? Das kann passieren." Ihr Bruder nickte und beugte sich nun weit über den Tisch, um sein Brot zu essen.

„Wenn wir morgen Vormittag den LKW leer gemacht haben, würde ich mir gerne die Fläche des Neubaugebietes ansehen. Kommst du mit mir, David?"

„Mmh.", stieß er hervor, weil sein Mund gerade voll war. Er beschleunigte sein kauen und schluckte einen großen Happen hinter.

„Kommt der Bauherr auch?", wollte David wissen.

„Nein. Mit ihm bleiben wir beim festgelegten Termin. Ich möchte einfach einmal schauen."

„Klar, ich bin auf jeden Fall dabei."

„Räumt eigentlich das Möbelunternehmen alles in das Haus hinein?", fragte nun Britta ihren Mann.

„Ja, wir müssen lediglich Anweisungen geben, wo etwas hingestellt werden muss. Ich denke nicht, dass es ewig dauern wird, insofern es ein gutes Unternehmen ist."

„Ein wenig Hand anlegen, um es zu beschleunigen, können wir ja. Ich möchte ungern wie ein Diktator dabeistehen.", entgegnete David.

„Siehst du, Karl. Dieses Verhalten hat er von mir." Britta lächelte fröhlich. David war ihr ganzer Stolz und insgeheim war sie überglücklich darüber, dass er durch den Umzug wieder bei ihnen wohnte.

„Gute Erziehung würde ich sagen.", entgegnete Karl.

„Wenn ihr wüsstet.", brachte David monoton von sich und alle lachten.

Kapitel 4

Das Umzugsunternehmen ließ am nächsten Tag sehr lange auf sich warten. Zu Beginn hieß es, dass die Möbel der Familie Denz zum späten Vormittag, dann zum späten Mittag gebracht werden würden. Letzten Endes war es vier Uhr am Nachmittag geworden. Alle drei hatten die Wartezeit mit belanglosen Gesprächen im Garten ausgesessen. Die Mitarbeiter der Umzugsfirma schienen leicht gestresst zu sein, als sie ankamen und strahlten wahre Unlust darüber aus, an einem Samstag arbeiten zu müssen. Karl und David packten deshalb mit an und wollten den ganzen Vorgang etwas beschleunigen. Britta sorgte währenddessen dafür, dass belegte Brote und Kaffee für alle bereitstand. Gab es mal das ein oder andere leichte Möbelstück, half sie ebenfalls mit. Um acht Uhr am Abend war es endlich geschafft. Die Möbelpacker waren eine Stunde zuvor gegangen. Karl und David rückten daraufhin alles nochmals zurecht. Zu dritt ließen sie sich auf die Couch fallen.

„Hätte mir mal vorher einer gesagt, dass sich dieser Tag heute so zieht, hätte ich den Vormittag mit dem Besuch der Baustelle geplant.", sagte Karl genervt.

„Das konnte ja vorher keiner wissen, Dad."

„Nun waren wir heute nicht einmal einkaufen.", ließ Britta verlauten, „Und morgen ist Sonntag."

„Haben wir also gar nichts da?", fragte David.

„Nur noch den Rest der belegten Brote von heute.", gab sie zur Antwort.

David stand auf und lief in die Küche. Beide Räume waren offen gelegen und zwischen ihnen ging es zur Haustür. Er öffnete den Kühlschrank und nahm drei Flaschen Bier heraus. Er öffnete diese und ging zurück zu seinen Eltern. „Die haben wir auch noch.", sagte er und reichte jedem eine. „Oh, das ist eine sehr gute Idee nach heute, mein Sohn.", erwiderte Karl.

„Sogar ich nehme heute mal eines.", lachte Britta.

„Zumindest ist nun alles hier und kaputt gegangen ist auch nichts. Dies sollten wir definitiv als gutes Zeichen werten. Dann muss die Baustelle eben noch warten, Dad."

„Ja, das muss sie. Morgen werden wir den ganzen Tag damit verbringen, die Kartons auszupacken."

Alle Blicke fielen durch die zwei großen Räume. Davids Etage mitgezählt sowie das Büro seines Vaters und das Schlafzimmer der Eltern, waren es sicherlich weit über sechzig.

„Das ist doch im Nu geschafft.", sagten Britta und David im Chor und alle mussten auflachen.

Nach dem heutigen Arbeitstag mit Benni nach Hause gegangen, machte sich Maggie gleich daran etwas für Elsa, Peter, Benni und sich zu kochen.

Sie stellte den beiden Hähnchen mit Reis auf dem Wohnzimmertisch ab. Sie selbst aß mit Benni in der Küche zu Abend. Nach einer halben Stunde holte sie die leeren Teller von Peter und Elsa aus dem Wohnzimmer und spülte das Geschirr, während Benni am Küchentisch etwas malte. Als sie damit fertig war, ging sie mit ihrem Bruder gemeinsam ins Badezimmer und sie machten sich bettfertig. Waren jene Tage nicht die einer glücklichen Familie, so waren es trotzdem die besten Tage für Maggie und Benni. Sie hatten ihre Ruhe vor Peter, da sie ihm keinerlei Anlass gaben, ihnen gegenüber aggressiv zu werden.

Um halb neun gingen sie ins Schlafzimmer von Maggie und sie schloss die Tür von innen ab. Benni kuschelte sich unter die Bettdecke und schlief nach kurzer Zeit ein. Maggie öffnete das Fenster und sah auf die Straße hinaus. Sie ließ ihren Blick über die Häuser schweifen und fragte sich, wie so oft, wie die anderen wohl ihren Abend verbringen würden? Gemeinsam auf der Couch sitzend, während ein guter Film angeschaut wird? Mit Freunden einen vergnügten Abend bei sommerlichen Temperaturen im Garten genießen?

Sie hatte sogar einen kurzen Moment an David gedacht. Den sympathischen Neuankömmling im Ort. Was würde er wohl gerade tun? Wo genau würde er hier mit seinen Eltern wohnen? Würde er sie in naher Zukunft womöglich, wirklich besser kennenlernen wollen? Würde sie selbst es wollen?

Ihre Gedankengänge verflüchtigten sich, als ein paar Jugendliche am Haus vorbeiliefen und sie schräg ansahen. Maggie schloss das Fenster und legte sich daraufhin zu ihrem Bruder ins Bett. Morgen war ein neuer Tag und ebenfalls, eine weitere Schicht am Wochenende. Maggie mochte es, an den Wochenenden zu arbeiten. Benni und sie waren den ganzen Tag außerhalb des Hauses und sie musste nach

Feierabend lediglich kochen und nicht wie unter der Woche, um Elsa und Peter herumputzen.

„Man könnte meinen, du hältst Ausschau, Meg.", neckte Laura sie von der Seite.

„Was meinst du damit?", fragte Maggie unschuldig, während sei zwei Cappuccino zubereitete.

„Ach komm. Du schaust ständig zur Tür, als würdest du wollen, dass eine bestimmte Person das Café betritt."

„Gar nicht wahr.", antwortete sie, leicht errötet.

„Schon klar, ich glaube dir sofort." Laura lachte und ging davon.

Sicher hatte sie recht, was das anging. Im Inneren hätte Maggie ihn gerne gesehen, auch wenn ihr bewusst war, dass sie ihn nie von sich aus angesprochen hätte. Sein Lächeln jedoch und seine warmen grünen Augen, welche sie bei einer Begrüßung angeschaut hätten, ja, dagegen hätte sie nichts einzuwenden gehabt.

„Ich meine, ich kann dich verstehen.", sagte Laura, just wieder bei ihr stehend.

„Was meinst du denn jetzt schon wieder?", wollte Maggie lachend wissen.

„Na ja, unser Örtchen hier hat jetzt nicht allzu viel zu bieten. Entweder sind sie zu jung, zu alt oder fernab der Realität.", witzelte sie.

„Ich bring mal die Getränke zum Tisch.", gab Maggie von sich und wandte sich, lachend den Kopf zur Verneinung drehend, ab.

Nachdem Maggie die zwei Heißgetränke an den Tisch der zwei Damen gebracht hatte, ging sie zu ihrem Bruder, der in einer Sitznische saß.

„Na, malst du wieder fleißig?"

„Ja. Wann bekomme ich denn meine Waffeln?", wollte er wissen.

„Ich frage Laura und dann bringe ich sie dir."

„Ist okay.", gab er nur kurz zurück und malte weiter.

Die Stunden bis zum Feierabend vergingen sehr rasant, da in Lauras Café einiges los war. Schon bald würde Maggie wieder mit ihrem kleinen Bruder den Heimweg antreten müssen.

David und seine Eltern hatten den ganzen Tag damit verbracht Kartons auszupacken und waren am Abend müde von getaner Arbeit. Doch sie hatten sich vorgenommen, alles heute zu erledigen, und dies hatten sie auch geschafft. In perfekter Teamarbeit. David hatte sich dazu bereit erklärt, noch all die leeren Kartons in der Garage klein zu machen, um sie am morgigen Tag zum Altpapiercontainer fahren zu können. Als er damit fertig war, schnappte er sich von unten aus dem Kühlschrank ein Bier und nahm es mit nach oben in seine Etage. Er setzte sich auf seine Couch und streckte die Beine auf dem Wohnzimmertisch aus. Er war vorerst zufrieden mit dem, was er hatte. Er besaß ein Badezimmer, ein Schlafzimmer und eine geräumige Wohnküche, auch wenn er wohl sicher die meiste Zeit den Herd und Ofen bei seinen Eltern nutzen würde. Seinen Kühlschrank würde er aber trotzdem mit allem Notwendigen füllen. Er besaß auch noch ein weiteres Zimmer, welches er eventuell als eigenes, kleines Büro einrichten könnte. Für den Moment beschloss er jedoch, es vorerst leer stehen zu lassen.

Würde der gemeinsame Lebensmitteleinkauf, welchen seine Eltern und er für den morgigen Tag geplant hatten, erledigt sein, hatte er sich vorgenommen, nochmals im Café vorbeizuschauen. Vielleicht hatte er Glück und würde dort wieder beide Frauen antreffen. Vor allem jedoch Maggie, dachte er sich.

„Hallo, David. Schön, dich wieder hier zu sehen.", begrüßte Laura ihn, als er am Nachmittag in das Café kam und Platz am Tresen nahm.

„Hey Laura. Na, wie geht es dir?"

„Ganz gut, danke. Ist nicht sehr viel los heute. Typisch für einen Montagnachmittag. Habt ihr euch schon etwas eingelebt?", wollte sie wissen.

„Naja, das Wochenende war ziemlich stressig. Samstag warten auf das Umzugsunternehmen und gestern haben meine Eltern und ich sämtliche Kartons ausgepackt.", gab er zur Antwort.

„Das heißt, ab jetzt heißt es erst einmal ankommen?"

„Sozusagen.", lachte er.

„Was möchtest du trinken?"

„Einen Cappuccino, bitte."

„Alles klar."

Laura drehte sich zum Kaffeeautomaten und David schaute sich im Café um. Es waren lediglich zwei der zwölf Tische besetzt. Beide von Senioren.

„Hier, bitteschön." Laura servierte David seinen Cappuccino.

„Danke. Bist du heute allein hier?"

„Ja, bin ich. Maggie ist unter der Woche selten am Nachmittag hier. Manchmal aber schon.", antwortete sie mit einem breiten Grinsen.

„Also eher an den Vormittagen?", hakte er weiter nach.

„Dafür, dass du sie nur einmal flüchtig gesehen hast, scheint dein Interesse an ihr groß zu sein?", kam die Gegenfrage.

„Oh Mann, ich muss dir gerade vorkommen wie ein Stalker." David lachte auf.

„Nur ein wenig. Bist du wirklich mit deinen Eltern hierhergezogen, David?", fragte Laura voller Ernst und brachte David damit in Verlegenheit. Sekunden später brach sie in Gelächter aus. „Du solltest dein Gesicht sehen."

„Sie hat mich eben im ersten Moment beeindruckt.", gab er zu.

„Ich möchte dir eines vorweg preisgeben."

„Sie hat einen Freund?", fragte er und trank einen Schluck.

„Ehrlich gesagt, keine Ahnung. Ich wollte nur sagen, dass es glaube ich, sehr schwer ist, an sie heranzukommen."

„Sie wirkt etwas geheimnisvoll."

„Manchmal ist sie für mich ein großes Geheimnis, aber herzallerliebst. Wie alt bist du?"

„Warum möchtest du das wissen?"

„Ich gehe davon aus, dass du in meinem Alter bist, also so Mitte zwanzig."

„Ja, das kommt hin.", gab er zur Antwort.

„Ich wollte dich nur darauf hinweisen, dass Maggie erst, nun ja, siebzehn ist. Reine Information."

David machte Laura gegenüber einen sehr überraschten Eindruck, nach dieser neuen Erkenntnis.

„Mindert das dein Interesse?"

„Nein, doch ich habe sie einfach etwas älter eingeschätzt."

„So verhält sie sich auch. Also, älter wie sie ist. Ich dachte am Anfang auch nicht, dass ich noch eine Unterschrift von ihrer Mutter zur Einstellung benötigen würde.", feixte sie.

Laura musste just neue Gäste bedienen und David leerte seinen Cappuccino. Er legte Laura vier Euro hin, als diese schon halb auf dem Sprung war.

„Der Rest ist für dich. Danke für das nette Gespräch und bis bald."

„Das nette Gespräch hat jedoch nie stattgefunden.", zwinkerte sie ihm zu und fuhr fort, „Komm doch mal am Vormittag vorbei oder am Wochenende. Sie ist nur Donnerstag nicht da."

„Danke, Laura."

„Bis dahin, David.", winkte Laura ihm nach.

Maggie hatte Benni nach getaner Arbeit vom Kindergarten abgeholt und war nun zu Hause am Saubermachen. Er folgte ihr auf Schritt und Tritt, nur um nicht allein in einem Raum sein zu müssen.

Maggie begann im Wohnzimmer und der darin integrierten Bürotischecke, um schnellstens wieder aus der Nähe ihrer Mutter zu verschwinden, auch wenn Elsa sie kaum wahrnahm. Ein einziger Blick fiel auf sie, als Maggie dort mit dem Staubsauger hantierte. Peter war draußen im Garten gewesen, das tat er immer, wenn Maggie am Montagnachmittag sauber machte. Sie arbeitete sich in dem zierlichen Haus weiter vom Wohnzimmer in die Küche und in das Badezimmer vor. Zuletzt war die obere Etage mit dem Schlafzimmer von Elsa und Peter an der Reihe. Es gab noch zwei weitere kleine Räume, doch die waren, seitdem Peter hier lebte, stets verschlossen. Als ihr Vater noch da war, war eines der Zimmer für Benni gedacht gewesen und das andere diente als Art Abstellraum. Maggie war stets bemüht, das Haus im Inneren ordentlich zu halten. Leider konnte sie sich außerhalb nur um die Gartenpflege kümmern. Aus den Augen des Betrachters, welcher an dem Haus vorbeilief, sah es heruntergekommen aus. Die Fassade hätte schon längst einen neuen Anstrich benötigt und der Zaun um das Grundstück herum müsste erneuert werden. Maggie war dies schier unangenehm, wusste sie doch, wie ordentlich es einmal gewesen war.

„Maggie?", schrie Peter fragend, riss sie aus ihren Gedanken und sie und ihr kleiner Bruder erschraken.

„Ich bin in der Küche.", rief sie zurück.

Peter kam hinein und öffnete provokant den Kühlschrank.

„Wolltest du nicht einkaufen gehen? Ich habe dir schließlich Geld dafür gegeben.", fragte er trotzig und schloss die Tür daraufhin wieder.

„Ich habe es noch nicht geschafft. Ich gehe morgen sofort nach der Arbeit und ehe ich Benni abhole.", versicherte sie und hoffte, dass er sich damit zufriedengeben würde.

„Dann bring auch Wodka und Bier mit.", sagte er kurz und ging hinaus.

Wie viele Taschen soll ich denn noch mit mir rumschleppen? Grummelte sie fragend vor sich her.

„Hast du was gesagt?" Peter blickte um die Ecke.

„Nein, habe ich nicht.", antwortete sie knapp.

„Das ist auch besser so."

Kapitel 5

Benni war im Kindergarten und Maggie arbeitete bis zwölf Uhr mittags im Café. Kurz nach Feierabend schnellte sie zum Bus und fuhr mit diesem zum Einkaufen in den nächsten Ort. Im Supermarkt tippte sie jeden einzelnen Preis auf ihrem Taschenrechner im Handy ein, um an der Kasse auch wirklich alles bezahlen zu können. Allein Wodka und Bier würde schon rund fünfzehn Euro von den erhaltenen vierzig von Peter abziehen. An der Kasse alles auf das Band gelegt, sah sie, dass eine neue Verkäuferin im Markt zu sein schien. Wie es sich Maggie dachte, war diese noch hochmotiviert und fragte sie nach ihrem Alter. Entwürdigende Blicke in der wartenden Schlange machten ihr die Situation nicht sehr annehmlicher. Sie musste die alkoholischen Getränke beiseitestellen und konnte diese somit nicht einkaufen. Sie wurde die letzten zwei Male, in denen sie Peter etwas mitbringen sollte, nie nach ihrem Ausweis gefragt.

An der Bushaltestelle wieder ausgestiegen, lief sie mit einem mit Lebensmitteln gefüllten Rucksack auf dem Rücken und zwei vollen Taschen in der Hand nach Hause. Dort angekommen legte sie die Einkäufe auf dem Tisch ab und lief ins Wohnzimmer. Sie wollte gleich ehrlich sein.

„Tut mir leid, aber sie haben mich dort heute nach dem Ausweis gefragt, Peter.", sagte sie, ohne jemanden zu begrüßen.

„Du wurdest doch noch nie nach dem Ausweis gefragt?!", mutmaßte Peter.

„Wahrscheinlich war es die letzten Male nur reines Glück."

„Vielleicht solltest du dich einfach ein bisschen mehr zurechtmachen, dann würdest du nicht wie ein junger Teenager aussehen.", sagte Elsa in halblautem und müdem Ton.

„So sehe ich nicht aus. Ich gehe in die Küche, um die Einkäufe in die Schränke zu räumen. Ich muss Benni bald abholen. Deinen Sohn!", sagte sie leicht eingeschnappt und betonte die letzten beiden Worte.

„Da ist wohl jemand schlecht gelaunt?", fragte Peter, der nun auch in die Küche hineinkam.

„Ich bin genervt, ja.", sagte sie trotzig.

„Ich bin auch genervt, da ich nun selbst noch einmal losgehen muss.", gab er dem entgegen.

„Dafür kann ich nun auch nichts." Maggie räumte weiter die Taschen aus.

„Deine Mutter kann auch nichts dafür. Du hast also keinen Grund, sie so anzugehen.", sagte er wütender.

„Ich bin sie nicht angegangen.", äußerte sich Maggie voller Ernsthaftigkeit.

Maggie hatte gerade zwei Packungen von Mehl und Zucker in den Händen, als Peter ein Handgelenk von ihr fasste. Sie ließ daraufhin eine Packung zu Boden gehen und das Mehl verteilte sich auf dem Küchenboden. Peter schaute sie zornig an.

„Ich habe gesagt, du hast keinen Grund, sie anzugehen, also wirst du dich auch in ihrer Gegenwart nicht so verhalten." Er drückte fester zu.

„Ist ja okay."

„Schon wieder so pampig. Hast du deine Periode oder was?"

„Lass mich bitte alles ausräumen, dass ich Benni holen kann."

Maggie spürte, dass der heutige Tag einfach nicht der ihre war.

„Kehr vorher das Mehl hier auf.", forderte er.

„Das war aber nicht meine Schuld.", sprach sie aus und bereute es schnell.

Peter holte einen kleinen Kehrbesen und streckte ihn Maggie entgegen.

„Kehr es auf, und zwar sofort!", befahl er.

Sie nahm es entgegen und legte Besen und Schaufel vorerst auf den Küchentisch.

„Wenn ich aufgeräumt habe. Die Sachen müssen in den Kühlschrank."

Peter stellte sich hinter Maggie und stieß seine Knie in ihre Kniekehlen, so, dass sie zu Boden sank. Nun auf dem Boden kniend, warf Peter den Handbesen vor sie auf den Boden.

„Jetzt sofort!", schrie er, „Sonst knallt es. Du hast es in kürzester Zeit schon genug ausgereizt."

Um Schlimmerem zu entgehen, begann Maggie das Mehl schweigend, unter den Argusaugen von Peter, aufzukehren.

Karls Plan, mit seinem Sohn die Baustellenfläche zu begutachten, wurde weiter in die Ferne gestellt. Mit seiner Frau hatte er diese Woche einige Termine vereinbart und ebenfalls etliche Adressänderungen mussten erledigt werden.

David, der diesbezüglich nicht so viel Aufwand betreiben musste, nutzte die Tage, um laufen zu gehen und ebenfalls im Garten mit dem Skizzieren zu beginnen.

Da ihm Maggie nicht aus dem Kopf ging und dass, obwohl er lediglich ein flüchtiges Lächeln mit ihr getauscht hatte, entschied er sich, am heutigen Mittwoch ins Café zu gehen. Vor Laura musste er sich nun nicht mehr rechtfertigen und würde bei ihrer Aussage bleiben, dass ihr letztes Gespräch nie stattgefunden hatte.

Als er hineinkam, stand Maggie mit dem Rücken zu ihm. Laura erkannte ihn sofort und ein ironisches Grinsen ihrerseits ließ ihn sich ertappt fühlen. Er setzte sich heute nicht an die Theke, sondern entfernter auf einen Platz in der Ecke.

„Schau mal wer da ist, Meg.", sagte Laura und gab ihr den Wink sich umzudrehen.

Maggie schaute im Café umher und entdeckte David. Sie lächelte ihm freundlich zu und ihr Herz machte einen freudigen Sprung, doch kurz darauf widmete sie sich wieder dem Säubern einiger Zuckerstreuer.

Laura ging daraufhin zu David und nahm seine Bestellung auf.

„Hey, was darf es sein?", wollte sie wissen. „Sie ist heute, irgendwie nicht so gut gelaunt.", fügte sie schmollend hinzu.

„Einen Cappuccino, wie immer, und ein Stück Apfelkuchen. Der stand doch draußen auf dem Schild, oder?", bestellte und fragte er, ohne sich anmerken zu lassen, es schade zu finden, den wohl falschen Tag gewählt zu haben.

„Ja, stand er. Cappuccino und Apfelkuchen, kommt sofort."
Laura wendete sich wieder ab.

Im Café war heute einiges mehr los und die beiden Frauen hatten zu tun. David befand es als schade, dass Maggie sich gleich wieder abwandte, als sie ihn kurz begrüßte. Ihr Lächeln jedoch, war herzlich. Es war, als wolle sie nicht, dass er sie länger anschauen konnte. Er nahm sich ein Blatt Papier aus seiner Laptoptasche und dazu einen Bleistift. Er würde versuchen, sich etwas auf seine Arbeit zu konzentrieren.

So sehr sich Maggie freute, David zu sehen, und ebenfalls mitbekam, dass er vor allem ihr seinen Blick schenkte, konnte sie sich trotzdem nicht zu mehr ringen. Auch als Laura sie bat, David sein Getränk und das Stück Kuchen zu bringen, nutzte sie die Gelegenheit, dem zu entgehen, indem sie sagte, sie müsste zu den neu eingetroffenen Gästen an den Tisch gehen. Maggie behielt ihre Freundlichkeit gegenüber den Gästen und erledigte ihre Arbeit ohne Patzer. Sie war lediglich in jenen Momenten, in denen sie niemanden bedienen musste, etwas ruhiger und sprach nur ab und an mit Laura. Der Grund für ihre schlechte Laune war wie immer Peter gewesen. Am gestrigen frühen Abend war sie beim Kochen in Gedanken versunken gewesen und ließ dabei das Essen anbrennen. Der Nebel zog von der Küche in das Wohnzimmer und Peter kam stinksauer auf sie zu und schrie sie in Grund und Boden. Nachdem sie sagte, dass es keine Absicht war und sie gleich lüften würde, hatte sie bereits seine flache Hand im Gesicht. Er war wütend, da er nun länger auf sein Essen warten müsste. Benni begann sich ebenfalls einzumischen und meinte, Peter solle seine Schwester in Ruhe lassen. Ehe er in seiner rasenden Wut auf den Kleinen hätte losgehen können, stellte sich Maggie ihm in den Weg. Peter nahm die Pfanne mit dem verbrannten Fleisch, leerte es in das Spülbecken und schlug Maggie daraufhin mit dem Pfannenboden auf den Oberarm. Daraufhin ließ er sie krachend in das Spülbecken fallen und ließ verlauten, dass sie schleunigst etwas Neues kochen soll.

Die Demütigung des vergangenen Montags und der gestrige Abend, ließ Maggie keine andere Wahl, als ihre Arbeit zu tun und in ruhigen Minuten darüber nachzudenken, was sie am besten unternehmen könnte. Wäre ihre Angst nicht zu groß, dass sie Benni bei diversen Unternehmungen verlieren könnte, hätte sie wohl schon so einiges versucht. Ihr Wunsch nach Freiheit wurde Tag um Tag größer. Würde sie sich auch heute nicht von ihrer besten Seite zeigen, David den Anlass geben zu denken, er würde sie nicht interessieren, hoffte sie, die Möglichkeit zu bekommen es an einem anderen Tag besser machen zu können.

Er blieb an jenem Tag auch nicht mehr allzu lange. Ihre Blicke trafen sich noch das ein oder andere Mal, doch sie entging diesen schnell. David traute sich nicht, sie anzusprechen, da er nicht zu aufdringlich sein wollte. Er würde einige Tage vergehen lassen, ehe er wieder in Lauras Café gehen würde.

Kapitel 6

Das Wochenende war gekommen. Benni wie immer mit von der Partie, wenn Maggie zur Arbeit ging. Seinen Rucksack gepackt mit einem Ausmalbuch, leeren Blättern, und Buntstiften, stand er wartend auf Maggie im kahlen Flur. Er freute sich, wenn er sie begleiten konnte. Laura gab ihm immer kostenlose Schoko- oder Erdbeermilch, wenn er sich anständig benahm und obendrauf gab es noch einen leckeren Pfannkuchen. Benni war im Café schon sehr bekannt und beliebt. Manchmal unterhielt er sich mit anderen. Vor allem die älteren Leute sagten stets, wie süß er doch sei. Benni benahm sich immer einwandfrei und war herzallerliebst. Meistens jedoch beschäftigte er sich mit seinen Malsachen. Er war ziemlich schüchtern und zurückhaltend. Jemand musste schon von sich aus auf ihn zugehen, um mit ihm sprechen zu können.

„Guten Morgen, ihr zwei." Laura schloss gerade die Ladentür auf. „Na Benni, geht es dir gut?"

„Ja. Dir?"

„Danke, mir geht es immer gut. Vor allem, wenn ich dich sehe."

„Kommt heute wieder die Damenrunde?", fragte Maggie witzelnd.

„Natürlich haben sie sich wieder angemeldet. Dann müssen wir uns wieder anhören, was für schlechte Männer sie doch haben."

„Und, dass sie nicht wissen, für was sie das ganze Geld von ihnen ausgeben sollen."

„Hausfrauen haben es schon sehr schwer."

Beide lachten, gingen in das Café hinein und Benni hopste hinterher.

Laura legte ihre Jacke und Tasche ab und nahm Benni auf den Arm. Sie ging mit ihm zum vorletzten Tisch und setzte ihn auf die Couch.

„Der reservierte Tisch für Herrn Krüger *mini*, bitte schön. Gleich gibt es eine heiße Schokolade, Pfannkuchen gegen zwölf und die weiteren Getränke werden auf die Arbeitszeit ihrer Schwester verteilt." Laura gab Benni ein Küsschen auf die Wange. Er lachte immer aus vollem Herzen, wenn Laura ihn wie einen großartigen Gast behandelte, und dies tat sie jedes Mal.

„Ihm geht es zu gut bei dir, Laura."

„Ich habe mich in ihn verliebt. Er ist so goldig."

„Doch du weißt, dass du weiterhin alles von meinem Gehalt abziehen kannst."

„Ich bitte dich, Maggie. Das Thema hatten wir schon. Wenn Benni alt genug ist, darf er dafür hinten spülen." Laura lachte lauthals.

„Deal.", sagte Maggie kichernd und Laura streckte ihr die Hand zur Abmachung hin. Sie wusste so oder so, dass irgendetwas bei Maggie nicht stimmte. Wenn alles in Ordnung gewesen wäre, wäre Benni bei seiner Mutter und nicht ständig bei seiner Schwester in Obhut. Ein einziges Mal hatte Laura es versucht anzusprechen. Es war am ersten

Wochenende vor einem Jahr, als Maggie hier begann zu arbeiten. Sie wirkte daraufhin zögerlich und Laura bemerkte, dass sie nach plausiblen Ausreden suchte. Maggie hatte den Job gebraucht und Laura wollte sie auch nicht mehr missen. Die Leute mochten sie und ihre Arbeitsweise war bestens. Auch wenn die beiden sogar eine kleine Freundschaft in den letzten Monaten aufgebaut hatten, so blieben Details aus dem Privatleben eher im Hintergrund. Nur was Maggie nicht wusste, war, dass die Leute hier tratschten. War sie nicht anwesend, kamen diverse Aussagen von anderen, welche in ihrer Straße ein Haus besaßen. Es wäre laut bei ihnen und oftmals hörte man Gegenstände kaputt gehen. Laura wusste, dass Maggies Vater starb und ihre Mutter einen neuen Mann geheiratet hatte. Es war nur logisch, wenn man eins und eins zusammenzählte. Der Kerl musste ein wahrer Drecksack sein. Zu oft schon, hatte Laura Maggie durch die Blume gesagt, dass sie für sie da sei, wenn etwas vorfallen würde, doch stets stieß sie auf Granit. Maggie wollte ihre Probleme offensichtlich verbergen und deswegen hatte nachhaken keinerlei Wert.

Es ging auf die Mittagszeit zu und David betrat das Café. Maggie war gerade dabei den Damentisch zu bedienen, während Laura hinter der Theke heiße Getränke zubereitete. Als sie ihn sah, begrüßte sie ihn winkend und wies ihn mit einem Fingerzeig darauf hin, dass sein Platz von letztem Mal frei wäre. Dankend zunickend nahm David auch dort Platz.

Der ausreichende Tisch kam ihm zugute, um sich dort mit seinem Laptop und Skizzenblock auszubreiten.

„Heute ist wohl ein längerer Aufenthalt hier geplant, David?"

„Du scheinst immer wie aus dem Nichts zu kommen, Laura.", lächelte er.

„Ich bin eben überall.", feixte sie.

„Hier die Karte für dich und einen Cappuccino vielleicht?"

„Ja, sehr gerne. Die Karte brauche ich eigentlich gar nicht. Ich nehme die Empfehlung der Pfannkuchen an, aber wenn möglich erst in circa einer Stunde. Wäre das in Ordnung?"

„Na, aber sicher ist das in Ordnung. Dann lasse ich dich mal in Ruhe arbeiten. Dein Getränk kommt in Kürze."

David blickte in den Raum, um zu versuchen, Maggie aus der Ferne zu begrüßen. Sie war jedoch weiterhin an ihrem Tisch beschäftigt. Ihr Lächeln bei den Frauen wirkte zwar echt, doch das Auf und Ab ihrer Füße ließ verraten, dass sie eigentlich nur dort wegwollte. David amüsierte dies. Er holte drei verschiedene Bleistiftgrößen aus seiner Tasche und legte einen begonnenen Entwurf auf seinem Skizzenblock offen. Auf seinem Laptop öffnete er, nachdem dieser vollständig hochgefahren war, ein Architekturprogramm. Gegenüber sah er den Kopf des kleinen Jungen stets neugierig auf und ab schauen.

„Hallo, kleiner Mann.", versuchte er seine volle Aufmerksamkeit zu erhaschen.

„Hallo.", entgegnete Benni kurz und fühlte sich ertappt.

„Bist du ganz allein hier?"

Benni schüttelte den Kopf und zeigte auf Maggie. David war fortan verwundert und wollte gerne wissen, ob es möglich wäre, dass es ihr Sohn war.

„Ist sie deine Mama?", fragte er vorsichtig.

„Nein." Benni kicherte. „Sie ist meine große Schwester."

David war von der Antwort sichtlich erleichtert.

„Meg!", rief Laura hinter der Theke hervor. Zum einen, um sie endlich von dem Tisch zu erlösen und zum anderen, um sie zu Davids Tisch schicken zu können.

„Einmal Cappuccino für den netten jungen Mann dort hinten." Laura zwinkerte ihr zu.

„Du willst wohl nicht zu ihm?"

„Mein Zug ist doch abgefahren."

„Alles klar. Ich gehe schon.", versicherte sie und lehnte nicht, wie beim letzten Mal, mit einer Ausrede ab.

Maggie war zugegeben etwas aufgeregt. Ihr Herz begann ohne driftigen Grund schneller zu schlagen. Sie konnte sehen, dass sich Benni und David unterhielten.

„Hi. Einmal Cappuccino."

„Hi. Dankeschön. Maggie, nicht wahr?"

„Ja, die bin ich und ich hoffe ,mein kleiner Bruder ist nicht zu aufdringlich."

„Ach quatsch, ich freue mich immer über eine nette Unterhaltung. Ich bin David."

Er konnte seinen Blick nicht von ihr lassen, ebenso merkte er, dass sie heute besser gelaunt schien.

„Ehrlich gesagt, wusste ich das bereits. Meine Chefin ist eine Quasselstrippe."

„Das wusste ich seit dem ersten Moment."

Sie lachten beide und blickten zu Laura.

„Jaja, redet ruhig über mich." Keck streckte sie die Zunge heraus.

„Wenn etwas gebraucht wird, dann einfach Bescheid geben und Benni, sei anständig." Sie wuschelte ihm durch die Haare und ging davon.

Maggie beeilte sich, von dem Tisch zu gehen, weil David sie definitiv nervös zu machen schien.

„Malst du Bilder?", fragte Benni.

„Nicht direkt. Ich zeichne Häuser."

„Warum?" Benni war neugierig.

„Das ist meine Arbeit."

„Ah." Benni schien nicht viel damit anfangen zu können.

„Willst du, dass ich es dir zeige und erkläre?"

„Oh ja.", kam es aus ihm herausgeplatzt.

„Doch nur, wenn deine Schwester dir erlaubt dich zu mir zu setzen."

„Maggie?", rief er nach ihr.

„Was ist, Benni?"

„Darf ich zu…", er unterbrach.

„David.", flüsterte er ihm zu.

„Darf ich bei David sitzen?"

„Wenn er es dir erlaubt." Maggie blickte zu David, der ihr bejahend zunickte.

Benni packte seine Sachen vom Tisch in den Rucksack und wechselte hinüber zu David an den Platz. Er ging nochmals zurück und stieg auf die Bank, um seinen Milchshake zu holen. David sah, dass Benni ihn zu verschütten drohte und sprang rasch auf, um ihm diesen aus der Hand zu nehmen.

„Warte, ich stelle ihn dir auf den Tisch."

„Danke." Schnurstracks krabbelte Benni auf die gegenüberliegende Bank, um sich von David die Häuser zeigen zu lassen.

„Möchtest du zufällig eine kleine Pause einlegen? Die zwei würden sich sicherlich über deine Anwesenheit freuen."

„Später vielleicht. Da kommen gleich vier Leute." Maggie zeigte mit dem Kopf in Richtung Eingang.

„Ich bin auch noch da und der große Ansturm kommt sicher erst wieder gegen vier."

„Wie gesagt, vielleicht später. Ich brauche noch keine Pause."

Laura bemerkte, dass David etwas in Maggie auslöste. Nur war sie zu unsicher und deshalb schien sie sich nicht dorthin zu wagen. Sie würde ihr später schon noch den nötigen Schubs geben und die bestellten Pfannkuchen wären auch noch an der Reihe. Sie würde einfach drei Teller machen.

„Was machst du bei der Arbeit?" Benni beugte sich weit über den Tisch, um die Zeichnung genaustens zu betrachten.

„Es ist ganz einfach. Wenn jemand ein Haus bauen möchte, dann zeichne ich es ihm seinen Wünschen entsprechend. Verstehst du, was ich meine?"

„Das, was du malst, wird mal ein Haus."

„Genauso kannst du es sehen."

„Für wen ist das?"

„Dafür gibt es noch keinen, der es möchte."

„Da könnte es doch für dich sein."

„Meinst du?", schmunzelte David.

„Warum nicht, oder jemand mag es haben."

David war begeistert zu sehen, wie intensiv Benni ihm zuhörte, wenn er etwas erklärte.

Maggie beobachtete die beiden ein wenig und war erstaunt über Bennies Aussprache. Er hatte das Problem, Sätze zu verkürzen, mit dem Stottern zu beginnen. Dies geschah vor allem, wenn er aufgeregt oder verängstigt war. Bei David jedoch, sprach er sehr flüssig. Er schien einen guten Einfluss auf ihn zu haben.

„Hier, dreimal Pfannkuchen für euch." Laura stellte die Teller auf der Thekenfläche ab.

„Warum drei?"

„Für Benni, David und dich. Deine Pause ruft und wehe du verschmähst sie."

Maggie schmollte und schmunzelte zugleich.

„Ist ja in Ordnung. Dann bis gleich."

„Alles gut. Lass dir Zeit."

Maggie nahm die drei Teller und versuchte, selbstsicher auf den Tisch zuzugehen.

„Ich bringe uns Pfannkuchen."

„Lecker." Benni schien es kaum erwarten zu können.

„Die Empfehlung der Chefin. Ich bin gespannt." David schob seine Arbeitsutensilien zur Seite.

„Sie schmecken köstlich, das kann ich versprechen.", sagte Maggie.

Sie nahm sich Messer und Gabel, um Bennies Pfannkuchen klein zu schneiden.

„Isst du mit uns?", fragte Benni sie.

„Jawoll. Der dritte Teller ist leider nicht für dich, Kleiner."

„Du bist Architekt?", stellte sie die Frage an David.

„Ja, das bin ich. Wir sind hierhergezogen, weil wir für die Neubausiedlung verantwortlich sind."

„Ein großes Projekt, wenn ich an die große Fläche denke."

„Oh ja, das ist es. Ich freue mich schon sehr darauf." David gefiel es, dass Maggie mit ihnen aß. Benni stocherte währenddessen in seinen Beeren herum und bekam keine auf seine Gabel aufgespießt. Sekunden später sprang ihm eine vom Teller und landete auf der Skizze von David. Die rote Himbeere verewigte sich auf der Zeichnung. Benni bekam wieder seine großen Augen und sie füllten sich anschließend mit Tränen. Ebenfalls sein Sprachfehler war wieder vorhanden.

„Tut leid. Nein. Tut mir…tut leid.", stammelte er.

„Alles gut, Benni. Ist nicht weiter schlimm. Die Beere war eben schneller als die Gabel.", versuchte David, Benni zu beruhigen.

Instinktiv fasste sich Benni an die Stelle seines Oberarmes, an der Peter vor Tagen zu fest zugelangt hatte. Zwanghaft wollte er die richtige Wortfolge herausbringen, doch schien wie unter Schock zu stehen.

„Mir leid. Tut mir…"

„Benni, schau mich an." Maggie nahm sein Gesicht in beide Hände und drehte es zu sich.

„Es ist alles okay. Er ist nicht böse."

„Ich bin wirklich nicht böse. Ich hätte es schließlich auch wegpacken können."

David war vollkommen verwirrt und wusste nicht, was mit dem Kleinen los war.

„Ich sage falsch. Es falsch.", zitterte seine Stimme.

„Benni, beruhige dich."

„Es tut mir leid.", richtete sich Maggie an David.

Sie nahm Benni auf den Arm und ging mit ihm zu den Toiletten. Dort setzte sie ihn auf den Wickeltisch.

„Benni! Hörst du mir zu?", wollte sie von ihm wissen.

Er nickte.

„Peter ist nicht hier. David ist nicht böse. Er tut dir nicht weh."

Benni schluchzte, doch beruhigte sich allmählich.

„Verstehst du, was ich dir sage?"

Er nickte wieder.

„Willst du weiter deinen Pfannkuchen essen?"

Er nickte nochmals.

„Dann atme noch einmal tief durch und werde ruhiger."

Sie hörte Bennie mehrfach tief ein- und ausatmen.

„Ich mag es ihm sagen."

„Es…tut…mir…leid.", sagte sie ihm langsam vor.

„Es tut…mir leid.", sagte er ihr nach.

„Genau. Vier Worte und mehr nicht."

Auch Maggie atmete nochmals tief durch und sie gingen wieder zu David an den Tisch. Der hatte sich derweil mit der Himbeere ein Lachgesicht auf die Skizze gemalt und die lag noch umgedreht auf dem Tisch. Beide kamen wieder und Benni krabbelte erneut auf die lederne Couch.

„Es tut mir leid, David.", entschuldigte er sich problemlos.

„Alles gut. Entschuldigung angenommen. Wir können es gemeinsam neu malen.", schlug er vor. „Wie fändest du das?"

„Gut."

„Sehr schön und bis dahin darfst du das behalten." David schob ihm das Lachgesicht zu und ein Lächeln zeigte sich auf Bennies Gesicht.

„Danke.", flüsterte Maggie ihm zu.

„Gerne.", flüsterte er zurück.

Die drei aßen ihre Pfannkuchen noch in aller Ruhe und ohne weitere Eskapaden leer, bis Maggie sich schließlich wieder der Arbeit widmen musste.

David und Benni begannen eine neue Skizze zu zeichnen, auch wenn dieses Haus letzten Endes eher niemandem zusagen würde. Maggie jedoch hörte viel Gelächter und sie hatte ihren Bruder lange nicht mehr so glücklich gesehen. Nachdem David nach einem weiteren Cappuccino das Café verließ, malte Benni weiter in seinem Malbuch aus. David versprach ihm, morgen wieder zu kommen. Benni solle ihm einen Platz freihalten.

„Ihr drei saht süß miteinander aus und ich habe gemerkt, du hast dich wohlgefühlt.", erwähnte Laura wenige Stunden später.

„Benni war wirklich glücklich und ja, David scheint ein toller Mann zu sein."

„Und?", wollte Laura wissen.

„Wie meinst du, und?", kam Maggies Gegenfrage.

„Naja, denkst du, er wäre zu gut für dich?"

„Ich denke nicht, dass ich das bin, was er will."

„Sollte er das nicht entscheiden können?", hakte Laura weiter.

„Laura ich…", sie unterbrach.

„Du?"

„Ach nichts."

„Ich denke, ich weiß mehr über dich als dir bewusst ist.", gab Laura nun zu.

„Ich verliere doch nicht meinen Job, oder? Das mit Benni heute tut mir leid.", sagte sie etwas leiser.

„Maggie, ich bitte dich. Ich brauche dich hier und möchte dich sicher nicht ersetzen. Ich will dir nur sagen, dass auch du dein Glück verdient hast. Natürlich würde ich dir nicht gut zu sprechen, wenn er Augen für mich gehabt hätte." Ihr Versuch, Maggie aufzuheitern, glückte.

„Es ist nicht so einfach."

„Das glaube ich dir sofort, aber trotzdem scheint es so, als wartet jemand auf deinen Feierabend?"

Draußen vor dem Café stand David.

„Geht schon, ihr zwei. Ich mach den Rest hier."

„Danke Laura, du bist die Beste."

„Das weiß ich.", lachte sie. „Bis morgen dann."

„Bis morgen."

„Benni, es geht los. Pack deinen Rucksack zusammen."

Laura holte Jacke und Tasche und so sehr sie sich freute, ihn zu sehen, hoffte Maggie inständig, dass David sie nicht nach Hause bringen wollte.

Kapitel 7

Nachdem David nach seinem Besuch im Café nach Hause kam, war es diesmal nicht nur Maggie, welche ihm in Erinnerung blieb. Er fragte sich, was genau Bennies Verhalten auf sich gehabt hatte. Er war ein kleines Kind und der kleine Fauxpas mit der Himbeere war in keiner Weise schlimm gewesen. Bennie jedoch geriet in einen wahren Schockzustand. David blieb es nicht unbemerkt, dass er sich sofort an den Arm griff und auf Krampf die richtige Wortwahl für eine Entschuldigung treffen wollte. Was genau war mit dem kleinen Jungen geschehen, der vorher voller Euphorie zuhörte und mit David malte?
David war ein Mensch, der Unklarheiten stets just aus dem Weg räumen wollte und startete deshalb einen Versuch der Erklärung.
Er wusste, wann das Café schloss, und machte sich kurz vorher auf den Weg, um die zwei abzuholen. Natürlich wusste er nicht, ob er damit zu aufdringlich sein, die beiden gar verschrecken würde, aber er wollte es einfach auf diese Weise herausfinden.

„David, hallo. Hast du etwas vergessen?", fragte ihn Maggie, während sie ihre Jeansjacke richtig anzog.
„Na ja, ich konnte mich bei dem Trubel vorhin gar nicht richtig verabschieden.", versuchte er charmant zu klingen.
„Deshalb bist du also extra wieder hergekommen?", schmunzelte sie und eine leichte Röte ließ sich durch die

aufkommende Wärme in ihrem Gesicht erahnen. In ihrem Bauch verbreitete sich ein schönes Gefühl. Ihr Kopf sagte ihr, lass es einfach sein. Du hast keine Zeit und bist es nicht wert. Wenn du nicht bald zu Hause bist, könnte dich Ärger erwarten.

„Ich dachte, jetzt wo es noch etwas hell ist, könnten wir vielleicht noch ein wenig mit Benni auf den Spielplatz gehen.", fragte er vorsichtig an. „Ich habe einen in der Nähe gesehen."

Als Benni das hörte, zog er nervös an seinen Bändeln des Rucksacks und trappelte mit den Füßen. Dies tat er immer, wenn er sich auf etwas freute.

Maggie atmete tief, blickte zu David und dann zu Benni. Sie wusste, dass es nichts Gutes mit sich bringen würde, aber Benni würde unendlich glücklich darüber sein, wenn sie zusagte. Erwartungsvoll schaute der Kleine seine Schwester an. David hoffte ebenfalls auf eine positive Antwort.

„Mein Fehler. Vielleicht hast du auch etwas anderes geplant."

Ohne darauf einzugehen, schaute sie zu ihrem Bruder.

„Hast du Lust, Benni?"

Sein Grinsen wurde breiter.

„Oh ja."

„Dann lasst uns gehen.", sagte Maggie und schwang den Arm zur Aufforderung in die Luft.

„Sehr schön.", sagte David leise und sie gingen los.

Der Spielplatz war keine zehn Minuten entfernt und dieser Tag im Juli brachte einen schönen und lauen Abend mit sich.

Sie sprachen nicht viel miteinander. Maggie fing die Blicke der Spaziergänger auf, welche abwertend wirkten. Jeder wusste, in welchem Haus sie wohnte und alle tratschten. Sie ließen es sich jedoch nie richtig anmerken, wenn sie beispielsweise im Café von ihr bedient wurden. Maggie fand es traurig, dass sie sich alle ein Urteil über sie bildeten, doch keiner wirklich wusste, was genau in dem Haus vor sich ging. Vor allem im Supermarkt hörte sie Getuschel, sobald eine falsche Person sie entdeckte. Köpfe von gemeinsamen Nachbarn wurden zusammengesteckt und es fielen Sätze wie:

Ihr Stiefvater soll sie geschwängert haben und sie gibt den Jungen als ihren Bruder aus.

Ich glaube, ihre Mutter existiert gar nicht mehr. Man sieht sie nie außerhalb des Hauses.

Die Tochter soll große psychische Probleme haben und sogar harte Drogen konsumieren.

Die Familie stört die Nachbarschaft mit ihren täglichen Streitereien.

Maggie war es leid, doch hätte sie sich selbst gewehrt, hätte ihr wohl niemand Glauben geschenkt. Elsa und Peter haben ihren Plan geschickt durchgesetzt, sie allein als schlechten Menschen darzustellen. Wie lange würde es wohl dauern, bis David diese ganzen Gerüchte hören würde? Wahrscheinlich am nächsten Tag, wenn er jemanden auf der Straße traf. Sie würden sich freundlich vorstellen und ihn daraufhin fragen, ob der denn eigentlich wisse, mit wem er da auf dem Spielplatz war?

Mit aller Kraft versuchte Maggie ihre schlechten Gedanken aus dem Kopf zu bekommen und den Moment zu genießen. Bald würden sie ihre Ruhe haben. Nur noch ein paar Monate mussten vergehen.

„Hallo Benni.", rief ein kleiner Junge und winkte Benni vom Sandkasten aus zu.

„Na los, gib mir deinen Rucksack und geh spielen. Viel Spaß." Maggie lächelte und zog ihrem Bruder den Rucksack vom Rücken. Sie und David setzten sich daraufhin auf die rote Holzbank auf dem Spielplatz.

„Ich hoffe, dass du nicht denkst, ich sei ein Stalker?!"

„Bist du es denn?", fragte sie voller Ernsthaftigkeit und zog die Augenbrauen nach oben.

„Okay, dieser Blick macht mir gerade etwas Angst.", gab David zu.

Maggie begann zu lachen.

„Dann kannst du ja froh sein, dass ich nicht lange so finster schauen kann."

„Ich glaube, dass ich deinen Bruder noch sehr für die Architektur begeistern kann."

„Das glaube ich dir sofort, nachdem ich ihn bei dir am Tisch so freudig erlebt habe."

„Er schien ernsthaft interessiert.", sagte David.

„Wolltest du schon immer Architektur studieren?"

„Um ehrlich zu sein ja. Ich habe meinem Dad stets bei der Arbeit zugesehen und es hat mich fasziniert. Bereits von klein auf. Es lag letzten Endes auf der Hand, dass ich ebenfalls diesen Weg einschlagen würde."

„Werdet ihr nun lediglich für die Projektzeit hier wohnen?" Mit dieser Frage stieg in David die Hoffnung, dass Maggie ihn doch noch besser kennenlernen wollte.

„Meine Eltern wollen langsam zur Ruhe kommen. Für mein Dad wird es das letzte große Projekt sein und ich denke, wenn alles passt, dann werden sie sich hier niederlassen."

„Und du?", wollte sie wissen und ihr Gesichtsausdruck verriet großes Interesse an seiner Antwort.

„Ich werde sehen, wie sich alles entwickelt.", lächelte er und Maggie erwiderte es.

„Schubst mich jemand an?", rief Benni fragend aus der Ferne. Sein Freund aus der Tagesstätte musste wohl gegangen sein.

David und Maggie standen gleichzeitig auf und gingen zu den Schaukeln hinüber, an denen er hoffnungsvoll wartete. Der Spaßfaktor auf dem Spielplatz nahm bei den Dreien immer mehr zu. Maggie schaukelte, während David Benni anschubste. Die beiden wechselten sich ab und Benni nahm so viel Schwung, um David mit der Schaukel zu bewegen, dass er umfiel und lachend im Sand versank. Auf der Wippe half Maggie ihrem kleinen Bruder, stärker als David zu sein und beim Klettern machten es sich Maggie und David zur Aufgabe, Benni zu helfen, heil nach oben zu kommen. Zu guter Letzt wetteiferten David und Maggie gegeneinander beim Weitsprung. Sie verlor um einige Meter.

Maggie fühlte sich wohl und befreit, bis sie spontan auf die Uhr schaute. Schon eineinhalb Stunden waren vergangen und dies bedeutete, dass es bald sieben Uhr war. Sie hätte schon längst gekocht haben müssen. Ihr Freiheitsgefühl verflog im Nu und Angst stieg in ihr auf.

„Es tut mir leid, aber wir müssen los.", entschuldigte sie sich just.

„Noch nicht.", flehte Benni.

„Benni, wir müssen nach Hause. Bitte komm jetzt." Sie hob seinen Rucksack als Wink nach oben.

Als David mitbekommen hatte, wie schlagartig sich Maggies Befinden änderte, wollte er wissen weshalb.

„Maggie, alles in Ordnung?", klang er besorgt.

„Ja, doch wir müssen jetzt wirklich nach Hause. Seine Mutter wartet auf ihn.", log sie.

„Du könntest sie doch anrufen und Bescheid geben.", schlug er nichtsahnend vor.

„Nein, das geht nicht." Maggie wurde immer nervöser.

„Können wir gehen, Benni?"

„Menno. Okay." Er stampfte förmlich zu ihr.

„Darf ich dich wenigstens noch nach Hause begleiten?"

„Das ist lieb von dir, aber wir sind ja in zehn Minuten daheim. Es war echt lustig. Danke nochmal." Maggie nahm Benni an die Hand und zog ihn leicht mit sich.

„Tschüss, David.", drehte er sich nochmals zu ihm um.

„Tschüss, Kleiner. Bis morgen, wie versprochen."

David stand in diesem Moment da, wie bestellt und nicht abgeholt. Vor allem sah er, dass Maggie in die Richtung lief, in welche er ebenfalls musste. Er lief ihr aber deshalb nicht hinterher, sondern hielt Abstand. An der Stelle, an welcher sich die Straße aufteilte, ging sie rechts entlang. Sie wohnte also in der Parallelstraße. Durch die Häuser hindurch konnte er sie weiterhin sehen und konnte es nicht lassen, sie zu beobachten. Angst war in ihrem Gesicht zu sehen, nachdem sie auf die Uhr geschaut hatte. Ihre Hände zitterten, als sie Bennies Rucksack in ihnen hielt. David konnte nun nicht nur sehen, dass Maggie in einem der heruntergekommenen Häuser zu leben schien, sondern ebenfalls in jenem, in dem der ekelerregende Mann stand. So wie in diesem Moment auch. David konnte selbst auf der gegenüberliegenden Straßenseite seine jetzigen Schreie hören.

Als Maggie Peter im Garten hat stehen sehen, blieb ihr beinahe das Herz stehen.
„Sag jetzt einfach nichts, Benni.", flehte sie ihn leise an.
„Schön, dass ihr auch mal kommt. Wo zum Teufel wart ihr?", schrie er lauthals und zwei Köpfe erstreckten sich aus dem Fenster des Nachbarhauses.
„Es gab eine größere Gesellschaft und wir mussten länger öffnen. Ich fange sofort an zu kochen."
So sehr Peter stets darauf bestand, genug Alkohol im Haushalt zu haben, so wichtig war es ihm auch, dass an den Wochenenden das Essen um halb sieben auf dem Tisch stand.
Benni drückte Maggies Hand, so fest er konnte, nur um sich nicht von ihr lösen zu müssen.

„Das ist mir scheißegal, Maggie. Sofort rein hier!"

Er zog sie am Arm in das Haus hinein und nun rasselte Sand aus deren Kleidung auf den Fußboden.

„Ist nicht euer Ernst, oder? Wo kommt der Sand her?"

„Was ist denn los bei euch?" Elsa stand müde blickend im Hausflur und sah sich ihre Kinder beinahe uninteressiert an.

„Geh du wieder ins Wohnzimmer, Elsa. Ich regele das hier."

„Wann gibt es denn essen?", wollte sie noch wissen.

„Wenn ich hier fertig bin." Peters Stimme klang nun mehr als nur wütend.

David war kurz davor zum Haus von Maggie zu rennen. Er spürte, dass die zwei Hilfe brauchen könnten. Er selbst war in wenigen Schritten zu Hause und sah von Weitem seinen Vater am Auto hantieren. Just wurde er von seinem Vater erkannt.

„Hey David, sehr gut, dass du wieder zu Hause bist. Ich bräuchte hier mal kurz männliche Unterstützung bei den Lampen."

Ohne seinen Vater zu begrüßen, legte er beim Lampenwechsel mit Hand an.

„Alles in Ordnung, mein Sohn?", wollte er wissen.

„Bei mir schon.", sagte er leise.

Sein Vater kannte seinen Sohn und wusste, wann er keinerlei Versuch zu starten hatte, eine Konversation mit ihm zu beginnen. Deshalb arbeiteten sie schweigend zusammen weiter.

Kapitel 8

Es war acht Uhr am Morgen und Maggie hatte noch über eine Stunde Zeit, bis sie am Café sein musste. Benni schlief noch in ihrem Zimmer. Sie ging ins Bad, um sich fertig zu machen. Während des Zähneputzens schaute sie sich im Spiegel an und sah ihre dunklen Augenringe. Sie hoffte, dass genug Make Up helfen würde. Ihre Augen waren glasig und leicht verquollen, denn die letzte Nacht war mit wenig Schlaf und Tränen einhergegangen.

Dass Maggie mit Benni am Abend zu spät nach Hause gekommen war, war eines, doch der Sand ließ ihre Lüge auffliegen.

Sie musste mehrere Fausthiebe einstecken und zwei heftige Tritte in ihre Magengrube ließen sie zu Boden gehen. Nur beobachten konnte sie, wie Peter Benni auszog und ihn unliebsam unter die Dusche stellte, um den Sand von ihm zu entfernen.

Ihr kleiner Bruder schrie verzweifelt und das Wort „kalt" fiel oft. Maggie zerrte sich über den Boden und wollte in das Badezimmer gelangen, doch wurde bemerkt. Das Handgelenk bereits über der Schwelle liegend, knallte Peter die Tür dagegen. Es zitterte noch jetzt und Maggie hatte das Problem, dass es das rechte Gelenk war. Sie musste es heute irgendwie schaffen, mit links zu bedienen. Auch musste sie sich ein langes Shirt anziehen, trotz des Sommermonats, doch ihr Handgelenk war blutunterlaufen und jeder hätte sehen können, dass es sich nicht um eine Unfallverletzung handelte.

Benni wickelte sie in der Nacht in mehrere Decken ein, weil der durch die kalte Dusche fror. Sie hatte eine Heidenangst davor, dass er eine Erkältung oder gar eine Lungenentzündung davontragen konnte.

Maggie brauchte eine gute halbe Stunde, um mit dem Schminken fertig zu werden. Erst dann war sie sich sicher, dass man ihr im Gesicht nichts anmerken konnte.

Zu Beginn des Morgens war sie drauf und dran Laura anzurufen und für heute abzusagen. Sie hätte die Arbeitszeit über mit Benni verschwinden können. Doch umso öfter es im Hause so zugig, desto mehr wollte Maggie Geld verdienen, um etwas ansparen zu können. Nach heute hatte sie drei Tage frei und deshalb würde sie die Stunden noch überstehen. Laura verließ sich schließlich auf sie.

Sie ging in ihr Zimmer und weckte Benni sanft.

„Aufstehen, kleiner Mann. In zwanzig Minuten geht es los." Mit kreisenden Bewegungen fuhr sie über seinen Bauch.

„Auf geht es. Zähneputzen und anziehen, ja?"

„Stehe ja auf.", sagte er leise und noch müde.

Maggie fasste an seine Stirn und diese war zum Glück auf Normaltemperatur.

„Es warten wieder leckere Pfannkuchen und Milchshakes auf dich." Maggie versuchte Benni zu animieren, aber er war heute definitiv nicht gut gelaunt. Sie hoffte, dass sich das im Laufe des Tages noch ändern würde.

David hatte in der letzten Nacht eher unruhig geschlafen. Am Abend vorher ging er frühzeitig auf seine Etage und war mit seinen eigenen Gedanken beschäftigt. Noch heute Morgen bereute er es, nicht doch seinem Instinkt gefolgt und zum Haus von Maggie gegangen zu sein.

Die Familie war erst vor acht Tagen hierhergezogen und er war der Ansicht, dass der Start nicht turbulenter hätte laufen können.

David hatte Benni versprochen heute wieder ins Café zu kommen und deshalb machte er sich gehbereit. Er war gerade dabei seine Schuhe anzuziehen, als seine Mutter vom Garten hereinkam.

„Alles gut mit dir, David? Du wirktest gestern so abwesend.", fragte sie besorgt.

„Mir geht es gut. Ich gehe wieder im Café an meinen Entwürfen arbeiten."

„Du bist wohl gerne dort!?" Es war eher eine Aussage als Frage.

„Ja, das bin ich. Es müssen ja Kontakte geknüpft werden.", sagte er nebenher.

Seine Mutter spürte, dass etwas mit ihm war und es musste einen Grund haben, dass er nicht schnell genug dorthin gelangen konnte. Britta hielt sich jedoch zurück.

„Dann hab viel Spaß."

„Danke, ihr zwei auch."

„Was ist denn heute mit deinem Bruder los, Meg? Sonst lächelt er nach meinem morgendlichen Ritual immer.", begann Laura wehmütig.

„War es denn gestern nicht mehr schön mit David?"

„Doch, es war sogar sehr lustig. Er ist heute nicht so gut drauf. Schlecht geschlafen."

Maggie nahm Servietten und Besteck, um die reservierten Tische einzudecken.

„Du hast wohl auch nicht gut geschlafen?"

Laura wusste, dass etwas in der Luft lag. Ihr war auch schon längst das Detail aufgefallen, dass Maggie das meiste mit ihrer linken Hand machte.

Ihre Frage blieb ebenfalls unbeantwortet. Sie wusste, dass David heute wiederkommen würde. Sie musste ihn um ein Gespräch bitten. Vielleicht war sein Umzug hierher Schicksal gewesen.

Es war zehn Uhr und die ersten Gäste kamen, um ihren morgendlichen Kaffee zu trinken.

„Guten Morgen.", begrüßte Maggie das Stamm-Seniorenpaar und lächelte freundlich.

„Guten Morgen, meine Liebe.", erwiderte die ältere Dame.

„Vorerst zwei Pott Kaffee, wie immer?"

„Sehr gerne.", antwortete nun ihr Mann.

„Kommt sofort."

Laura richtete bereits die Kannen und Tassen für die zwei her.

„Zwei Minuten, Meg.", versicherte Laura ihr.

Sie stellte die fertigen Tabletts vor sich auf den Tresen, um genauer hinschauen zu können, wie Maggie sie nehmen würde. Maggie jedoch riss sich zusammen. Der Tisch war vier Schritte entfernt und das würde sie schon schaffen. Sie würde ihr Gelenk so oft belasten, bis sie keinen Schmerz mehr wahrnahm. Darin hatte sie schließlich Übung. Der zu gehende Weg und das Servieren, verlief reibungslos, auch wenn der Schmerz ihr Handgelenk durchzog. Die Tische wurden heute noch voller und Maggie musste versuchen, wie immer zu funktionieren. Sie wollte deshalb keinerlei Aufmerksamkeit auf sich ziehen.

Der nächste Gast betrat das Café und es war kein anderer als David. Maggie hatte es im Gegensatz zu Laura komplett vergessen, dass David Benni versprochen hatte, heute wieder hierher zu kommen.

„Hey, ich komme gleich zu dir an den Tisch.", begrüßte Maggie ihn kurz und wandte sich mit der Bestellung der Senioren ab.

„Guten Morgen, David.", rief Laura.

„Hey. Guten Morgen, Laura."

„Dein Tisch wird bereits von Benni jr. freigehalten".

David ging auf den Ecktisch zu und sah Benni mit dem Rücken zu ihm auf dem Platz kauern. Er beugte sich langsam mit seinem Kopf vor ihn.

„Guten Morgen, Benni. Schon wieder fleißig am Malen?" David setzte sich ihm nun gegenüber.

„Hallo.", sagte Benni und kritzelte mit einem blauen Buntstift weiter quer über sein Blatt Papier.

„Was ist denn mit dir los?", wollte er wissen und versuchte Blickkontakt herzustellen. Benni reagierte nicht auf ihn.

„Er ist heute nicht sehr gut gelaunt." Maggie stand vor ihm und servierte den üblichen Cappuccino.

Sie biss sich auf die Oberlippe.

„Tut mir leid, dass ich dich gestern einfach hab so stehen lassen. Das war nicht in Ordnung."

David blickte sie eindringlich an und senkte kurz seinen Kopf. Dabei sah er ihr zitterndes Handgelenk. Er tat so, als nahm er es nicht wahr.

„Du wirst sicher deine Gründe gehabt haben, nehme ich schwer an.", munkelte er.

„Die hatte ich, wirklich. Nur meine Art zu gehen, das war nicht in Ordnung. Da kommen neue Gäste. Ähm, ich lass dir die Karte hier und Benni, komm schon. Schenke David doch etwas mehr Aufmerksamkeit. Er ist doch extra wegen dir gekommen."

„Das wird schon noch.", beruhigte David sie. Irgendetwas würde er sich schon einfallen lassen.

Nach knapp zwanzig Minuten hatte Benni noch immer damit zu tun, sein Gemaltes mit seinem Schmollmund zu bedrohen. Dann kam ihm eine Idee, wie er doch Aufmerksamkeit von ihm bekommen könnte.

Laura und Maggie hatten gerade einige Tische zu bedienen und liefen im Wechsel von der Theke zu den Gästen. David stand auf und stellte sich an die Theke und wartete, bis eine von beiden eine Sekunde Zeit hatte. Laura sah ihn als erste.

„Brauchst du etwas, David?", fragte sie etwas unter Stress.

„Hättest du zufällig zwei Zuschnitte Backpapier?"

Laure quetschte fragend die Augen, doch nickte.

Sie rannte in die Küche und kam mit ihnen zurück. David dankte ihr und ging zurück an seinen Platz.

Er legte einen Zuschnitt vor sich auf den Tisch und streifte es glatt. Er sagte keinen Ton zu Benni. Der nämlich schaute bereits etwas neugierig.

Als Nächstes nahm sich David den Zuckerstreuer zur Hand. Eine knappe Hand voll ließ er davon auf das Backpapier rieseln. Danach nahm er sich eine Serviette und rollte diese zusammen. Bennies Kopf ging immer weiter nach oben. Davids Plan schien zu funktionieren. Mit der nun stabil aufgerollten Serviette strich er den Zucker auf dem Großteil des Backpapiers glatt. Eine weiße und kristallene Fläche entstand. Verstummt bleibend legte er Benni das zweite Stück Backpapier vor die Nase, stellte den Zucker dazu und legte eine Serviette zu ihm. David malte mit seiner Serviette einen Kreis und verwischte diesen wieder, so dass die Zuckerfläche wieder durchgehend vorhanden war. Danach begann er ein Haus zu zeichnen. Er schielte unauffällig zu Benni und sah zu, wie er es ihm nachmachte. Nach ein paar Minuten nahm David seinen Zeigefinger, befeuchtete ihn und tupfte etwas Zucker damit auf. Er leckte den Zucker von seinem Finger.

„Schmeckt lecker.", sagte er und fuhr mit seiner Zunge über seine Lippen. Endlich hatte David es geschafft, Benni heute zum ersten Mal zum Lachen zu bringen.

Laura und Maggie beobachteten die beiden und lächelten einander an. Laura richtete sich an Maggie.

„Dieser Mann ist echt der Wahnsinn, außer dass ich ihm den Zucker in Rechnung stellen werde.", feixte sie.

Maggie lächelte zaghaft.

„Der erste Ansturm ist beendet. In zwei Stunden geht es weiter.", lenkte Laura das Thema auf die Arbeit. „Hier sind zwei Apfelstrudel für Benni und dich. Du kannst Pause machen."

„Nur zwei heute?", fragte Maggie verwundert und leicht abwesend.

„Schickst du David bitte einmal zu mir, während du mit Benni am Tisch sitzt. Ich würde gerne mit ihm etwas wegen einer möglichen Umstrukturierung besprechen. Schließlich ist er vom Fach."

„Okay, mache ich. Danke für den Strudel."

Laura rieb sich die Schläfen. Wäre Maggie vollends anwesend gewesen, dann wüsste sie, dass Laura nichts an ihrem Café verändern wollen würde. Sie machte sich große Sorgen und auch wenn ihre Arbeit nicht unter ihren Problemen litt, musste etwas geschehen.

Maggie nahm Davids Platz ein und er hingegen setzte sich zu Laura an den Tresen. Sie schob einen weiteren Apfelstrudel über die Theke.

„Ich werde es schaffen, dass du meine ganze Karte durchfuttern wirst." Laura zwinkerte ihm zu.

„Damit kann ich leben. Nur her mit den leckeren Köstlichkeiten.", lachte er, doch wurde nun ernster.

„Ich wollte heute eh mit dir sprechen."

Laura wusste just, dass beide denselben Gedanken hatten. Beide mussten nun etwas leiser sprechen und für alle Fälle hatte Laura unauffällig die Musik im Café etwas lauter gestellt.

„Fang du an, Neuling.", forderte sie David auf.

„Wohnt Maggie bei ihren Eltern?", begann er.

„Ihr Vater starb vor vier Jahren. Sie lebt bei ihrer Mutter und ihrem neuen Mann."

„Hast du den Mann schon einmal gesehen?"

„Nein, Fehlanzeige. Du?"

„Leider ja. Er ist ungepflegt und einfach eklig."

„Was war gestern Abend los?"

Jeder Außenstehende hätte auf Anhieb denken können, dass sich die beiden schon ewig kennen würden. Es war wie ein Fragen/Antwort-Spiel, welches sie tagtäglich führen würden.

„Es war alles bestens. Irgendwann sah sie auf die Uhr und war wie ausgewechselt. Sie schnellte nach Hause, beinahe ängstlich und ließ mich stehen."

„War noch mehr?"

„Ich sah, wie ihr Stiefvater im Garten stehend auf sie beide wartete. Er schrie so laut, dass ich es sogar auf der gegen-überliegenden Straßenseite hören konnte."

„Es beschweren sich viele über dieses Haus. Im Dorf wird getratscht. Geschrei soll dort normal sein und es sollen auch Gegenstände Verwendung finden, wenn du weißt, was ich meine."

David nickte.

„Ist Benni von ihrem Stiefvater?"

„Nein, von ihrem Vater. Er starb auf dem Weg ins Krankenhaus. Der Tag an dem Benni geboren wurde."

„Weißt du mehr privates?"

„Maggie gibt nicht viel von sich preis."

„Ist dir ihr Handgelenk aufgefallen?", fragten beide gleichzeitig.

„Was ist mit ihrer Mutter?", fragte David weiter.

„Laut Gerede verlässt sie das Haus seit dem Tod ihres Mannes kaum noch. Mehr weiß ich nicht."

Es schienen die wichtigsten Fragen geklärt zu sein.

„Ich denke, er ist gewalttätig.", sprach Laura es unwillkürlich aus.

„Wir müssen doch irgendetwas machen können."

„Sie will allem Anschein nach alles unter Verschluss halten."

„Ich habe eine Idee. Vertraust du mir?", äußerte sich David.

„Wenn du so fragst…", schmunzelte sie.

„Vertrau mir einfach.", sagte er und aß in Ruhe weiter.

Kapitel 9

Maggies Pause war beendet und sie brachte die Teller in die Küche. Nachdem sie wieder hinter der Theke erschien, schaute sie fragwürdig in die Gesichter von Laura und David.

„Bei euch alles okay?"

„Sicher.", sagte Laura.

„Sag mal Maggie, wäre es in Ordnung, wenn ich ein bisschen mit Benni auf den Spielplatz gehen würde?"

Laura wurde gerade so einiges klar.

„Ich bringe ihn rechtzeitig wieder hierher, dass ihr nach Hause gehen könnt." Letzteres betonte er ungewollt.

„Ich weiß nicht."

„Ich werde ihn nicht entführen, keine Angst. Doch er hatte gestern so viel Spaß und das Wetter ist wirklich schön. So könnte er sich etwas austoben."

„Ich finde, das klingt nach einer guten Idee.", redete Laura ihnen rein.

Da zumindest diese Basis bei ihr und David stimmig war, hatte sie das Gefühl zu wissen, was er vorhatte. Benni ausfragen. Denn Kinder lügen nicht. Es mag nicht fair sein, hinter Maggies Rücken so zu sein, doch die beiden hatten Bedenken, dass es ansonsten noch schlimm mit den beiden enden könnte. „Ich lasse auch meine Sachen hier, als Pfand.", grinste er.

„Keine Panik. Ich weiß, dass du ihn heil wiederbringst.", beruhigte ihn Maggie.

„Bedeutet das, dass du einverstanden bist?" David setzte fast einen Hundeblick auf.

Maggie zögerte kurz, doch erbarmte sich.

„Wenn er es möchte, dann könnt ihr gerne gehen. Doch seid bitte um fünf Uhr wieder hier."

„Das sind wir. Ehrenwort. So kannst du in aller Ruhe arbeiten und weißt, dass Benni seinen Spaß hat."

„Ist okay."

„Benni, hast du Lust mit mir wieder auf den Spielplatz zu gehen? Nur bis deine Schwester Feierabend hat.", rief er ihm zu.

Benni war schon im Begriff seine Jacke anzuziehen. David sah zu den Frauen.

„Ich denke, das heißt ja.", lachte er.

„Na dann viel Spaß euch beiden und Benni, nichts Übermütiges machen.", sagte Maggie.

„Ich passe auf ihn auf.", versicherte David.

„Das weiß ich. Bis später."

„Bis später."

Benni griff nach Davids Hand und die zwei gingen gemeinsam aus der Tür.

Maggie war fasziniert davon, wie schnell sich ihr kleiner Bruder an David gewöhnte. Sie erkannte, dass er sich wohl in seiner Nähe fühlte. David vermittelte ihm das Gefühl, einfach Kind sein zu können. Sie hoffte inständig, dass Benni keine Angstattacke, durch welchen Grund auch immer, ereilte. David würde nicht damit umgehen zu wissen. Es würde sicher alles gut gehen. Sie vertraute David. Es kam ihr nicht so vor, als würde sie ihn erst seit einigen Tagen kennen. Beobachtete sie Laura mit ihm, dann könnte man stets meinen, die zwei kannten sich bereits aus Kindheitstagen. Was ihn anging, da vertraute Maggie ganz ihrem Bauchgefühl.

„Schaukeln gehen.", rief Benni und rannte los.
Auf dem Spielplatz war einiges los. David fiel als männliche Person beinahe auf. Hauptsächlich die Mütter saßen auf den Bänken und tauschten sich aus. Gerade einmal zwei Väter waren zu zählen. Die neugierigen Blicke blieben ihm nicht unbemerkt, doch er ließ sich davon nicht beirren.
Derzeit hatte er nur zwei Gedanken, für die er sich interessierte. Er wollte den beiden helfen und irgendwie von Benni erfahren, was bei ihnen zu Hause los war. Er lief zu ihm und setzte ihn auf die Schaukel.
„Gut festhalten und los." David schubste ihn erst zaghaft, dann immer schneller werdender an.
„Ui.", kam es immer wieder von Benni und er lachte freudig.
„Immer schön festhalten.", bat David nochmals.
Nach knapp zwanzig Minuten wollte Benni zum Sandkasten wechseln. Zwei kleine Mädchen saßen bereits darin und bauten Schlösser aus Sand. Benni ergatterte eine freie Stelle und nahm die dort liegende Schaufel und den Eimer an sich.
„Hallo.", sagte er schüchtern zu den beiden, als sie ihn anschauten. Sie sagten zwar nichts, aber lächelten ihn an. Daraufhin widmeten sie sich wieder ihren Bauten. Benni

schaufelte den Eimer mit Sand voll, um ihn danach festzu-
klopfen und verkehrt herum in den Sand zu stülpen.

„Wollen wir einen Turm bauen?", fragte ihn David und
setzte sich auf die Holzkante.

Benni zog die Schultern zu einem - *weiß nicht* - nach oben.

„Möchtest du dich etwas allein beschäftigen?"

Nun nickte Benni.

„Okay, dann setze ich mich dort hinten auf die Bank."

„Aber nicht weggehen.", sagte Benni zu ihm.

„Nein, ich gehe sicher nicht weg. Ich bleibe in deiner Nähe."
Er streichelte ihm über seinen Arm und ging zu der fünf
Meter entfernten Bank hinüber. Eine Frau Mitte dreißig saß
darauf und rückte für ihn zur Seite. David nickte dankend.
Er beobachtete Benni dabei, wie er sich mit dem Sand
beschäftigte. Lediglich mit der Schaufel darin herumzusto-
chern schien ihn bereits vollends zufriedenzustellen.

„Gehört er zu ihnen?", fragte ihn fortan die Frau auf der
Bank.

„Nein, ich passe nur auf ihn auf. Gehören denn die zwei
Mädels zu ihnen?", fragte er zurück und versuchte, interessiert zu klingen.

„Ja, das blonde Mädchen. Sie und ihre Freundin haben heute
Spielenachmittag."

„Sie wechseln sich wohl immer ab?"

„Ja, jedes Wochenende. So können auch wir Mütter unseren
Hobbys nachgehen.", lachte sie.

„Klingt nach einer guten Abmachung.", erwiderte er.

„Passen sie denn öfter auf ihn auf?", wollte sie nun von ihm wissen.

„Wie es sich ergibt.", gab er kurz als Notlüge zurück.

Es herrschte kurze Stille und dann blickte die Frau auf den Eingang des Spielplatzes.

„Was will der denn hier?"

„Wen meinen Sie?", wollte David wissen und richtete seinen Blick in die gleiche Richtung. David kam das Gesicht bekannt vor. Mit einer Einkaufstasche in der Hand kam der Mann von Maggies Mutter auf die Fläche gelaufen. Er ahnte Schlimmes.

„Der Mann hat hier nichts zu suchen.", sagte sie und klang empört.

„Benni, wo ist deine Schwester?", schrie er und alle Augen drehten sich zu ihm. Benni krabbelte förmlich aus dem Sandkasten und rannte auf David zu. Der kam ihm bereits entgegen. Benni ergriff sein Hosenbein und krallte sich daran fest.

„Da geht man einmal schnell zur Tankstelle und was sehe ich? Wer zum Henker sind Sie?" Peter stellte sich dicht vor David und ihm stieg der Geruch von Alkohol in die Nase. *Ich werde dein schlimmster Alptraum*, dachte sich David und schob Benni schützend hinter sich.

„Würden Sie bitte etwas leiser sprechen? Sie machen den Kindern Angst.", bat er ihn in normalem Tonfall.

„Ich rede, wie ich es für angemessen halte. Nun noch einmal. Wer sind Sie und wo ist Maggie?", schrie er ihn an.

„Ich passe nur auf Benni auf. Das Café ist voll besetzt.", log er ein weiteres Mal. „Ich schlug vor, mit Benni etwas hierherzukommen."

„Ich kenne Sie nicht und Benni hat keinen Grund, sich mit Ihnen herumzutreiben." Peter kam David immer näher.

Auf dem Spielplatz hatten sich beinahe alle zusammengestellt, um die Szene beobachten zu können. David hätte ihm am liebsten seine Faust ins Gesicht geschlagen, wären die ganzen kleinen Kinder nicht anwesend. Peter griff ruckartig hinter Davids Rücken und zog Benni mit einem festen Griff an seinem Pullover zu sich.

„Lass.", schrie er ängstlich.

Benni wehrte sich und schlug um sich. Er hatte keinerlei Chance.

„Lass was? Lass mich oder lass los?"

Davids Herz pochte und Wut stieg in ihm auf.

„Lass…los…Peter…mich.", begann Benni zu stammeln.

„Du kommst sofort mit mir nach Hause. Deine Schwester hat nicht das Recht, dich in die Hand eines Fremden zu geben."

„David.", flehte Benni fast. In seiner blauen Jeans breitete sich Nässe aus.

„Pisst du dir jetzt echt ein?"

David fasste Peter, wie er den Namen nun wusste, fest am Handgelenk, um seinen Griff von Benni zu lösen.

Sein Puls raste. Mit seiner anderen Hand griff er sein T-Shirt und zog ihn dicht an sich. Benni konnte sich lösen und glücklicherweise rief ihn eine der Frauen zu sich.

„Schnell Kleiner, komm zu mir.", winkte sie ihn heran.
Benni rannte, so schnell er konnte. David hätte es nicht für
möglich gehalten, doch er bekam Unterstützung. Während
Benni somit weit genug von Peter entfernt war, stellten sich
die beiden Väter, welche er vorher gesichtet hatte, unter-
stützend hinter ihn.

„Das hier ist ein Spielplatz und so wie Sie sich aufführen,
haben Sie hier nichts verloren. Außerdem stinken Sie nach
Alkohol. Benni bleibt bei mir und ich werde ihn wie ausgemacht später wieder zu seiner Schwester bringen."

Nun griff auch Peter David am Kragen seines schwarzen
Polo-Shirts. Er bekam ein hochrotes Gesicht.

„Was, wenn ich das nicht zulasse?"

„Sie werden nichts dagegen tun können. Benni bleibt hier
und Sie sollten schleunigst nach Hause gehen.", sagte David
drohend.

„Und wenn Sie dem nicht sofort nachgehen, rufe ich die
Polizei.", sagte einer der beiden Männer.

Die zwei kamen näher und ballten die Fäuste zur Provo-
kation. Die Situation von drei gegen einen war Peter dann
wohl doch zu gefährlich gewesen.

„Sie werden auf geradem Weg nach Hause gehen, verstanden? Wehe dem, ich sehe Sie in eine andere Richtung
laufen!"

Peter ließ locker und schnaufte.

„Das wird noch ein Nachspiel haben, glauben Sie mir.",
drohte er David.

David ließ ihn nun ebenfalls los und erhoffte sich, dass Peter nun wirklich ging.

Zwei Schritte entfernt, drehte sich Peter nochmals um. Kein Wort sagend, holte er aus und verpasste David einen deftigen Kinnhaken. Er kam so aus dem Nichts, dass er zu Boden ging. Die Kinder kreischten vor Angst. Peter ging wortlos davon.

„Wagen Sie sich nicht noch einmal in die Nähe des Kinderspielplatzes!", forderte einer der Väter hinterherrufend auf.

Der andere beugte sich zu David, um ihm aufzuhelfen.

„Alles klar?", fragte er.

„Das hätte hier nicht passieren dürfen.", sagte er nur vor sich hin. „Es tut mir leid."

„Sie können doch nichts dafür.", sagte der andere.

„Danke für die Unterstützung."

Wieder aufrechtstehend rannte Benni auf ihn zu.

„David!", rief er und fiel ihm in die Arme. Er ging vor ihm in die Knie.

„Alles gut bei dir, Benni?", wollte er wissen.

Bennis Rehaugen füllten sich mit Tränen.

„Komm her." David umarmte ihn und mit einem Blick dankte er der Frau, die vorhin mit ihm auf der Bank gesessen hatte und Benni zu sich rief.

Wieder aus der Umarmung gelöst, wischte David Benni die Tränen von den Wangen.

„Du blutest.", sagte Benni leise.

David fasste sich an die Mundaußenseite und blickte auf seinen Daumen.

„Das ist nicht weiter schlimm.", versicherte er Benni.

„Ich habe mich nass gemacht.", flüsterte der Kleine.

„Das ist auch nicht weiter schlimm, Benni. Alles okay. Hauptsache dir geht es gut. Wir müssen schleunigst zu deiner Schwester."

„Ja.", sagte Benni kurz.

David nahm Benni auf den Arm und ging nochmals in Richtung der Eltern und Kinder.

„Geht es euch Kindern gut?" David blickte in die Runde. Die Kleinen, welche dicht an der Seite ihrer Elternteile standen, bewegten bejahend ihren Kopf auf und ab.

„Gut.", er lächelte sanft.

„Dieser Mann gehört raus aus diesem Dorf.", sagte eine Mutter.

„Wir hätten ihn festhalten und die Polizei holen sollen.", sagte einer der Männer.

„Dieser Mann hat doch psychische Probleme.", sagte eine weitere Mutter.

David war geschockt darüber, dass Peter derart bekannt zu sein schien.

„Maggie und…und ich…ich, wir…sind nicht so.", sagte Benni laut und bekam unterstützende und lächelnde Blicke. Selbst dem kleinen Jungen schien es schon aufgefallen zu sein, dass über ihn, seine Schwester und das Haus der Familie gesprochen wurde. David drückte ihn mit dem Gesicht an sich und gab ihm einen Kuss auf den Kopf. Es rührte ihn, als Benni dies den Versammelten mitteilte.

„Wir müssen zu deiner Schwester."

Kapitel 10

Peter donnerte die Tür von innen zu und ging zu Elsa ins Wohnzimmer. Sie lag auf der Couch und nippte an einem Glas Wein.

„Deine Kinder sind die Hölle.", schrie er voller Wut.

„Peter, was ist denn passiert?", fragte Elsa ruhig und trank weiter. Sie musste ihre Dosis Beruhigungstabletten bereits wieder überschritten haben.

„Ich bin gerade wieder auf dem Heimweg, da schaue ich, ohne etwas dabei zu denken, auf den Spielplatz hinüber und sehe Benni im Sandkasten spielen."

„Ist Maggie denn nicht bei der Arbeit?", fragte sie wie in Trance.

„Sie ja. Benni jedoch ist in der Obhut eines vollkommen Fremden. Wusstest du denn, dass sie einen Freund hat oder wer auch immer er sein soll?"

„Nein, Schatz. Ich weiß nicht, ob sie jemanden hat."

Elsa und Maggie sprachen bereits seit Monaten nicht mehr miteinander. Es gab nichts mehr, was Mutter und Tochter verband. War es bei Maggie der entstandene Hass, so war es bei Elsa die vollkommene Gleichgültigkeit. Das Interesse an ihren Kindern gab es schon lange nicht mehr. Egal, was Peter mit ihnen machte, Elsa blieb ruhig und war in ihrem Rausch gefangen.

„Was soll ich denn jetzt tun, Elsa? Willst du das deiner Tochter durchgehen lassen? Vor allem hat mich dieser junge Mann in der Öffentlichkeit blöd angemacht. Das geht nicht."

Peter öffnete eine Flasche Bier und trank sie aus Wut zur Hälfte leer. Er stellte die Flasche ab und zündete sich eine Zigarette an.

„Du wirst schon wissen, was zu tun ist, Liebster."

„Sie muss dafür bestraft werden."

Er ging nach draußen in den Garten. Zug um Zug an der Zigarette staute sich Wut in ihm auf.

„Mich noch blöd von der Seite anquatschen lassen.", sprach er mit sich selbst. „Wer denkt er, wer er sei. Die Kinder sind eine zusätzliche Geldquelle und die lasse ich mir nicht nehmen. Wenn die zwei heute heimkommen, werde ich denen die Leviten lesen. Nicht noch einmal wird sie gegen mich handeln."

Es war Peters Grund hier zu sein. Das Geld von Elsas verstorbenen Mann, das Kindergeld und ein Dach über dem Kopf haben. Er hatte es geschafft, Elsa in einem verletzlichen Zustand auf sich aufmerksam zu machen. Sie war ihm verfallen und gab ihm keinerlei Widerworte. Seine größte Befürchtung war es nun, dass David die Familienangelegenheiten an die Polizei weitergeben würde. Maggie hatte er alle Chancen vertan, doch für den Neuling gab es noch Möglichkeiten, dachte er bei sich.

Er nahm es sich zur Aufgabe, Maggie so klein zu bekommen, dass sie von sich aus nur noch nach seinen Anweisungen leben würde.

„Hey ihr zwei. Zehn Minuten vor Feierabend. Lobenswert.", rief Laura, die gerade die Maschine säuberte. Bei näherem

Hinsehen sah sie das traurige Gesicht von Benni und auch David sah nicht besonders glücklich aus. Die aufgeplatzte Lippe eingeschlossen.

„Wo ist Maggie?", wollte er schleunigst wissen.

David, weiterhin mit Benni auf dem Arm, kam näher und nun sah sie die nasse Hose des kleinen Mannes und ebenfalls die geschwollene Lippe von David.

„Maggie ist auf der Toilette. Was ist passiert, David?" Laura wurde sichtlich nervös.

Sie schenkte David ein Glas und Benni einen Becher mit Wasser ein. Maggie kam gerade wieder und David ließ Benni nach unten, dass er zu ihr gehen konnte.

„Hey, war es schön?", fragte sie noch unwissend, kniete sich auf den Boden und gab ihrem Bruder einen Kuss auf die Wange.

„Meine Hose ist nass.", sagte er mit gesenktem Kopf.

„Die bekommen wir trocken, doch warum wirkst du so traurig?"

Erst nach dieser Frage richtete sie ihr Blick auf David und sah sein Gesicht. Sie richtete sich wieder auf und schaute ernsthafter.

„David?", fragte sie fordernd.

„Geh heute nicht nach Hause.", sagte er auffordernd.

„Was ist passiert?" Maggie wurde lauter.

Benni, der auf einen Sitzplatz gekrabbelt war, schien den Vorfall innerlich erneut abzuspielen.

„Das war…Peter.", sagte er und zeigte auf Davids Gesicht.

„Er wollte mich mitnehmen."

Laura stand, verstummt, hinter der Theke und beobachtete das Szenario, welches sich vor ihr abspielte. Benni war verängstigt, Maggie schien verwirrt und David nicht zu wissen, wie er alles erklären sollte. Er setzte sich auf den Hocker an der Theke und stützte sein Kinn auf der Handinnenfläche ab. Maggie setzte sich neben ihn und beobachtete, wie er nervös mit seinem Bein auf der Metallstange auf und ab ging. Er neigte seinen Kopf in Maggies Richtung und blickte auf ihr Handgelenk.

„Das war er, nicht wahr?"

„Was war er?", fragte Maggie, auch wenn sie wusste, was er meinte.

„Meg, ich bitte dich.", mischte sich Laura mit ein. „Du magst es heute vielleicht gut überspielt haben, aber jeder sieht das deine Finger schon anzuschwellen beginnen."

Maggie fühlte sich allmählich von den beiden in die Ecke gedrängt. Sie versuchte, wieder die Kontrolle über das Gespräch zu bekommen.

„Was, David, ist auf dem Spielplatz geschehen?"

„Peter hat gesehen, dass ich mit Benni auf dem Spielplatz war, und dann kam eins zum anderen.", beantwortete er ihre Frage und schloss weiter sein eigenes Fazit daraus.

„Ich durfte ihn heute kennenlernen und so wie er mit Benni umgegangen ist und er mit mir gesprochen hat. Bennies Gesichtsausdruck und Verhalten hat Bände gesprochen, Maggie."

Maggie sah zu ihrem Bruder und als sie sich wieder zu David und Laura drehte, waren ihre Augen gläsern geworden.

Laura konnte es nicht lassen, griff über die Theke und zog Maggies Ärmel nach hinten. Ihnen zeigte sich ein dreifarbiges und geschwollenes Handgelenk.

„Ihr müsst da weg.", sagte Laura voller Empörung.

„Dringend, Maggie. Ihr könnt dort nicht bleiben.", schloss sich David an.

Maggie zog sich den Ärmel wieder nach unten, stand auf und wurde laut.

„Ihr habt vorhin nicht über das Café gesprochen, sondern über mich und Benni, stimmt´s? Ihr müsst mich für echt bescheuert halten. Denkt ihr, ich würde meinem Bruder all das absichtlich erfahren lassen? Denkt ihr etwa, dass ich nicht versucht habe, dort herauszukommen? Kennt ihr es, keine andere Wahl zu haben?" Maggie weinte vor Wut. Sie fühlte sich hintergangen und wusste nicht, was sie jetzt tun sollte. Sie musste nach Hause und ihren Ärger dafür kassieren. Was, wenn Peter es so weit bringen würde, sie und Benni zu trennen? Sie musste sich bei ihm für ihr Tun entschuldigen. Er war zu allem im Stande. Schon einmal drohte er ihr, sie aus irgendeinem Grund einweisen zu lassen.

„Benni, wir gehen.", sagte sie just.

„Wohin?", wollte er wissen.

Laura und David konnten Maggies Anschuldigungen nicht einfach so abtun. Die beiden hatten hinter ihrem Rücken über sie gesprochen und keiner von ihnen wusste über die

Sache mit dem Jugendamt und der Polizei Bescheid. David stellte sich vor sie und legte seine Hände an ihre Oberarme. „Maggie, es tut uns leid. Ja, wir haben über dich und Benni gesprochen. Ich wollte von Laura wissen, ob sie mehr über dich weiß. Als du gestern so plötzlich nach Hause musstest und wie ausgewechselt warst, habe ich mir Gedanken gemacht. Ich wohne in der Parallelstraße und selbst da konnte ich Peter schreien hören und sehen, dass es an euch beide ging."

„Meg, mir ist doch schon länger bewusst, dass bei dir etwas Zuhause nicht in Ordnung ist. Du tust alles für deinen Bruder und nimmst ihn stets mit, wenn der Kindergarten geschlossen ist. Und ehrlich gesagt, habe ich schon so einiges von deinem Stiefvater gehört. Die Leute reden, Meg."

Maggie war bewusst, dass Laura und David die beiden nur schützen wollten, doch gleichzeitig fühlte sie sich von ihnen hintergangen. Sie fand es unfair, dass beide derart auf sie einsprachen, obwohl sie keinerlei Wissen darüber hatten, was bisher geschehen war. Sie musste bei ihrem Entschluss bleiben, sofort nach Hause zu gehen.

„Benni, los jetzt.", rief sie und winkte ihn zu sich.

„Nicht nach Hause." Benni blieb stur sitzen.

Maggie löste sich aus Davids Griff und ging zu Benni hinüber. Sie kniete sich vor ihn und legte ihre Hände auf seine Beine.

„Benni, bitte. Ich muss mit Peter reden.", flehte sie ihn an. Maggie wollte ihn auf den Arm nehmen, doch Benni wehrte sich mit den Händen gegen seine Schwester.

Sie versuchte, ruhig zu bleiben, und ließ ihn wieder auf dem Sitz Platz nehmen.

„Benni, du verstehst es noch nicht, aber es ist wichtig, dass ich mit ihm rede.", Maggie rannen die Tränen über ihre Wangen.

„Warum?", wollte er von ihr wissen.

„Er könnte uns voneinander trennen. Willst du das?", fragte sie ihn.

„Nein." Benni schüttelte den Kopf.

„Also gehen wir jetzt. Ich verspreche auf dich aufzupassen." Laura und David schauten einander an. Sie konnten die beiden nicht nach Hause gehen lassen.

„Ich werde die Polizei informieren, Maggie.", sagte Laura ernst. „Sie soll euch Schutz bieten."

Benni ließ sich nun von seiner Schwester auf den Arm nehmen.

„Das tust du nicht, Laura. Sie wird mir nicht helfen.", sagte Maggie wütend.

„Warum sollte sie das nicht tun?"

„Weil sie dank Peter falsch über mich denkt."

„Dann lass mich mitkommen.", schaltete sich David ein. Maggie stellte sich vor ihn.

„Danke, aber du hast genug getan."

David traf es wie einen weiteren Schlag ins Gesicht.

„Denkst du, ich habe das mit Absicht getan?", versuchte er sich zu wehren.

„Ihr zwei könnt ja weiter über die privaten Dinge anderer reden, aber bitte sobald wir weg sind."

Maggie stieß David an der Schulter um an ihm vorbeizu-
kommen und sie und Benni verschwanden aus dem Café.

„Was sollen wir jetzt tun, David?", klang Laura verzweifelt.

„Wir können es ihr auf jeden Fall nicht verübeln, dass sie
sauer auf uns ist."

„Nein, das können wir nicht.", gab sie zu.

„Ich würde ihr sofort hinterhergehen, aber…" David wusste,
dass es im Moment keinen Sinn hatte.

„Die Frage ist, was hat sie daheim zu erwarten? Sie sagte zu
Benni, dass Peter die beiden voneinander trennen könnte.
Denkst du, er könnte das?", frage ihn Laura.

„Allem Anschein nach konnte er ja bereits die Polizei irre-
führen." David fuhr sich mit der Hand voller Verzweiflung
über die Stirn. „Ich hätte nicht mit ihm weggehen sollen."

„Das konnte doch keiner ahnen, David."

„Wir müssen eine Lösung finden, Laura. Ich habe kein gutes
Gefühl dabei, sie dort zu wissen."

Laura holte aus einem unteren Schrankteil zwei Gläser und
Whisky heraus.

„Dann fangen wir mal an zu suchen.", sagte sie und
schenkte ein.

Maggie, die nun mit Benni an der Hand, weiter den Heimweg antrat, eilte nicht. Sie fühlte sich verraten, verletzt und
war stinksauer. Sie hasste es schon immer, wenn hinter
ihrem Rücken geredet worden war. Nun tat es Laura, mit
der sie sich eigentlich verbunden fühlte und David, den sie
kaum kannte. War es ebenfalls Lauras Idee gewesen, dass

sich David auf Benni und sie fixierte? Der Neue im Dorf soll es schaffen, Maggies Hintergrundgeschichte in Erfahrung zu bringen? Weshalb hat sie ihm Benni automatisch anvertraut? David war keine viermal im Café gewesen. Benni fühlte sich sofort wohl bei ihm, gestand sie sich ein. David machte von Beginn an einen sympathischen Eindruck und Maggie gefiel es, ihren Bruder lachen und auch wissbegierig zu sehen. In Gedanken versunken, lief Maggie beinahe am Haus vorbei. Sie neigte ihren Kopf zu Benni hinunter.

„Egal, was ist, du bleibst stets dicht bei mir, verstanden?"

„Ist okay. Ich habe aber Angst."

„Nicht nur du."

Maggie ging mit Benni die Haustür hinein und prompt stand Peter im Flur.

„Das mit heute tut mir leid, Peter.", zitterte ihre Stimme. „Es wird nie wieder vorkommen."

Peter, die Hände in seiner Jogginghose steckend, lehnte an der Wand und schaute nur im Wechsel auf die beiden. Maggie konnte seinen Gesichtsausdruck nicht deuten, wusste nicht, was gerade in ihm vorging.

„Gehe Benni duschen und dann mach Abendessen.", sagte er bestimmt und ging ins Wohnzimmer zurück.

Maggie hätte erleichtert sein sollen, doch das war sie nicht. Sollte es das bereits gewesen sein? Ein kurzer Hoffnungsschimmer überkam sie. Sie wusste nicht im Detail, was auf dem Spielplatz geschehen war. Hatte sie David womöglich zu Unrecht beschuldigt und er hatte irgendetwas zu ihm gesagt, was Peter nachdenklich machte? Gleichzeitig fragte sie sich, ob sich Peter überhaupt von jemanden etwas sagen ließ. Maggies innere Nervosität brachte ein komisches Bauchgefühl mit sich und sie hoffte inständig, dass sie dieses trog.

Peter ließ Maggie in der ganzen Zeit in Ruhe, in der sie Benni im Badezimmer duschte und auch als sie essen machte. Sie brachte zwei mit Kartoffelgratin gefüllte Teller und Besteck ins Wohnzimmer zu Peter und Elsa. Sie selbst und Benni aßen in der Küche. Es ging auf acht Uhr zu und es wurde Zeit für Benni, ins Bett zu gehen. Morgen musste er wieder in den Kindergarten. Die Müdigkeit war ihrem Bruder seit dem Essen anzusehen.

„Auf. Zähneputzen und dann ab ins Bett, Kleiner."
Sie räumte die Teller zur Spüle und Benni folgte ihr ohne Beanstandung ins Bad. Nach dem Fertigmachen folgte das abendliche Ritual. Ohne Worte ging es mit Benni durch das Wohnzimmer hindurch in ihr Zimmer und dort zog sie Benni seinen Schlafanzug an und legte ihn daraufhin ins Bett.

„Soll ich noch den Rollladen heruntermachen?", fragte sie ihn, während sie ihn zudeckte.

„Erst, wenn du da bist.", gab er zurück.

„Okay. Ich spüle nur noch das Geschirr und danach komme ich auch. Schlaf gut, Spatz." Maggie gab ihm ein Küsschen und schloss die Zimmertür von außen.

Elsa lag quer auf der Couch und Peter saß lässig zurückgelehnt darauf. Maggie nahm leise die Teller vom Tisch und ging zurück in die Küche, um den Abwasch zu machen. Während sie das tat, kam Peter einmal in die Küche, um sich ein Bier aus dem Kühlschrank zu holen. Der Öffner lag neben der Spüle. Maggie reichte ihm diesen, ohne ihm dabei in die Augen zu schauen. Er öffnete seine Flasche, legte Öffner und Deckel auf den Tresen und ging wieder. Maggie spürte eine unangenehme Spannung zwischen ihnen.

Sie selbst wollte nur noch in ihr Zimmer und putzte sich, nach dem Spülen des Geschirrs, rasch die Zähne. Bald war dieser Tag geschafft und morgen würde ein Neuer beginnen. Während Benni im Kindergarten sein würde, würde sie bei Laura vorbeischauen und versuchen ein normales Gespräch mit ihr zu führen. Maggie hoffte, ihren Job weiterhin behalten zu dürfen.

Sie ging nun aus dem Bad in den Flur hinaus und von dort aus in das Wohnzimmer.

„Ich gehe schlafen. Gute Nacht.", sagte sie rasch und hoffte, gleich die Zimmertür hinter sich schließen zu können.

„Warte.", befahl Peter und richtete sich daraufhin an seine Frau.

„Elsa, steh auf und geh bitte ins Bett.", rüttelte er sie wach.

„Was ist denn los?", wollte sie benommen wissen.

„Ich muss mit deiner Tochter allein sprechen."

Ohne weitere Widerworte zu geben, stand Elsa auf und ging, eine Flasche Wein in der Hand mitnehmend, stur an ihrer Tochter vorbei, um nach oben ins Schlafzimmer zu gehen. Maggie schien nun zu wissen, dass ihr Bauchgefühl richtig gewesen zu sein schien.

„Komm her und setz dich. Wir zwei haben zu reden."

Kapitel 11

Da Laura so gut wie nichts von Maggies Leben wusste, konnte sie keinerlei gute oder schlechte Dinge, bezogen auf ihre Person, preisgeben. Sie konnte von dem erzählen, was sie sah, was sie hörte und was sie von ihr als Mitarbeiterin hielt. Laura mochte Maggie sehr. Sie war eine liebevolle und freundliche Person. Hier im Café schien sie die meiste Zeit richtig glücklich zu sein. David dagegen kannte Benni mehr als Maggie. Er mochte den kleinen Kerl und fand ihn wunderbar. Es kam nicht von ungefähr, dass er sich mit ihm beschäftigte. David selbst kannte nach diesen paar Tagen niemanden. Das Café entdeckt zu haben, war der perfekte Zufall gewesen. Womöglich sollte es so sein.

Laura und David saßen seit etwa zwei Stunden gemeinsam an der Theke und allmählich zeigte der Whisky seine Wirkung. Sie fühlten sich schlecht, hinter Maggies Rücken Gespräche geführt zu haben, doch sie selbst würde wohl nie über ihre Probleme sprechen. Sie mussten ihr Vertrauen wiedergewinnen, doch waren sich ebenfalls einig darüber, dass sie sich in diesem Moment um sie sorgten.

„Also, Herr Architekt, wir kommen hier einfach nicht weiter.", lallte Laura leicht.

„Nö, tun wir nicht. Wir haben richtigen Mist gebaut.", erwiderte er leicht träge.

„Du magst sie, oder?"

„Kennst du das, wenn du jemanden zum ersten Mal siehst und dein Inneres dir sagt, da ist etwas?"

„Nicht wirklich, tut mir leid. Ich bin da eher pragmatisch eingestellt."

„Schlechte Erfahrungen gemacht?", wollte er wissen und zog die Augen zusammen.

„Ehrlich gesagt, ich bin nicht für diese Gefühlsduselei. Ich sehe was ich will und nehme es mir, wenn sich die Möglichkeit ergibt.", gab sie überzeugend zurück.

„Deswegen bist du wohl zu so einer Geschäftsfrau geworden?"

„Was denn bitte für einer?"

„Ich meine das positiv, Laura. Du hast ein Ziel und verfolgst es.", antwortete er voller Ehrlichkeit.

„Und du bist jemand, der an die große Liebe glaubt?", fragte sie ihn interessiert.

„So etwas in der Art.", gab er kurz zurück und wurde wehmütiger.

„Habe ich da gerade einen wunden Punkt getroffen?" Laura zog die Augenbraue nach oben.

„Es ist nicht alles so gelaufen, wie geplant." David wollte diesem Gesprächsverlauf entgehen und Laura schien das zu spüren.

„In meinen Augen bist du ein toller Mann, David. Attraktiv, warmherzig und du besitzt einen wahren Beschützerinstinkt."

„Dankeschön.", lächelte er.

„Ich habe das Gefühl, dass du längst weißt, was du tun möchtest oder solltest." Laura wartete auf seine Reaktion.

„Komm schon, David. Was denkst du gerade?"

„Ich hätte sie nicht gehen lassen sollen, auch wenn sie echt sauer auf uns war."

Laura nickte bewusst und schmunzelte.

Er hätte nie zulassen dürfen, Maggie und Benni gehen zu lassen. Er hatte sie in eine Gefahr laufen lassen. Eine Gefahr, die unausweichlich gewesen war.

„Kommst du mit mir?", fragte er Laura.

„Lass uns gehen.", antwortete sie selbstverständlich.

Maggie setzte sich neben Peter auf das Sofa und schaute ins Leere. Ihr Puls raste und ihre Hoffnung, dass alles noch gut ausgehen würde, hatte sie bereits aufgegeben.

„Findest du es gut, mich so zu hintergehen?", wollte er wissen.

„Nein.", antwortete Maggie leise, um ihn nicht aufzuregen. Sie konnte ihn nicht ansehen.

„Schau mich gefälligst an, wenn ich mit dir spreche!", schrie er ihr ins Gesicht und zog sie am Kinn in seine Richtung.

Maggie blickte in seine wütenden Augen.

„Es wird nicht wieder vorkommen.", sagte sie ruhig, doch ihre Stimme zitterte.

„Dafür werde ich auch sorgen, Maggie."

Sie wusste nicht, was er ihr damit sagen wollte.

„Ich denke, du weißt selbst, dass du eine Strafe verdienst. Dafür, dass du wie gestern zu spät nach Hause kommst und vor allem Benni an beliebige Personen weitergibst."

„Benni hatte so viel Spaß und es ging ihm doch gut.", sagte Maggie zögerlich.

Diesen Satz ausgesprochen, schlug Peter ihr mit der flachen Hand ins Gesicht.

„Widersprichst du mir etwa?"

Sie wusste, dass ab nun alles falsch war, was sie sagen würde.

„Ich mache hier die Regeln und an die wird sich gehalten.", forderte er wutentbrannt.

Maggie konnte sich nicht zurückhalten.

„Du bist nicht mein Vater, sondern lediglich der Mann meiner Mutter.", schrie sie unter Tränen.

Mit einem Ruck saß Peter über ihr und presste beide Hände um ihren Hals. Mit aller Kraft versuchte Maggie seinen Griff zu lösen.

„Doch trotz allem bin ich der Mann im Haus. Vergiss das nicht."

„Hör auf.", ächzte sie.

„Du bist eindeutig zu übermütig, junge Dame."

„Bitte." Maggie bekam kaum noch Luft.

Auf der Couch lag eine leere Bierflasche, welche sie rasch ergriff. Mit aller Kraft schlug sie diese an Peters Schläfe. Er ließ locker und fiel zur Seite.

Maggie stand auf und wollte in ihr Zimmer, da ergriff er sie an der linken Wade und zog sie ruckartig zurück. Sie fiel mit dem Kopf voran auf den dunkelgrünen Teppichboden.

Maggie suchte Halt mit ihren Händen, doch Peter setzte sich mit seinem ganzen Gewicht auf sie. Er zog sie an ihren Haaren nach hinten.

„Das hättest du nicht tun sollen, Miststück."

Peter ballte seine freie Hand zu einer Faust und sie landete auf ihrer Wange. Er ließ ihre Haare dabei nicht los und so intensivierte sich der Schlag in ihr Gesicht.

„Maggie!", schrie Benni aus dem Zimmer heraus.

Er konnte die beiden hören und wollte heraus. Mehrfach sprang er an der Tür hinauf, um die Klinke zu erreichen. Nach zig Versuchen schaffte er es und die Türe öffnete sich.

„Maggie!", rief er erneut, als er im Wohnzimmer stand.

„Geh zurück in mein Zimmer, Benni.", versuchte sie, ihm laut genug verständlich zu machen.

Benni jedoch hörte nicht auf sie und ging auf beide zu.

„Benni, nein.", sagte sie benommen. „Geh zurück. Hier sind Scherben. Geh wieder ins Zimmer."

Der Kleine schaute auf den Boden, um nicht in das Glas zu treten. Er rannte auf die andere Seite der Couch und stieg auf sie. Er stellte sich so darauf, dass Peters Rücken vor ihm war und trommelte wie wild auf ihn ein.

„Lass…los. Lass Maggie los. Hör auf!", schrie er.

Peter ließ von Maggie ab und krallte sich Benni am Kragen des Schlafanzuges.

„Du denkst, du kannst es mit mir aufnehmen?", lachte er höhnisch.

Peter warf ihn förmlich von der Couch und Benni schrie vor Schmerz, als er zwei Meter weiter auf dem Boden aufkam. Maggie rappelte sich mit aller Kraft auf und schlug Peter nun mit der Faust ins Gesicht. Sie wagte einen weiteren Versuch, zu Benni zu gelangen und sich mit ihm im Zimmer einzusperren. Keine drei Schritte und Peter stand wieder hinter ihr. Maggie konnte sich kaum auf den Beinen halten.

„Benni, geh!", schrie Maggie.

Benni kroch daraufhin unter den Schreibtisch und verzog sich, soweit es ging, in die Ecke. Er rieb sich am Unterarm und sah Blut an seinen Händen. Eine Scherbe steckte darin. Peter drehte Maggie zu sich und trat ihr mit ausgestrecktem Bein in die Magengrube. Sie flog mit Schwung nach hinten und landete im Fächerregal. Ihr Körper sackte in sich zusammen und in Zeitlupe verlor sie ihren Stand. Benni zitterte in seiner Ecke und sah, wie seine Schwester mehr an Kraft verlor. Benni musste mit ansehen, wie Peter immer wieder auf sie eintrat. Maggie versuchte sich stets aufzustützen, doch es gelang ihr nicht. Ihr Kopf hämmerte und sie konnte kaum noch richtig sehen. Sie durfte nicht ohnmächtig werden, sonst hätte Peter die Chance, Benni etwas anzutun. Sie ließ alles über sich ergehen und konzentrierte sich nur noch darauf, wach zu bleiben.

David und Laura waren gleich am Haus angekommen. Am gegenüberliegenden Haus stand ein Ehepaar mit dem Kopf schüttelnd heraußen. Ein Spaziergänger gesellte sich gerade zu ihnen.

„Also, was das dort soll. Die werden immer lauter.", sagte die Hausbesitzerin empört.

Die Aussage blieb David und Laura nicht unbemerkt und sie hofften nicht zu spät zu kommen. Vor dem Haus stehend, hörte man Benni oftmals *„Nein"* rufen. Peter schrie und

Sekunden später hörte man einen lauten Knall, als wäre etwas zusammengefallen.

„Das ist eine solche Frechheit.", gab erneut die Dame von sich. Ihr Mann und der Spaziergänger schüttelten ebenfalls die Köpfe.

„Sie haben doch gar keine Ahnung.", schrie Laura und verdutzte Gesichter blickten sie nun an.

„Also, die Jugend von heute.", sagte der Spaziergänger.

„Mir reicht es jetzt.", sagte David. „Da hilft ein an der Tür klingeln auch nicht. Warte du im Garten, während ich da jetzt reingehe.", sagte er und lief voran.

„Wie willst du denn reinkommen?", fragte Laura.

David schaute rasch über die Rasenfläche und sah größere Steine um eine Tanne herum liegen. Er nahm sich einen davon und ging damit zum Fenster.

„Hey, was machen Sie denn da?", rief ein weiterer Spaziergänger.

Ohne sich davon beirren zu lassen, holte David nach hinten aus, um genug Schwung zu bekommen. Die Scheibe zerknallte mit einem Schlag. Er fuhr mit dem Stein die Ränder des Fensters entlang, um das restliche Glas zu entfernen.

„Bleib in der Nähe.", sagte er und stieg durch das Fenster ein.

Aus den drei Beobachtern wurden bereits mehr.

Die Nachbarschaft befand den Steinschlag wohl als Aufforderung, nach draußen auf die Straße zu kommen. Sie tuschelten wie verrückt, aber keiner hätte auch je daran gedacht, die Polizei zu rufen. Alle waren sie neugierig und wollten nichts verpassen.

David war in Maggies Zimmer eingestiegen und sah die offene Tür. Es schien, als hätte niemand gehört, dass gerade eine Glasscheibe zerbrochen wurde. Vorsichtig vergrößerte er den Türspalt und lugte in das Wohnzimmer hinein. Was er sah, hätte ihn schlagartig Amok laufen lassen können, doch er musste sich an Peter anschleichen. Maggie lag beinahe leblos am Boden, während Peter über ihr beugte und sie fest an den Haaren gepackt hielt. David sah Benni unter dem Tisch mit angewinkelten und umklammerten Beinen, auf und ab wippend sitzen. Benni sah ihn und David legte instinktiv seinen Zeigefinger vor die Lippen, um Benni aufzufordern, leise zu sein. Der kleine Junge nickte.
David suchte nach irgendetwas im Raum, dass er gegen Peter einsetzen konnte. Sein Blick fiel auf den Drehstuhl und er wollte nicht mehr länger zögern. Rasch ging er in das Wohnzimmer, packte sich den Stuhl und ging auf Peter zu. Der drehte sich gerade um, als David mit dem Stuhl ausholte und diesen auf Peters Kopf und Oberkörper schlug. Er ging kurzzeitig zu Boden, richtete sich aber schnell wieder auf.
„Du schon wieder?", sagte er hasserfüllt.
„Ich schon wieder.", entgegnete David und schlug ihm mehrfach mit der Faust ins Gesicht. Peter setzte seine ganze Körperkraft ein und drängte David gegen die Balkontür. David nutzte das aus und schob die Klinke nach oben. Peter

versetzte ihm einen Schlag in die Magengrube, woraufhin David es ihm gleich machte und bei einem Schritt nach hinten die Türe zu sich aufriss.

„Benni, raus mit dir. Laura ist draußen. Ruf nach ihr.", rief David ihm zu und Benni schnellte los.

„Das hättet ihr wohl gerne.", gab Peter von sich und wollte David in dem Moment gegen die Tür schieben, in der Benni hinausrannte. David reagierte prompt und schaffte es, Peter das Bein nach vorne wegzuziehen, so dass er mit dem Rücken unsanft auf dem Boden landete. Er stieg über ihn und fasste ihn fest am Hals.

„Ich weiß ja nicht, was in Ihrem kranken Hirn vor sich geht, aber damit ist jetzt Schluss."

Peter lachte ihn an, als würde ihm die Situation auch noch gefallen. David prügelte regelrecht auf ihn ein, bis Peter letzten Endes sein Bewusstsein verlor.

„Laura, wo?", fragte Benni suchend nach ihr.

Laura kam um die Hausecke herumgeschnellt.

„Benni, komm her. Hier bin ich."

Benni rannte ihr in die Arme und sie sah das Blut.

„Wo hast du dich verletzt?"

Er zeigte seinen Unterarm nach oben. Laura schaute genauer und sah die Scherbe in der Außenseite stecken.

„Das zieht jetzt mal kurz."

Laura zog vorsichtig die dreifingerbreite Scherbe heraus und nahm daraufhin ihren dünnen Schal ab, um ihn um Bennis Arm zu binden. Einen kurzen Moment später kam auch David, Maggie auf den Armen tragend, herausgeeilt. Sie war

ohnmächtig und hang ohne jegliche Körperspannung auf
ihm.

„Oh mein Gott.", kam es aus ihr heraus.

„Nimm Benni und schleunigst weg von hier. Wir bringen
die beiden zu mir."

Knapp acht Leute aus der Nachbarschaft hatten sich versam-
melt, um all das mitzubekommen. Sie schienen nur darauf
zu warten, was als Nächstes geschehen würde.

„Die Show ist vorbei. Schämen sollten Sie sich alle.", schrie
David beinahe bösartig.

Kapitel 12

„Greif bitte in meine linke Hosentasche und hol den Schlüssel heraus, Laura.", bat David sie vor der Haustür stehend. Nachdem Laura den Schlüssel herausgeholt hatte, schloss sie die Haustür auf.

„Da ist ja der verlorene Sohn", hörte man Karl von der Couch aus lachen.

David lief ins Wohnzimmer und forderte seine Eltern zum Aufstehen auf.

„Wir brauchen die Couch.", sagte er aufgebracht.

Just standen die beiden und sahen auf die Frau, welche ihr Sohn auf dem Arm trug und später auf die weitere junge Frau und den kleinen Jungen.

Seine Mutter war wie erstarrt.

„Was ist denn passiert?", wollte sie wissen, ohne derartige Anmerkungen auf die fremden Personen zu machen.

„Das erklären wir euch später." David legte Maggie auf die Couch und kniete sich auf den Boden.

Er tippte ihr leicht auf die Wange.

„Maggie. Maggie, wach auf.", sagte er und hoffte auf ein Zeichen.

„Was ist mit dem Jungen?", fragte Britta und wies auf den Schal, durch den Blut schimmerte.

„Benni hatte eine Scherbe im Arm stecken.", antwortete Laura, Benni noch immer auf den Armen haltend. Er schaute geschockt auf seine leblos wirkende Schwester.

„Kommt mit mir in die Küche.", forderte Britta die beiden auf und Laura ging mit Benni quer durch den Raum hinter ihr her.

„Maggie, komm schon." David hatte fürchterliche Angst um sie.

„Weißt du, was genau geschehen ist? Hat sie einen Schlag auf den Kopf bekommen?", fragte Karl, um irgendwie helfen zu können.

„Ich weiß es nicht genau, Dad."

„Wir sollten sie wahrscheinlich besser ins Krankenhaus bringen", schlug er verzweifelt vor.

Als hätte Maggie das Wort Krankenhaus nicht hören wollen, gab sie ein seichtes Räuspern von sich.

„Maggie? Hörst du mich?", fragte er sie.

„Benni?", flüsterte sie vor sich her.

„Benni ist hier, Maggie. Es geht ihm gut.", sagte er ihr ruhig.

„Wir werden dich im Krankenhaus untersuchen lassen."

„Nein. Kein Krankenhaus.", gab sie benommen von sich, doch ihre Augen blieben geschlossen.

Karl stand wie angewurzelt daneben. Er hätte zu gern gewusst, was hier gerade passiert. Sie waren gerade einmal acht Tage hier und mit so einer Szene hatte er da sicherlich nicht gerechnet. Nie würde er seinem Sohn vorwerfen, sich mit falschen Leuten abzugeben, doch eine zusammen-geschlagene, fremde junge Frau auf seiner Couch liegen zu haben und einen kleinen Jungen im Haus zu sehen, bei dem er nicht wusste, ob es Sohn oder Bruder war?! Karl dachte, er befand sich im falschen Film.

David fasste sie am Hinterkopf und zog sie leicht nach oben. „Dann schau mich zumindest an.", forderte er sie auf.

Sichtlich zaghaft tat Maggie, was er von ihr verlangte.

„Bring mich nicht ins Krankenhaus, David."

Er schaute sie intensiv an und konnte feststellen, dass ihr Blick normal zu sein schien.

„Wie viele Finger?", fragte er und hob erst zwei und dann drei Finger in die Luft.

Maggie antwortete richtig. Auch seinem Zeigefinger konnte sie nach rechts, links, oben und unten folgen.

„Ich muss mich nur ausruhen. Wirklich.", sprach sie eher zu sich selbst.

„Ich bringe sie nach oben in mein Bett.", sagte er zu seinem Vater.

„Kann ich dir irgendwie helfen?", fragte Karl, noch immer überfordert.

„Du könntest mir den Erste-Hilfe-Kasten aus der Garage holen, bitte."

„Ich hole ihn dir. Sicher doch."

Britta hatte Bennis Wunde gereinigt und mit einer Salbe versehen, welche beim Heilen unterstützte.

Sie versah die Wunde mit einem großflächigen Pflaster und zog seinen Ärmel wieder nach unten. Das Blut war im Stoff eingetrocknet. Benni saß mit den Beinen nach unten baumelnd auf der Tischplatte und stierte regelrecht auf das dunkelbraune Laminat auf dem Boden.

„Vielen Dank Frau…", begann Laura.

„Nenn mich einfach Britta."

„Ich bin Laura.", erwiderte sie. „Vielen Dank, Britta. Die Situation begeistert Sie sicher nicht sonderlich."

„Ich bin schon etwas geschockt und würde gerne erfahren, was genau hier vor sich geht.", gab sie zu.

„Es ist eine längere Geschichte, doch sie haben jedes Recht, sie zu erfahren. Vorab jedoch muss ich sagen, dass ihr Sohn bei allem der wahre Held ist." Laura sagte nicht dazu, dass er womöglich eine Anzeige wegen Einbruchs bekommen könnte.

Sie versuchte, sich auf das Wesentliche zu beziehen und erzählte Britta wie sie David im Café kennenlernte und er zu Benni Kontakt aufbaute. Laura versuchte, nach ihrem Wissen über Maggie zu erklären, was sich bei ihr zu Hause abzuspielen schien. Sie sprach über den Vorfall auf dem Spielplatz, so viel sie davon wusste und davon, dass David mit ihr zum Haus von Maggie gegangen war, um sie dort herauszuholen.

Britta wollte der Geschichte kaum einen Glauben schenken. Sie war zutiefst geschockt und gleichermaßen über die Handlungen ihres Sohnes gerührt. Er setzte sich selbst einer Gefahr aus, um Maggie, einer fremden jungen Frau, aus einer Art Höhle des Löwen herauszuhelfen. Britta sah zu dem kleinen Jungen, der den beiden Frauen bei ihrem Gespräch zuzuhören schien, aber noch immer in seiner eigenen Welt festsaß.

„Hast du vielleicht Lust auf eine heiße Schokolade mit Marshmallows?", fragte sie und streichelte über seinen Arm.

„Das klingt doch lecker, Benni jr., oder nicht?"

Benni nickte und hauchte ein schüchternes „ja".

„Sie auch, Laura? Also ich mache mir auch eine."

„Da sage ich nicht nein.", bejahte sie lächelnd.

„Und danach schaue ich mal, was ich noch von Davids Kindersachen finde, dass wir dir etwas anderes anziehen können."

Karl brachte den Erste-Hilfe-Kasten zu David ans Bett, der diesen gleich entgegennahm und eine Mullbinde herausholte. Maggie war fest eingeschlafen und bekam gar nichts mit. Er öffnete die sich neben ihm befindende Schmerzsalbe und verrieb eine größere Menge auf dem Sanitätsstoff. Vorsichtig nahm er ihre Hand und verband damit ihr Gelenk. Karl sah die gelb-blau-lila-gefärbte Fläche und war erschüttert. Er setzte sich ans Bettende und schlug die Beine übereinander.

„Ist sie die Besitzerin des Cafés?", wollte er wissen.

„Nein, das ist Laura. Die, die unten bei Mom und Benni sitzt.", sagte er, fortan Maggies Handgelenk bandagierend.

„Ist er ihr Sohn?"

„Ihr kleiner Bruder.", antwortete er kurz.

„Wo hast du sie so gefunden?", wollte er weiter fragend wissen. Er befand sich im Recht zu erfahren, was da gerade in seinem Haus vor sich ging.

„Zu Hause." David wirkte distanziert.

„Warst du bei ihr? David, bitte antworte mir genauer.", forderte sein Vater ihn auf.

„Ich habe dort das Fenster eingeschlagen und bin hinein.", platzte es aus ihm heraus.

„Wie bitte?" Karl wurde leicht wütend.

„Alle auf der Straße hielten es wohl für einen schlechten Witz, den Lärm einfach mit anzuhören, aber ich nicht. Hätte ich sie der Gefahr aussetzen sollen, sterben zu können?", fauchte er fast zurück.

„Du hättest die Polizei rufen können.", sagte Karl ernst, aber David reagierte darauf nicht.

„Denkst du, du wirst angezeigt?", fragte sein Vater ruhiger.

„Das hat mir ihr Stiefvater nicht sagen können."

„Wie soll ich das jetzt bitte verstehen?" Karl hob die Augenbrauen.

David schaute ihm mit Wehmut und nervösem Mundzucken in die Augen.

„Ich habe ihn k.o. geschlagen.", gab er zu.

Karl schaute verdutzt drein und konnte nicht glauben, was er da hörte. So kannte er seinen Sohn gar nicht.

„Das wird ja immer besser. Was ist nur los mit dir, David? Einbruch, Körperverletzung. Droht als nächstes eine Entführung?"

David stand auf, um Maggie letzten Endes nicht zu wecken. Er ging an seinem Vater vorbei und hinaus in seine Wohnküche. Karl lief ihm hinterher. Sein Sohn sollte ihm nun nicht davonlaufen. Er zog ihn zu sich zurück und sah diesen einen Blick, welchen er ewig nicht mehr bei ihm gesehen hatte. Er schloss ihn just in seine Arme und drückte ihn fest an seine Brust.

„Durch mich ist es doch erst so weit gekommen, Dad. Es blieb mir keine andere Wahl.", schluchzte er fast.

„Deine Mutter und ich werden dich unterstützen. Wir bekommen das schon irgendwie geregelt. Du hast keinerlei Schuld daran, mein Sohn." Die Aussage seines Vaters schien David etwas zu beruhigen. „Lass uns erst einmal runter zu den anderen gehen."

David und Karl waren kaum in der Küche angekommen, da fielen die Blicke schon auf sie.

„Wie geht es ihr, David?", wollte Laura wissen und auch Benni schaute wissbegierig zu ihm. Er saß bei Laura auf dem Schoß und rührte mit einem Löffel im Kakao herum.

„Sie schläft tief und fest.", antwortete er.

Karl holte zwei Bier aus dem Kühlschrank, setzte sich neben seine Frau auf einen Stuhl und David nahm an der Seite von Laura Platz.

Er öffnete die Flaschen und schob seinem Sohn eine über den Tisch entgegen. David neigte seinen Kopf zu Benni herüber und strich ihm über die Wange.

„Wie geht es dir, kleiner Mann? Alles in Ordnung?"

„Wird sie gesund…wieder?", fragte er leise.

„Ja, das wird sie. Sie braucht nur etwas Ruhe."

„Bringt sie mich morgen in den Kindergarten?"

„Ich werde morgen dort anrufen, dass du vorerst nicht kommen kannst, Benni.", sagte Britta zu ihm. Es hätte ihn zwar jemand dorthin bringen können, doch nach allem, was sie gehört hatte, schien es zu gefährlich, den kleinen Jungen in einer öffentlichen Einrichtung allein zu lassen.

„Ach so.", gab er etwas unmissverständlich von sich.

„Es ist besser so, Benni jr.", stimmte Laura ein.

Britta sah zu ihrem Sohn und ihr mütterlicher Instinkt sagte ihr, dass es ihm nicht gut ging.

Sie und Karl würden heute sicher noch ein Gespräch miteinander führen müssen, doch David würden sie nicht weiter ausfragen. Vorerst. Als David seine Flasche zum Trinken anhob, sah sie seine geschundenen Knöchel und ahnte, dass auch er sich mehr als gewehrt hatte. Karl sah den Blick seiner Frau, legte seine Hand auf ihren Oberschenkel und schenkte ihr einen sanftmütigen Augenaufschlag.

„Ich werde jetzt mal etwas zum Anziehen für dich suchen, Benni.", sagte Britta und stand vom Tisch auf.

„Und ich muss langsam los." Laura setzte Benni auf Davids Schoß und stand ebenfalls auf.

„Wenn irgendetwas ist, sag mir bitte Bescheid. Du weißt, wo ich zu finden bin.", sagte sie zu David. Benni gab sie ein Küsschen auf die Stirn.

„Bis bald, Kleiner. Alles wird gut. Danke für die heiße Schokolade, Britta."

Sie verabschiedete sich mit einem Lächeln bei allen und ging davon.

„Danke nochmal für alles, Laura.", rief ihr David hinterher.

„Kein Problem." Sie schaute kurz zurück und ging.

Peter erlangte sein Bewusstsein wieder, als die Dunkelheit bereits eingesetzt hatte. Er fühlte sich benommen und leichte Übelkeitsattacken überfielen ihn. Er drehte sich vom Rücken aus auf die linke Seite und stützte sich mit beiden Händen vom Boden ab, um aufstehen zu können. Den aufrechten Stand wiedererlangt, brauchte sein Körper einen Moment, um den Gleichgewichtssinn wiederzuerlangen. Er spürte eine leichte Brise an seinem Rücken entlanggehen und drehte sich daraufhin zu Maggies Zimmertür um. Der Raum stand offen zugänglich und just konnte Peter sehen, dass das Fenster keine Glasscheibe mehr aufwies. Nun musste er auch noch in der Garage einen Karton ausfindig machen, um das Fenster provisorisch zu reparieren. Peter war verdammt wütend und schrieb David einzig und allein Glück zu. Hätte er selbst nicht all seine Kraft auf Maggie gelegt, dann hätte ihn David nie im Leben bewusstlos schlagen können. Dessen war er sich sicher. Nun stand jedoch fest, dass dieser dreiste Mann die beiden mitgenommen hatte. Er wollte also den Retter spielen, dachte sich Peter. Er würde schon herausfinden, wo er wohnte und die beiden zurück ins Haus holen. Elsa würde es sicher kaum auffallen. Sie kannte nur den Weg vom Schlafzimmer in die Wohnstube. Peter hatte es schon lange geschafft, die Familie gänzlich zu entzweien. Es war sein Plan gewesen und der ist geglückt. Seine Sorge, sein Augenmerk, lag in diesem Moment auf David. Er stellte ihm gerade ein großes Problem dar und könnte sein Dach über dem Kopf dem Erdboden gleichmachen. Peter musste sich schleunigst darum kümmern. Er musste sich nur noch überlegen wie. Er war sich sicher, dass Maggie keine Polizei einschalten würde. Er hatte ihr genug Angst eingeflößt und ihre Chancen etwas bei den Behörden zu erreichen waren gering. Es stellte sich die Frage, ob David dort anrufen würde. Doch würde er sich nicht selbst ein Bein stellen, da er regelrecht in das Haus eingebrochen war? Niemand konnte beweisen, dass nicht er auf Maggie losging. David hatte keine Wunden aufzuzeigen. Er konnte derjenige gewesen sein, der die drei angegriffen hatte. Peter überkam kurzzeitig die Idee, David zum Täter machen zu können. Er würde es im Hinterkopf behalten, sollte die Polizei in den nächsten Tagen bei ihm auftauchen. Er beschloss, Maggie und Benni etwas Ruhe zu gönnen, bis ihm etwas einfallen würde.

Kapitel 13

Britta brachte einen Schlafanzug mit nach unten in die Küche.

„Der ist vielleicht etwas zu groß, aber vorerst sollte es gehen. Wollen wir dich vorher noch etwas waschen, Benni?", fragte sie ihn, sich vor Benni kniend.

„Kalt duschen?" Benni bekam einen angsterfüllten Blick.

„Aber warum sollte ich dich denn kalt duschen?" Britta blickte verwundert drein. „Wie wäre es mit einem warmen Bad?", fügte sie hinzu.

„Warm, ja.", gab er nur kurz zurück.

„Dann lasse ich mal Wasser für dich ein. Kommst du mit mir mit?" Sie reichte ihm die Hand, nachdem David ihn von seinem Schoß herunter, auf den Boden aufgestellt hatte. Benni blickte zu David hinauf.

„David, gehst du mit?"

„Ich komme sofort nach."

Benni nahm daraufhin Brittas Hand und ging mit ihr.

„Kannst du Mom vorerst nicht sagen, was ich dort getan habe? Bitte.", bat er seinen Vater.

„Versprich mir nur, deine Mutter nicht anzulügen, wenn das Thema aufkommen sollte.", entgegnete Karl ernst zur Antwort.

„Das werde ich nicht."

Er stand auf und ging ins Badezimmer zu seiner Mutter und Benni. Britta blickte wehmütig zu ihrem Sohn, als er eintrat. Ihre verletzten Blicke galten Bennis blauen Flecken. Sie hatte sich gefragt, wie jemand einem Kind so etwas nur antun konnte. Vor allem Bennis Arme waren zusehends mit ihnen verziert. Auf seinem Rücken schien sich ein faustgroßer Bluterguss zu entwickeln.

Britta wusch ihn und hielt dabei seinen verletzten Arm nach oben, um die Wunde nicht zu nässen. David ging vor der Badewanne in die Hocke und führte eine Hand ins Wasser. Er begann Benni nass zu spritzen und konnte ihn damit zum Lachen bringen. Benni spritzte Wasser zurück. David formte ein „O" mit seinem Mund und bombardierte ihn mit einer weiteren Ladung. Er freute sich, zu sehen, dass der Kleine sein Lachen nicht verloren hatte.

Brittas Mutterinstinkt ließ ihr verraten, dass Benni sich sichtlich wohl in der Nähe ihres Sohnes fühlte. Sie wusste keineswegs, was genau sich an jenem Abend oder die Tage zuvor abgespielt hatte. David und Benni schienen sich jedoch schon öfters gesehen zu haben, denn es herrschte eine gewisse Vertrautheit miteinander.

„Genug gespielt.", lachte David. „So wirst du schließlich nicht sauber. Lass meine Mom dich weiter fertig baden und anziehen, dann darfst du sicher noch etwas im Fernsehen schauen." Er blickte fragend zu seiner Mutter hinüber, die zustimmend nickte.

„Wirklich?", fragte er verdutzt.

„Wenn du artig bist?", lächelte er wieder.

„Bin ich.", sagte er bestimmt.

Britta und David wunderte es wenig, dass das für Benni Neuland sein musste.

„Ich gehe noch einmal nach deiner Schwester sehen. Danke dir, Mom." David gab ihr einen Kuss auf die Wange und ging davon.

David war bewusst, dass er sich baldigst mit seinen Eltern zusammensetzen musste. Binnen Minuten hatte er sie in eine Angelegenheit involviert, die sie beide womöglich nicht für gut befanden. David handelte die letzten Tage nach seinem Bauchgefühl und Instinkt. Vor allem am heutigen Abend. Er hatte keinerlei Plan für das, was nun kommen würde. Wie würde es weitergehen? Sollte er die Polizei informieren? Wäre es besser, darauf zu warten, was Maggie dazu zu sagen hatte? Wo sollten die beiden hin? Nach Hause ließ er sie sicher nicht mehr gehen. Seine Eltern wären sicherlich der gleichen Ansicht. Erst einmal musste sich Maggie wieder erholen und, bis es so weit war, würde er nichts weiter in Erwägung ziehen. Er wollte jetzt einfach für sie beide da sein.

David setzte sich zu Maggie ans Bett und strich ihr über die Wange. Langsam öffneten sich daraufhin ihre Augen.

„Es ist alles meine Schuld, Maggie. Wäre ich nicht mit Benni auf den Spielplatz gegangen, wäre es nie so weit gekommen.", gestand sich David ein.

„Ich hätte wohl einfach nicht nach Hause gehen sollen. Dann hätte ich dem entgehen können.", entgegnete sie mit müder Stimme. „Ich habe es in gewisser Weise darauf angelegt."

„Trotz allem. Es tut mir unendlich leid, Meg.", entschuldigte er sich und nannte sie ungewollt bei ihrem Spitznamen.

„Entschuldige dich nicht bei mir, David. Ich habe euch auch einige Dinge an den Kopf geworfen, obwohl ihr es nur gut gemeint habt."

„In gewisser Weise hattest du recht. Wir haben hinter deinem Rücken über euch gesprochen.", gestand er sich ein.

„Ja, das habt ihr und es war nicht ganz fair. Heute Abend jedoch hast du uns gerettet. Dafür danke ich dir sehr."

„Also ist wieder alles gut zwischen uns.", wollte David wissen.

„Natürlich ist es das." Maggie lächelte leicht, doch in ihrem Gesicht waren auch die Schmerzen zu sehen, welche sie am Körper und in ihrem Inneren besaß.

Nochmals strich er ihr über die Wange und sah sie liebevoll an. Maggie konnte ihre Augen kaum noch offenhalten. Die Strapazen und ebenfalls das Gefühl zu wissen sie könne, ohne sich Gedanken zu machen, etwas Schlaf finden, ließ sie müde werden.

„Schlaf dich aus, Meg. Sollte etwas sein, bin ich für dich da.", sagte er leiser werdend.

Maggie nickte zaghaft und schloss ihre Augen.

Ungewollt kam David jener Abend wieder in den Kopf. Ein wundervoller Tag vor knapp fünf Jahren, der am Schluss mit dem Tod endete. Lisa und er waren ein Paar seit ihrem sechzehnten Lebensjahr. Er war ihr verfallen, nachdem sie ihm einige Male auf dem Schulhof keck zulächelte. Er nahm eines Tages allen Mut zusammen und ging in der großen Pause auf sie zu. Nach nur zwei Treffen waren sich Lisa und

David einig, sich öffentlich als Pärchen zu zeigen. Beide hatten eine wunderschöne gemeinsame Zeit. Sie hatten großes miteinander vor und planten bereits nach drei Jahren ihre Zukunft miteinander. Die Chemie zwischen ihnen hatte gestimmt. Sie teilten ihre Interessen und Gegensätzliches wurde unter kleinen Kompromissen eingehend, vom anderen ausprobiert.

David erinnerte sich an ihr schönes Lächeln, wenn sie ihn nach hinten über die Schulter blickend anhimmelte. Ihr Humor war ansteckend und es gab kaum einen Tag, an dem sie nicht lachte. Lisa war eine so fröhliche und intelligente junge Frau. Sie liebte das Leben und wollte noch so vieles entdecken. Sie beide wollten gemeinsam reisen, zusammen neue Erfahrungen sammeln und womöglich sogar eine Familie gründen. Davids Eltern haben sie über alles geliebt. Sie brachte die Sonne mit ins Haus, wenn sie zu Besuch kam. Britta brachte Lisa einige Familienrezepte näher und Karl hätte alles für sie getan. Sie war wie eine Tochter für ihn. Mit Lisas 21. Geburtstag jedoch kam jener Schicksalsschlag, der alles verändern sollte. Ihre gemeinsame Zukunft verpuffte in binnen Sekunden und David war machtlos, etwas dagegen tun zu können. Lisa und David verbrachten den halben Tag gemeinsam am See. Sie wollte an ihrem Geburtstag etwas Zeit mit ihm verbringen, ehe es am Abend mit Freunden zu einem Umtrunk ging. Sie waren in einer gemütlichen Bar in Frankfurt. Es wurde viel gelacht, getanzt und ebenso getrunken. Nach Mitternacht verabschiedete sich die Clique voneinander und Lisa und David machten sich auf den Weg zum Bahnhof, um ihren Zug zu erreichen. An den Steigen war einiges los, doch es war nicht zu überfüllt. Lisa drehte noch immer Kreise und tanzte. Ihr war es egal, was die anderen über sie dachten. Sie lief auf ihn zu, schlang sich um ihn und küsste ihn leidenschaftlich. Er weiß noch wie Lisa ihm ins Ohr flüsterte, wie froh sie war, gleich mit ihm allein zu sein. Daraufhin entfernte sie sich wieder von David und sprang weiter umher. Sie rief ihm zu, dass sie gerne noch etwas zu trinken hätte, und David konnte ihr diese Bitte keineswegs abschlagen. Er stellte sich an einen Kiosk und wartete darauf, bestellen zu können. Lisa lief schon etwas voraus. *Fahr aber nicht ohne mich!,* rief David ihr zu. *Nie im Leben,* erwiderte sie.

Kurze Zeit später kamen David Minuten wie Sekunden vor. Er bezahlte gerade die Getränke, als er bereits hörte, wie Lisa von einem knapp dreißig Jahre altem Mann zugetextet wurde. Als er sich umdrehte und zu ihr laufen wollte, sah er, wie jener Mann sie begann anzufassen. Lisa sagte, er solle sie gefälligst in Ruhe lassen und dass sie kein Geld habe. Er schien sie danach gefragt zu haben. Er sagte ihr, sie könne sich auch anders nützlich machen und versuchte erneut seine Hände an sie zu bringen. Aus Distanz konnte David erkennen, dass der Mann entweder betrunken war oder unter Drogen stand. David schrie ihm zu, dass er seine Freundin in Ruhe lassen soll. Dies tat er aber nicht. Er riss Lisa daraufhin an sich und sagte David nur, dass er das aber nicht will. Er wurde aggressiv. Lisa wusste kaum, wie ihr geschah. David ließ die Getränke auf den Boden fallen und sprintete auf ihn zu, um seine Freundin von ihm zu befreien. Er hörte noch, wie Lisa seinen Namen zur Warnung rief, doch landete einige Meter vor ihr, just auf dem Boden. Zwei weitere Männer waren aufgetaucht und rissen ihn mit sich. Es war ein Hinterhalt. Alle umstehenden Personen beobachteten das Spektakel. Riefen, was das soll, doch keiner schritt ein. Die zwei Männer traten auf David ein und im Augenwinkel sah er, dass auch Lisa bereits am Boden lag. Er konnte sich kaum noch daran erinnern, was sie sich zu sagen versuchten. Er konnte es nicht schaffen, gegen die Männer zu gehen. Sie waren zu stark für ihn. Er sah zu Lisa und in ihre verängstigten und flehenden Augen. Er musste zusehen, wie der Mann ihr mehrfach auf den Kopf eintrat. David kam in dieser Nacht mit einer Bewusstlosigkeit davon. Seine Freundin aber, wurde noch an Ort und Stelle für tot erklärt. Die Täter bekamen lediglich eine Mindeststrafe wegen Drogeneinflusses und Unzurechnungsfähigkeit.

David hatte lange Zeit gebraucht, um halbwegs über das Geschehene hinwegzukommen. Seine Eltern waren ein starker Halt für ihn. Er dachte oft an Lisa, aber gab vor zwei Jahren auf, über die *Was-wäre-wenn-Situation* nachzudenken. Er musste wieder am Leben teilnehmen. Nach ihrem Tod hatte er versucht, den Kontakt zu Lisas Eltern zu halten. Es hielt jedoch nicht allzu lange an. Sie waren ihm nicht böse. Wussten, dass er nichts hätte machen können.

Maggie hatte er helfen können. Sie und ihr kleiner Bruder waren vorerst in Sicherheit. David war sich sicher darin, dass dies nicht alles gewesen war. Peter würde sich sicherlich nicht damit zufriedengeben, verloren zu haben. David hatte es in seinen Blicken und Handlungen deutlich sehen können.

Aber es war nicht nur helfen zu können, was Maggies Person betraf. Als er sie im Café zum ersten Mal gesehen hatte, hatte er seit langer Zeit wieder ein inneres Glücksgefühl. Er sah sie und wusste, dass er mehr von ihr erfahren wollte. Ihr näher sein möchte. Er blickte ein letztes Mal zu ihr. Maggie schlief tief und fest. Er stand leise auf und verließ das Schlafzimmer.

Kapitel 14

Als David die Treppe hinunter und ins Wohnzimmer ging, sah er seine Mutter an. Sie erwiderte seinen Blick und schmunzelte. Benni lag an sie geschmiegt unter einer Decke und schlief.

„Die Strapazen waren sicher zu viel für ihn.", flüsterte sie. „Er hat keine halbe Stunde fernsehen durchgehalten. Was macht Maggie?"

„Sie schläft.", sagte er ruhig und setzte sich auf den gegenüberliegenden Sessel. „Ist Dad im Bett?"

„Er ist noch im Arbeitszimmer. Ich denke jedoch eher, um sich abzulenken.", begann Britta. „Ich habe deinem Dad alles erzählt, was ich erfahren habe. Laura war so lieb und hat mir das Wichtigste gesagt.", fuhr sie fort.

David blickte zu Boden.

„Hat dir Dad auch etwas erzählt?", wollte er schuldbewusst wissen.

Der Blick seiner Mutter ließ es ihn bereits erahnen. Karl versprach es zwar seinem Sohn, doch David wusste, dass seine Eltern keine Geheimnisse voreinander hatten.

„Ich konnte nicht anders, Mom. Ich habe einfach reagiert." Leichte Tränen füllten Davids Augen.

„Du hast gehandelt, weil du die Möglichkeit dazu hattest. Du hast heute wohl zwei Leben gerettet." Britta streichelte Benni über den Rücken. Sie hielt es für angemessen, nicht weiter nachzuhaken, auch wenn sie Angst vor den Konsequenzen hatte.

„Er ist ein sehr lieber, kleiner Junge.", sagte sie nur.

„Ja, das ist er. Vielleicht kann ich ihn für die Architektur begeistern.", versuchte er zu witzeln, aber er musste in diesem Moment ebenfalls mit seinen Gefühlen kämpfen.

„Er ist sicherlich noch zu vielem zu begeistern. Vorerst sollten wir ihm aber die Möglichkeit geben, Kind sein zu dürfen.", hörten David und Britta aus der Ferne. Karl kam in den Raum.

David sah seinen Vater fragwürdig an.

„Wie meinst du das?"

Karl setzte sich auf die Sofalehne zu seiner Frau.

„Deine Mutter und ich haben uns noch nicht ausführlich unterhalten. Derzeit stehen wir auch noch unter einem leichten Schockzustand.", begann Karl. Britta nickte bejahend.

„Auf alle Fälle sind wir uns einig darüber, dass die beiden nicht wieder dorthin zurückgehen werden. Wir beide dachten uns, sofern deine Freundin nichts dagegen hat, dass die zwei vorerst bei uns bleiben. Zumindest so lange, bis wir mehr von der ganzen Situation wissen und besser handeln können."

„Ist das wirklich euer Ernst?", wollte David überrascht wissen. Diese Reaktion seiner Eltern, nachdem diese so vor den Kopf gestoßen worden waren, hätte er definitiv nicht erwartet.

Britta übernahm nun das Wort.

„Natürlich wäre es uns wichtig, dass du die Geschäfte von dir und deinem Vaters nicht vernachlässigst und die zwei müssten oben bei dir einen Platz finden."

David war sprachlos.

„Würdest du das auf diese Weise akzeptieren, mein Sohn?"

„Ja, das würde ich.", sagte er kurz.

„Dann fehlt nur noch ihre Entscheidung dazu.", sagte Karl und machte eine Gestik in die erste Etage.

„Ihr seid die besten, Mom und Dad. Vielen Dank."

„Wir hoffen natürlich, dass auch Maggie zu einem Gespräch bereit ist.", entgegnete Britta.

„Das wird sie sicher sein. Ich werde mich darum kümmern. Aber ein paar Tage haben wir noch bis dahin, oder?", wollte er wissen.

„Natürlich. Sie soll sich schließlich erst einmal von Vergangenem erholen.", antwortete ihm sein Vater. „Okay." David lächelte leicht und wirkte mit einem Mal etwas ruhiger.

Maggie hatte die Stimmen vernommen. Sie wurde durch ihr stetes Hämmern im Kopf aus dem Schlaf gerissen. Sie verstand nicht alles, was im unteren Bereich des Hauses besprochen wurde. Sie wusste aber sicher, dass es um sie und Benni ging. Was würden Davids Eltern nur von ihr denken? Was hatte David nur auf sich genommen? Die Eltern nehmen an, dass lediglich ihr Sohn wieder nach Hause kommt, doch stattdessen bringt er eine wildfremde und bewusstlose Frau mit und nebenher noch ein kleines Kind. Bereits jetzt war es Maggie unangenehm, den beiden unter die Augen treten zu müssen. Wäre sie körperlich im Stande gewesen, hätte sie womöglich mit ihrem kleinen Bruder

Reißaus genommen. In diesem Moment war ihr dies aber leider nicht möglich. Ihr ganzer Körper schmerzte. Sie fühlte sich am Ende ihrer Kräfte. Zu wissen, dass es Benni gut ging, beruhigte sie etwas. Nicht zu wissen, wie es weitergehen würde, stimmte sie hingegen wieder unruhig. Was wäre gewesen, wäre David nicht zur Hilfe gekommen? Sie war bereits bewusstlos. Benni wäre auf sich allein gestellt gewesen. Maggie wollte sich nicht ausmalen, was Peter wohl mit ihm angestellt hätte. Hätte er ihn verprügelt? Hätte er ihn vielleicht sogar in Ruhe gelassen? Wie hätte sich ihr kleiner Bruder verhalten? Maggie versuchte, die Gedanken zu verdrängen. Schließlich ist es nicht so weit gekommen. Am liebsten hätte sie ihren Tränen freien Lauf gelassen, doch auch dies schien ihr momentan zu anstrengend zu sein. Sie versuchte, sich damit abzulenken, sich der Dunkelheit anzupassen und das Schlafzimmer mit Blicken zu erkunden.

Nach rechts zur Tür geschaut, erblickte sie David im Rahmen stehen.

„Du bist ja wach?", mutmaßte er mit leiser Stimme.

„Ja, bin ich.", antwortete sie knapp.

David kam näher und setzte sich an die Bettkante.

„Alles in Ordnung? Hast du große Schmerzen?"

„Ich weiß es nicht und ja, etwas.", gab sie beinahe flüsternd zurück.

„Ich mache mir Gedanken um dich. Sollten wir nicht doch lieber ins Krankenhaus?"

„Mein Körper ist einigermaßen abgehärtet.", wollte sie witzig klingen, doch bekam dafür wenig Zuspruch, wie Davids Blick verraten ließ.

„Meine Mutter wird Benni morgen erst einmal im Kindergarten entschuldigen, wenn das für dich okay ist? Es wäre wohl sicherer für ihn, nicht an einem öffentlichen Ort zu finden zu sein."

„Sie kann dort sagen, dass ich mit ihm wegen seiner Allergie beim Arzt bin. So dürfte es keine Probleme geben."

„Welche Allergie?", wollte David wissen.

„Blumen und Gräser. Such dir etwas aus. Der Überbegriff reicht jedoch.", sagte sie ernster.

„Er hat gar keine Allergie, oder?", fragte er skeptisch.

„Nein.", gab sie kurz zurück.

„Ich werde es ihr sagen.", versprach er, schnaufte aber tief.

„Sie soll Frau Jüngst verlangen. Sie ist die Leiterin."

„Okay, ich sage es ihr."

„Ach und unser Nachname ist Krüger. Für den Fall. Ich kann aber auch selbst dort anrufen. In einer Woche ist die Tagesstätte eh für sechs Wochen zu."

„Meine Mutter macht das schon. Du musst dich ausruhen. Sie soll versuchen, Benni für die ganze Woche herauszuholen."

„Das wäre gut, denke ich."

„Du möchtest sicher versuchen weiterzuschlafen."

David wollte schon aufstehen, doch Maggie griff nach seinem Handgelenk.

„Allem Anschein nach möchtest du doch irgendetwas wissen?"

„Ich denke, die vielen Fragen kannst du mir in den nächsten Tagen beantworten."

„Du hättest ein Recht darauf.", stimmte sie ihm zu.

„Eine Antwort wäre mir jedoch wichtig für heute.", begann er. „Soll ich die Polizei informieren?"

„Die wird uns wohl nicht helfen. Hierfür bräuchten wir Zeugen. So denken sie anders.", antwortete sie wehmütig. Sie dachte an all die hinterlegten und gelogenen Details über ihre Person bei den Behörden.

„Ich bin doch ein Zeuge. Ich kann sagen, was in etwa vorgefallen ist.", wollte er ihre Antwort widerlegen.

„Bist du sicher nur ein Zeuge? Wie bist du denn in das Haus gekommen und was ist mit Peter passiert?"

Davids Blick sank nach unten und er biss sich auf die Unterlippe.

„Ich habe das Fenster zerstört und es geschafft, ihn bewusstlos zu schlagen." David atmete tief ein und aus.

„Also bist du wohl nicht lediglich ein Zeuge, oder sehe ich das falsch!?"

Maggie schien ins Leere zu schauen. Peter musste überaus wütend sein und so, wie sie ihn kannte, hatte all das definitiv ein Nachspiel.

„Aber es war doch Notwehr.", versuchte David einen zweiten Versuch.

„Ich weiß nicht, ob sie dir glauben würden, David. Mir jedoch dank Peter sicher nicht." Maggie klang beinahe wütend, doch ihre Kopfschmerzen ließen größere Wut nicht zu.

„Ich nehme mal an, dass es eine längere Geschichte ist.", sagte er ihr mehr, als danach zu fragen.

„Ist es und du wirst sie erfahren. Versprochen."

„Kann ich noch etwas für dich tun?" Allmählich wollte David Maggie wieder in Ruhe lassen. Sie sah sehr erschöpft aus.

„Eine Aspirin und ein Schluck Wasser wären lieb.", bat sie.

„Okay, ich bringe dir etwas."

Es dauerte keine fünf Minuten, bis David wiederkam und er reichte Maggie eine Tablette Aspirin und das Glas Wasser. Sie hoffte innigst, dass diese zumindest etwas Linderung verschaffen würde.

„Ich werde mir mal mein Bett auf der Couch richten. Dein Bruder ist unten auf dem Sofa eingeschlafen. Meine Mom ist bei ihm."

„Es ist unglaublich nett, dass sich deine Eltern so kümmern.", sagte sie mit Reue in der Stimme.

„Das ist für sie selbstverständlich. Es ist alles okay."

„Trotzdem."

„Versuch du wieder zu schlafen. Ich bin ganz in der Nähe." David zeigte auf den nächsten Raum und grinste etwas.

„Da wäre noch etwas." Maggie wurde etwas nervös, doch wollte nach ihrem Gefühl handeln.

„Gerne. Was ist es denn?"

„Zum einen ist es schließlich dein Bett und zum anderen wäre ich heute Nacht ungern allein."

David verstand sofort, auf was Maggie hinauswollte und freute sich gleichzeitig darüber.

„Wenn das okay für dich ist, bleibe ich natürlich gerne hier."

„Es wäre mehr als okay für mich."

„Dann bis gleich."

„Bis gleich."

Nachdem David etwa eine halbe Stunde später ins Schlafzimmer kam, war Maggie bereits wieder eingeschlafen. Um sie nicht aufzuwecken, stieg er so leise wie möglich ins Bett zu ihr. Er konnte sie kaum atmen hören, was ihn zunächst beunruhigte. Ihr Oberkörper aber wölbte sich langsam auf und ab und signalisierte damit ein Lebenszeichen. Zu gerne hätte er den Arm um sie gelegt. Lediglich um näher bei ihr zu sein. Es lag nicht an ihrer Verletzlichkeit, welche sie in jenem Moment auszustrahlen schien. Vielmehr war es sein Bauchgefühl, welches in gewisser Weise Glück in ihm hervorrief. Die Nähe zu ihr ließ sein Herz höherschlagen. David kannte Maggie keine zwei Wochen und eine neue Bekanntschaft hätte wesentlich besser beginnen können. Doch er wusste schon jetzt, dass er mehr von ihr wollte, als sie und ihren kleinen Bruder Benni zu beschützen.

Kapitel 15

Als Maggie am Morgen aufwachte, bemerkte sie, dass sie, seit ewig langer Zeit mal wieder durchgeschlafen hatte. Mag sie am Abend zwar schon geschlafen haben, spürte sie die von David ausgehende Wärme neben sich im Bett. Es schien sie zu beruhigen und sich in Sicherheit zu wissen. David lag nun nicht mehr im Bett bei ihr. Stattdessen ein Zettel auf seinem Kopfkissen. Er schrieb, dass sie im Bad Handtücher finden würde und provisorisch ein T-Shirt und eine Jogging-hose von ihm. Maggie gestand sich ein, sich wahnsinnig über eine Dusche zu freuen. Sie wollte das gestrig erlebte abwaschen und sich dadurch ebenfalls besser für den heuti-gen Tag fühlen. Sie stand beinahe in Zeitlupe auf. Ihre Kopf-schmerzen waren weitestgehend überstanden, doch vor allem ihr Oberkörper krampfte vor Schmerz. Sie musste dies wohl noch einige Tage hinnehmen, ehe es besser werden würde. Auf Zehenspitzen ging sie aus dem Schlafzimmer nach rechts in Richtung Flur hinaus. Von unten konnte sie Stimmen hören und auch Gelächter von Benni. Maggie ver-suchte, weiterhin leise zu sein, um den Anschein zu wahren, dass sie noch schlief. Zu ihrer linken stand die Tür zum Bad auf. Rasch schlüpfte sie hinein und schloss die Badezimmer-tür von innen. Ein Blick in den Spiegel ließ sie erschrecken. Ihr Gesicht hatte glücklicherweise nicht allzu viel abbekom-men. Ihre linke Schläfenseite besaß eine leichte violettblaue Farbe und war etwas angeschwollen. Schlimmer befand sie ihre dunklen Augenringe und ihr fettiges Haar. Sie kam sich vor wie ein Drogenjunkie, der sich nicht mehr um sein Äußeres bemühte. Nachdem sie ihre Kleidung ausgezogen hatte, welche sie die ganze Nacht über am Körper trug, sah sie, wie zu erwarten, ihren mit von blauen Flecken übersäten Oberkörper. In diesem Moment hätte sie sich zu gerne eine spiegelfreie Welt gewünscht. Sie ließ die Dusche an und stellte sich unter das wärmer werdende Wasser. Maggie tat es unendlich gut, wie die zig Wassertropfen über ihren Körper rannen. Sie nutzte Davids 2-in-1 Shampoo und kam während des Duschens zum erneuten Male ins Grübeln. Sicherlich würde sie unten gleich Davids Eltern begegnen. Dies ließ sie aufgeregt werden. Maggie hoffte inständig, dass die beiden nun kein falsches Bild von ihr haben würden. Sie wusste aber auch, dass sie da durchmusste, und würde versuchen, das beste daraus zu machen. Nachdem sie fertig war, trocknete sie sich vorsichtig ab und zog ihre Unterwäsche an und daraufhin Davids Shirt und Hose. Der legere Look war demnach perfekt. Sie rubbelte ihre Haare mit dem Handtuch ab und wollte die restliche Nässe von Luft aus trocknen lassen. Sie atmete nochmals tief durch und machte sich einige Minuten später auf den Weg nach unten.

„Maggie.", schrie Benni freudig, als er seine Schwester in der Ferne sah. Sie ging auf ihn zu und gab ihm einen liebevollen Kuss auf die Wange.
„Du scheinst ja richtig gut gelaunt zu sein.", stellte sie fest.
„David hat ganz leckere Eier gemacht. Gerührt."

Maggie lachte nur auf. Sie wollte ihren Bruder in diesem Moment auch nicht verbessern.

„Guten Morgen,", richtete sie sich an David.

„Guten Morgen. Hast du gut geschlafen?", wollte er wissen und lächelte liebevoll, während er seine Kleidung an ihr musterte.

„Zugegeben, wie ein Stein. Danke auch für die Anzieh-sachen."

„Steht dir hervorragend." Er grinste leicht, da vor allem die schwarze Jogginghose etwas weiter bei ihr ausfiel.

„Darf ich dir einen Kaffee und ein paar gerührte Eier anbieten?", fragte er mit einem Wink gen Benni.

„Sehr gerne. Klingt perfekt."

„Wird gemacht." David schwang sich an die Küchentheke, schenkte ihr eine Tasse Kaffee ein und stellte sie auf dem Esstisch ab, an welchen sich Maggie nun neben Benni gesetzt hatte.

„Wo sind denn deine Eltern?", fragte sie, sich umblickend.

„Die beiden sind einkaufen gegangen. Sollten demnächst wieder eintrudeln."

„Ah, okay.", erwiderte sie leiser werdend.

David begann die Rühreier in der Pfanne zu machen.

Maggie trank einen Schluck des schwarzen Kaffees und legte dann ihre Hand auf Bennis Rücken.

„Geht es dir gut, Benni? Hast du dich am Arm verletzt?" Erst jetzt bemerkte sie den Verband darum.

„Da hat gestern eine Scherbe dringesteckt. Tut aber kaum noch weh. Mir geht es gut. Hier ist es schön."

Maggie konnte erahnen, dass es eine Scherbe der zerbrochenen Bierflasche gewesen sein musste. Trotz allem konnte sie Benni kaum wiedererkennen. Er schien überglücklich zu sein und sprudelte seine Sätze ohne jegliche Fehler heraus.

„Gestern hat mir die Mama von David Kakao gemacht und dann durfte ich Film schauen. Ich bin dann aber eingeschlafen." Benni lachte über sich selbst. „Wie geht es dir?"

„Mir geht es auch ganz gut, Spatz."

„Das ist schön." Benni stach weiter mit seiner Gabel in den Rühreiern herum und währenddessen malte er mit Buntstiften auf einem Blatt Papier.

„Guten Appetit." David stellte Maggie den Teller auf den Tisch und reichte ihr Messer und Gabel.

„Vielen Dank. Sieht lecker aus."

„Dann hoffe ich, es schmeckt auch so."

David setzte sich mit einer weiteren Tasse Kaffee mit an den Tisch. Maggie nahm einen ersten Bissen.

„Es schmeckt definitiv auch so.", bestätigte sie.

„Mein Geheimrezept.", lachte er.

Die drei redeten und lachten miteinander, als wäre der gestrige Abend nie gewesen. Nach einer knappen halben Stunde wurde die Haustür aufgeschlossen und Karl und Britta kamen mit drei Einkaufstaschen herein. Maggie war aufgeregt und angespannt.

Karl kam als erster in die Küche herein und stellte die zwei Einkaufstaschen auf der Küchentheke ab. Kurz darauf nahm er seiner Frau die dritte Tüte ab. Sie schien nicht von einem Lebensmittelmarkt zu sein. Er drehte sich zum Esstisch um und betrachtete vor allem Maggie. Er schien ihre Anspannung zu bemerken.

„Ich bin Karl." Er streckte ihr die Hand entgegen.

„Maggie. Hallo.", stellte sie sich vor und tat es ihm gleich.

„Ich heiße Britta.", begrüßte sie Maggie ebenfalls mit einem Händeschütteln.

„Maggie.", sagte sie kurz.

„Es ist schön, dich in wachem Zustand zu sehen. Ich denke, dass *Sie* können wir übergehen.", lachte Karl.

„Ja, diese Förmlichkeiten brauchen wir hier nicht.", stimmte Britta ihrem Mann zu.

„Wie geht es dir, Maggie?", wollte Karl wissen.

„Es geht mir so weit ganz gut, danke."

„Ihr habt uns da gestern einen ganz schönen Schrecken eingejagt.", schaltete sich Britta mit ein.

„Es tut mir sehr leid für die Unannehmlichkeiten."

„Es waren keine Unannehmlichkeiten. Eher ein kleiner Schock. Dein Bruder ist auf jeden Fall ein wahrer Schatz."

„Ja, das ist er." Sie blickte zu ihm. Benni war überglücklich, sich in aller Ruhe seinem Bild widmen zu können. Er war vollends vertieft darin. Maggie hingegen spürte, wie sie die Situation zu überfordern begann. Sie kannte diese Freundlichkeit innerhalb einer Familie kaum noch, wusste kaum, wie sie sich verhalten sollte. Ihre Blicke wechselten zwischen Karl und Britta hin und her. Sie wollte gerne etwas sagen, doch wusste nicht wie. Maggie dehnte aus Nervosität ihren Hals und zog die Schultern nach hinten. Sie selbst merkte es gar nicht. David, jedoch schon. Er legte seine Hand auf die Ihre.

„Alles in Ordnung, Meg?" David versuchte, ihren Blick zu erhaschen. Maggie reagierte aber nicht.

„Wir waren so frei und haben euch zumindest ein paar Kleider besorgt. Zumindest, dass ihr für die nächsten Tage etwas zum Anziehen habt." Karl hielt die Tüte nach oben.

„Ich werde sie heute noch waschen und gleich noch in den Trockner werfen.", gab Britta hinzu.

David konnte den Blick seines Vaters einfangen und forderte ihm mit einem Händewisch auf, vorerst aufzuhören zu sprechen. Der schaute daraufhin zu Maggie und erlangte an Verständnis. Er stieß seine Frau leicht an und zeigte ihr mit dem Finger auf seinen Lippen an, nichts weiter zu sagen. Es folgten Sekunden der Stille, bis sich Maggie erhob.

„Tut mir leid.", sagte sie nur und verschwand nach oben.

„Maggie?!", stieß Benni hervor.

„Sie kommt gleich wieder, Benni.", beruhigte ihn Britta.

„Zeig mir doch einmal, was du da malst." Sie nahm ihn auf den Schoß und wartete auf seine Erzählung. Karl begann des Weiteren die Taschen weiter auszuräumen, um zu versuchen, die Situation nicht weiter zu dramatisieren.

David sah Maggie auf seiner Couch sitzen. Sie hatte die Beine dicht an sich gezogen und wippte leicht hin und her.

„Wir sollten nicht hier sein.", sagte sie nur.

David setzte sich neben sie und versuchte, sie zu beruhigen, indem er ihr über den Rücken streichelte.

„Wir bringen doch nur Chaos hier herein."

„Maggie, hör bitte auf das zu sagen."

„Aber es ist doch die Wahrheit."

„Nein, ist es nicht. Würden wir euch nicht hier haben wollen, hätten wir euch heute Morgen aus dem Haus geworfen.", sagte er direkt.

„Ihr seid alle so herzlich und…", ihre Stimme zitterte.

„Maggie, du hast so viel zu verarbeiten. Die jetzige Situation mag neu für dich sein, doch sie ist doch ganz gut."

„Sie ist zu gut.", gab sie zu.

„Und du denkst, ihr habt das nicht verdient?", wollte er wissen.

„Ihr seid gerade erst hergezogen und habt euch sicher Besseres vorgestellt."

„Wer sagt, dass es nicht so sein soll?", versuchte er sie zu überzeugen.

„Dein Ernst?", schoss es nur so aus Maggie heraus.

David hatte das Gefühl mit allem, was er sagte, eine Verneinung von Maggie zu erhalten.

„Nimm es an, Maggie.", sagte er deutlich und gleichzeitig warmherzig.

Maggie konnte ihre Gefühle nicht mehr zurückhalten und alles, ob der heutige Morgen, der gestrige Tag und Erlebtes, kam über sie.

„Es tut mir leid, aber ich kann einfach nicht mehr."

Maggie begann fürchterlich zu weinen und schien vor einem Zusammenbruch zu stehen. David zog sie an sich. Er legte seinen Arm um ihre Taille und strich ihr mit seiner linken Hand über das Haar.

„Es ist okay, allem Schmerz freien Lauf zu lassen."

David spürte, wie Maggie sich in seinen Armen niederließ. Sie verharrten einige Zeit in dieser Position. Zum allersten Mal konnte sie loslassen. Sie musste nicht für Benni stark sein. Zu jenem Zeitpunkt war jemand für sie da.

Maggie brauchte nicht nur einen Moment, um sich wieder zu beruhigen. Sie ließ ihren Tränen, welche Kummer und Schmerz vereinten, freien Lauf. So lange, bis sie sich wieder etwas sammeln konnte. Sie löste sich von David, strich sich die Tränen von den Wangen und blickte zu ihm.

„Ich möchte, dass ihr über alles Bescheid wisst.", sagte sie voller Ernsthaftigkeit.

„Wann auch immer dazu bereit bist.", entgegnete ihr David.

„Jetzt.", gab sie ihm bestimmt zurück.

„Nun gut, dann gebe ich meinen Eltern Bescheid."

Maggie nickte ihm zu und David stand bereits auf, um nach unten gehen zu können. Er wusste, dass Maggie es so schnell wie möglich hinter sich bringen wollte, war sich jedoch auch bewusst darüber, dass alle im Klaren darüber sein sollten, wen sie hier im Haus hatten.

„Ich komme sofort nach. Gehe nur nochmal rasch ins Bade-zimmer.", versprach sie.

„Wir warten im Wohnzimmer auf dich." David schenkte ihr ein mitfühlendes Lächeln, um sie etwas zu besänftigen.

„Kommt ihr zwei bitte mal mit ins Wohnzimmer.", forderte er seine Eltern auf und sie nickten zügig bejahend. „Benni, du malst uns weiter schöne Bilder, okay?"

„Ja, mach ich.", antwortete er nur kurz und widmete sich weiter, seinem künstlerischen Wirrwarr aus allen Farben, welche die Buntstifte hergaben.

Britta und Karl setzten sich auf das Sofa. David neben sie auf die Lehne.

Davids Eltern konnten sofort erkennen, dass Maggie geweint hatte, nachdem sie das Wohnzimmer betrat und sich auf den Sessel gesetzt hatte. Sie versuchten, es sich nicht anmerken zu lassen. Maggie schaute zu David, der ihr ermutigend zunickte. Er musste sich eingestehen, dass auch er sehr interessiert an Maggies Geschichte war. Maggie versuchte, sich an alle drei Beteiligten zu richten.

„Vorab möchte ich mich bei euch bedanken.", begann sie. Sie versuchte, ihre Nervosität krampfhaft zu verstecken. Im Innersten wusste sie, dass dies vergebens war.

„Es ist nicht selbstverständlich, dass ihr euch nichts wissend, um für euch fremde Personen kümmert oder kümmern wollt. Danke dafür. Im Gegenzug sollt ihr natürlich erfahren, wen ihr hier bei euch habt."

Maggie versuchte, von Beginn an zu erzählen. Sie sprach vom Tod ihres Vaters, der Geburt von Benni und der Veränderung ihrer Mutter nach diesem Verlust. Sie redete darüber, wie Peter mit Eintritt in die Familie begann das Oberhaupt werden zu wollen, ihre Mutter Elsa sich weiter von der Realität entfernte und Peter begann, gegenüber Benni

146

und ihr gewalttätig zu werden. Sie begründete ihre Ängste, etwas der Polizei oder dem Jugendamt zu melden, indem sie der Familie erläuterte, was Peter alles unternommen hatte, um Maggie dort schlecht zu machen. Sie hatte kaum etwas ausgelassen, um etwaigen Gegenfragen entgegenzugehen. Sie erzählte ihnen auch, dass sie hoffte, mit Benni ein freies Leben führen zu können, sobald sie ihre Volljährigkeit erreicht hatte.

Die Gesichter der Familie Denz nahmen verständnisvolle sowie wehmütige Blicke an. Sie schienen all das verstehen zu können. Maggie konnte eine Zeit lang in ihrer Erzählung innehalten, doch letztendlich flossen abermals Tränen.

David saß schon lange nicht mehr auf der Lehne des Sofas bei seinen Eltern, sondern stand hinter ihr und streifte über ihre Arme. Sie sprach sich sicherlich eine halbe Stunde alles von der Seele, bis sie zum Ende kam.

„Wenn ihr noch Fragen habt, dann werde ich sie euch beantworten.", versicherte sie ihnen.

„Ich frage mich gerade nur, was der größere Schock ist. Der gestrige Abend oder das, was du uns gerade erzählt hast.", kam es von Karl.

„Das ist alles so schrecklich, Kindchen. Du bist eine wahrlich starke junge Frau. Bei allem was du mitgemacht hast.", brachte Britta fassungslos heraus.

„Ich denke, derzeit gibt es keine Fragen, oder?", richtete sich David an seine Eltern. Beide schüttelten den Kopf.

„Ihr geht uns nicht mehr zurück in dieses Haus, das ist Fakt.", sagte Karl voller Deutlichkeit und erhob sich. „Wir werden darüber nachdenken, wie wir bezüglich dieses Peters vorgehen können."

„Bis dahin, sofern es für dich in Ordnung ist, bleiben Benni und du bei uns.", schlug Britta vor, doch sah es eher als Befehl.

Maggie nickte lediglich bejahend und das Einzige, was sie noch zu sagen hatte, war, ein weiteres „*Danke*".

Peter kam mit einem großen Pappkarton aus der Garage heraus. Er trank einen großen Schluck Bier, ehe er begann, die passende Größe für das zerschlagene Fenster auszumessen. Noch immer war er voller Wut gewesen, doch riss sich zusammen, sich bereits einen Tag später auf die Suche nach Maggie und Benni zu machen. Er hatte sich vorgenommen, ihnen etwas Zeit zu geben. Sie sollten sich in Sicherheit wiegen und wenn sie nicht mehr daran dachten, dann würde er erneut zuschlagen. Er benötigte lediglich den perfekten Plan. Als Elsa heute Morgen aufgestanden war, tranken sie beide wie üblich ihren Kaffee, welchen stets er zubereitete. Er hatte mit ihr einen wahren Glücksgriff. Sie war zu jener Zeit labil gewesen. Er kannte die Todesanzeige des gutbetuchten Mannes sehr gut. Die Witwe ausfindig zu machen, war eine Leichtigkeit für ihn gewesen. Peter besaß kein Geld. Er lebte sogar schon für Monate auf der Straße und boxte sich durch. Mit Elsa hatte all das ein Ende. Die morgendliche Dosis des Beruhigungsmittels im Kaffee, bemerkte sie schon lange nicht mehr. Elsa war lediglich über den Tag benommen und der tägliche Alkohol tat den Rest für ihre Verfassung. Sie interessierte sich nicht dafür, ob ihre Kinder daheim waren oder nicht. Peter hatte weiteres Glück gehabt, da Maggie und Elsa schon vor seiner Zeit keinen guten Draht mehr zueinander hatten. Maggie bekam es gar nicht mit, dass Peter derjenige war, der ihre Mutter weiter in den Ruin trieb. Alles lief reibungslos. Bis auf die Tatsache, dass sich dieser David in den ganzen Prozess mit einschlich. Der Gedanke an ihn ließ ihn beinahe den Karton quer schneiden. Er hörte, wie die gegenüberliegende Nachbarin mit ihrem Mann sprach. Sie versuchten, leise zu sein, doch er konnte heraushören, dass es sich um den gestrigen Abend handeln musste. Peter tat nichts dergleichen und ließ sie in dem Glauben, er würde sie nicht hören. Würde er sich mit ihnen anlegen, könnten sie die Polizei rufen. Hielt er sich zurück, war es besser für ihn. Keiner traute sich, gestern etwas zu machen. Sie waren alle nur schaulustige und interessierte Heuchler. Mehr auch nicht. Für einen kurzen Moment hatte er sie fragen wollen, ob sie sehen konnten, wo David mit den anderen hingegangen ist, verwarf dies jedoch schnell wieder. Auch im Café, in welchem Maggie arbeitete, würde er nicht auftauchen. Er durfte kein weiteres Interesse an seiner Person erlangen. Die Angelegenheit auf dem Spiel-platz war bereits unnötig. Er musste sich vorerst in den Hintergrund stellen, so schwer es ihm fiel. Peter war nie-mand, der Hilfe von anderen benötigte. Er besaß seinen star-ken Willen und seine Körperkraft, welche er zu jeder Zeit gerne gegen andere einsetzte. Nur noch nicht jetzt. Er trank einen weiteren Schluck und fuhr mit seiner provisorischen Fensterreparatur fort.

Kapitel 16

Maggie stand im Badezimmer und begutachtete sich in dem, von Davids Mutter, gekauftem Kleid. Drei Tage waren sie und Benni nun schon im Haus der Familie. Am heutigen Abend wollten sie alle gemeinsam grillen. Laura war ebenfalls eingeladen. Maggie fühlte sich seit dem offenen Gespräch nicht mehr allzu unbehaglich bei ihnen und versuchte, ihre freundliche Art anzunehmen.

Britta hatte Maggie ein blaues Kleid mit dezenten gelben Mustern in die Hand gedrückt. Es war schlicht, aber schön. Der Stoff schmiegte sich an ihren schmalen Körper. Das Sommerkleid besaß einen leichten Ausschnitt und reichte ihr bis zu den Knien. Maggie überlegte sich, wann genau sie zum letzten Mal ein Kleid anhatte. Es musste ewig her sein. Zum einen fühlte sie sich dadurch sehr weiblich, zum anderen jedoch war es ungewohnt und sie würde etwas Zeit brauchen, um sich darin wohlzufühlen. Sie band ihre Haare zu einem Zopf zusammen und ließ leichte Strähnen herausfallen.

Während sie schmollend in den Spiegel schaute, klopfte es an der Badezimmertür. Es war Britta.

„Passt es dir, Schätzchen? Darf ich reinkommen?", fragte sie, die Türklinke bereits leicht nach unten gedrückt.

„Komm ruhig rein.", gab sie zurück.

Britta kam zu ihr herein und schloss die Tür von innen. Sie schaute zu Maggie und begann zu lächeln.

„Es passt ja hervorragend. Du siehst sehr hübsch aus, Maggie."

„Findest du?" Maggie wirkte leicht verunsichert.

„Oh ja. Gefällt es dir nicht?"

„Doch, das tut es. Vielen Dank dafür. Es ist nur etwas ungewohnt und…", begann Maggie.

Maggie schaute sich das Kleid an und blickte nochmals in ihr Spiegelbild.

„Was ist, Schätzchen?"

„Hättest du vielleicht etwas Make Up für mich?", fragte Maggie beinahe schüchtern.

Britta lachte vor Erleichterung auf.

„Aber sicher doch. Warte kurz, ich hole es geschwind."

Britta ging hinaus und David kam ihr entgegen.

„Seid ihr nicht unten am Vorbereiten und nebenher Ball spielen?"

„Sind wir, aber ich wollte mir gerne eine Jeans anziehen und nicht mit Jogginghose dabeisitzen. Darf ich?", fragte er voller Ironie und grinste.

„Sicher darfst du das?"

„Danke. Bei euch Frauen alles in Ordnung?"

„Alles in bester Ordnung. Geh aber bitte nicht in dein Badezimmer. Sonst ist es keine Überraschung mehr."

David kniff die Augen leicht zusammen und ließ mit seiner Mimik verraten, dass er verwundert war und sich trotzdem zu denken schien, dass die beiden Frauen einfach machen sollen.

„Ich werde mich lediglich umziehen und geradewegs wieder nach unten gehen." Er lachte und ging an seiner Mutter vorbei. Leicht zwickte er ihr dabei neckisch in die Seite.

Nach einigen Minuten waren wieder alle dort, wo sie sein sollten. Karl, David und Benni beschäftigten sich im Garten und Britta war bei Maggie. Nachdem sie sich geschminkt hatte, fühlte sie sich um einiges besser und femininer. Britta gab ihr noch Ohrringe als passendes Accessoire dazu.

„Fertig.", sagte Maggie und lächelte.

„Dann lass uns mal hinunter zu den anderen gehen. Laura wird wohl auch bald hier sein."

„Ich freue mich schon darauf, mit ihr sprechen zu können."

„Sie sich sicher auch.", versicherte ihr Britta.

Maggie musste sich eingestehen, im Hinblick auf David etwas aufgeregt zu sein. Sie wusste innerlich, dass sie auch für ihn gut aussehen wollte. Als die beiden Frauen in den Garten hinauskamen, fielen die Blicke definitiv auf sie. Die letzten Tage sah man Maggie fast ausschließlich in Jogginghose und T-Shirt.

Karl war sich dessen bewusst, dass es Maggie sicher etwas unangenehm sein musste. Er versuchte die Situation als schlichtweg normal zu halten.

„Jetzt sind wir ja fast komplett. Sehr gut.", rief er bereits am Grill stehend.

Benni und David, die gerade noch wild mit dem Ball umherrannten, legten just eine Pause ein.

„Du schaust gut aus, Maggie.", rief Benni mit dem Ball in der Hand auf der Wiese stehend.

David blickte vorerst zu Benni, lächelte und konnte daraufhin seine Augen kaum von Maggie lassen. Maggie erwiderte seinen Blick und machte eine Gestik, die beinahe sagen wollte, dass sie hoffte, ihm zu gefallen. Er ging auf sie zu und lächelte liebevoll.

„Mal was anderes, oder?" Sie drehte sich leicht nach rechts und links.

„Du bist wunderschön, Meg." David hätte sie in diesem Moment zu gerne geküsst. Er war hin und weg.

„Danke.", entgegnete sie und lächelte.

„Holen wir gemeinsam das Essen aus der Küche?"

Maggie nickte und Benni sprang um sie herum.

„Ich mag auch helfen.", sagte er lauthals.

„Na dann komm, kleiner Mann."

David legte seine Hand auf Bennis Rücken und streifte unbewusst mit der anderen über Maggies Arm.

In der Zeit, in der Davids Mutter und die drei das Geschirr, Baguette und die Salate nach draußen brachten, kam auch Laura nach ihrem Feierabend zur Familie Denz. Während Karl den Grill anfeuerte und Benni mit großem Interesse dabeistand, unterhielt sich David mit seiner Mutter über dies und das. Maggie suchte derweil das Gespräch mit Laura.

„Ich wollte mich für mein Verhalten vor einigen Tagen entschuldigen, Laura. Es war nicht meine Absicht, so mit euch umzugehen. Auch möchte ich mich bedanken, dass du

David unterstützt hast und vor allem für Benni da warst. Er hat es mir erzählt."

„Es war selbstverständlich für mich, euch zu helfen. Und Maggie, auch mir tut es leid. David und ich hätten nicht hinter deinem Rücken deine Probleme bereden sollen."

„Heißt das, zwischen uns ist wieder alles gut? Das ist mir unendlich wichtig."

„Natürlich ist es das. Ich denke, es ist, auch wenn es eher schlechte Zustände waren, gut wo ihr nun seid. Benni vor allem, er ist wie ausgewechselt. Das konnte ich schon in den ersten zwei Minuten sehen."

„Er kann hier Kind sein. Er darf Fehler machen, ohne dafür bestraft zu werden."

„Und wie geht es dir hier?", fragte Laura, mit einem Wink auch David meinend.

„Es ist ungewohnt. Vor allem sich in einer fremden Familie heimisch zu fühlen. Sie sind wunderbar. Ich habe ihnen alles erzählt, um meine Situation verständlich zu machen. Auch wenn es mir keinesfalls leichtfiel."

„Würdest du es auch mir erzählen?", wollte sie wissen.

„Ich denke, ich wäre es dir schuldig."

„Okay, dann kannst du deine Schuld noch begleichen. Doch nicht heute. Das hat Zeit."

„Danke. Ich möchte gerne weiter bei dir arbeiten. Nur weiß ich nicht, ob Peter bei dir nach mir suchen könnte. Er war doch nicht schon bei dir, oder?"

„Nein, das war er nicht. Ich bin mir auch nicht sicher, ob er weiß, dass ich an jenem Abend mit war. Sollte er im Café

vorbeikommen, werde ich mir schon etwas einfallen lassen."
Laura zwinkerte ihr zu.

„Das glaube ich dir sofort. Du bist die Letzte, die auf den Mund gefallen ist.", lachte Maggie.

„So ist es. Was die Arbeit angeht, bist du auf jeden Fall noch mit an Bord. Es wird sich alles klären und dann kannst du wieder bei mir einsteigen. In knapp zwei Wochen ist mein Café so oder so für einen Sommermonat geschlossen, wie jedes Jahr. Hast du noch ein paar Rücklagen?"

„In meinem Zimmer zu Hause.", antwortete Maggie ihr trübsinnig. Diese Tatsache wurde ihr erst nach Lauras Frage bewusst.

„Stimmt, dir war es schier nicht möglich, überhaupt irgendetwas mitzunehmen."

„Was Besitztümer angeht, da bin ich herrenlos."

Laura zog einen Umschlag aus ihrer Handtasche und gab ihn Maggie.

„Was ist das?"

„Sieh es als vorgezogenes Monatsgehalt inklusive Trinkgeld."

„Nein, Laura. Das kann ich nicht von dir annehmen."

„Doch, du musst ihn nur behalten. Alles ist gut, Maggie. Versprich mir nur, dass du wieder zu mir kommst, sobald alles geklärt ist und wir Freunde bleiben."

Maggie lächelte. „Auf jeden Fall. Im einen sowie anderen. Vielen Dank, Laura."

„Habe ich dir überhaupt schon gesagt, dass du heute verdammt gut aussiehst?!", ließ Laura verlauten. „Kein Wunder, dass er dich ausgesucht hat."

„Was soll das heißen?"

„Auch wenn wir uns hier intensiv unterhalten, ist mir nicht entfallen, dass Davids Augen ständig einen Blick auf dich erhaschen."

Maggie erlangte eine leichte Röte im Gesicht. Zum Glück meldete sich Karl in diesem Moment zu Wort.

„Alle Männer und Frauen an den Tisch. Das Fleisch ist fertig."

Am Tisch wurde sich rege während des Essens über Gott und die Welt unterhalten. Es gab keinerlei trübsinnige Gespräche, sondern freudiges Gelächter. David und Laura konterten sich wie zu Beginn ihrer Bekanntschaft. Britta und Karl wurden daraufhin ebenfalls über den ersten Tag im Café aufgeklärt. Sie sprachen über Architektur und Laura erkundigte sich, wie es die Familie hierher verschlagen hatte und wie es ihnen bisher gefiel. Alle belächelten Benni, der freudig und ohne Sorgen den halben Ketchup von seinem Teller in seinem Gesicht verteilt hatte.

Nach dem Essen räumten Britta, Maggie und Laura die Küche auf und führten diverse Frauengespräche. Nach getaner Arbeit nahmen sie sich eine Flasche Rotwein und drei Gläser mit in den Garten. Eine Playlist von Davids Handy ertönte über einen Bluetooth-Lautsprecher. Auch die Männer hatten mit großer Hilfe Bennis den Grill nach einiger Zeit gereinigt und Karl und David öffneten sich jeder eine Flasche Bier. Für Benni gab es gekühltes Malzbier zum Anstoßen.

Die Dämmerung brach allmählich ein und Fackeln an den Rändern der Wiese erhellten die großzügige Wiesenfläche. Auf dem Tisch der aus braunem und massivem Holz gefertigten Gartengarnitur erhellten mehrere Teelichter die Fläche. David nahm sein Handy und durchsuchte seine Musik.

„Es wird Zeit, sich ein wenig zu bewegen.", meinte er alle Anwesenden ansprechend. „Darf ich dich zum Tanz auffordern?", fragend reichte er Maggie die Hand.

Zögernd, doch lächelnd bejahend, legte sie ihre Hand in die Seine. David schaltete auf *Play* und „Dear Life" von Anthony Hamilton begann zu spielen. David führte Maggie auf die Rasenfläche und ließ ihrer beiden Hände zusammengeführt und fasste mit der anderen sanft an ihren Rücken. Mit langsamen Schritten im klassischen Tanzstil bewegten sich beide zum Rhythmus. David und Maggie blickten sich tief in die Augen und sie bemerkten gar nicht, wie sie sich näher aneinanderschmiegten. Beim zweiten Teil des Refrains forderte er sie zu einer Drehung auf und holte sie daraufhin wieder nah zu sich.

„Dieser Tanz könnte ewig gehen.", flüsterte David ihr ins Ohr.

Maggie spürte, wie Gänsehaut ihren Körper ergriff. Ihr Herz schlug schneller und ihre Hand legte sich auf Davids Nacken.

„Siehst du, wie er sie anschaut?", fragte Karl seine Frau.

„Ja.", antwortete sie leicht wehmütig. „Er schaut sie an wie Lisa damals."

„Ich denke, das hat einiges zu bedeuten." Karl war sich sicher, dass sein Sohn sein Herz an Maggie verloren hatte. Er freute sich diesbezüglich für seinen Sohn. Er nahm seine Frau an der Hand, um auch sie für einen Tanz zu gewinnen. Ein weiteres langsames Lied ertönte und Laura richtete sich an den Kleinen.

„Benni jr., nun sind nur noch wir übrig. Ich hoffe, auch du möchtest tanzen." Sie reichte ihm mit einem Grinsen die Hand. Benni nickte nur freudig und ging mit ihr zu den anderen. Langsam begann eine in kleiner Runde stattfindende Feier im Garten. Die Musik wurde lockerer und alle auf der Wiesentanzfläche ausgelassener. Die Stimmung war bestens.

Nach einiger Zeit nahm David Maggies Hand.

„Ich muss dich mal kurz entführen." Ohne auf eine Antwort zu warten, nahm er sie mit um die Ecke des Hauses, in der sich noch ein kleiner Gang befand. Maggie lehnte an der Hausmauer und David stand vor ihr.

„Was ist?", fragte sie leicht lachend, da sie den Abend sichtlich genoss.

David strich Maggies Haarsträhne hinter das Ohr und legte seine Hand auf ihre Wange.

„Du machst etwas mit mir, Meg. Seitdem ich dich das erste Mal gesehen habe."

Maggie schluckte und wurde aufgeregt. Sie kannte solche Situationen nicht. Tief schaute sie in Davids Augen und wollte geschehen lassen, was geschehen sollte. David kam ihrem Gesicht näher und ebenfalls seine Lippen näherten sich den Ihren. Sanft küsste er sie auf den Mund und hoffte darauf, dass Maggie dies erwidern würde. Sie zögerte einen kurzen Moment, doch kam ihm schließlich entgegen. Ihr Kuss war liebevoll und wurde intensiver. Maggies Herz schlug nun noch schneller als bereits bei ihrem gemeinsamen Tanz.

Laura hatte in jenem Moment nicht gesehen, dass Benni es wohl als Versteckspiel angesehen hatte. Der rannte geradewegs um die Ecke. Britta, Karl und Laura mussten einander ansehen und laut auflachen, als sie Benni rufen hörten.

„Hab euch gefunden. Igitt."

Just ließen David und Maggie voneinander und lachten ebenfalls. David rannte Benni nach.

„Igitt? Dein Ernst?" Er begann ihn über die Wiese zu jagen. Maggie verharrte noch einige Sekunden an der Hausmauer lehnend. Sie biss sich ertappt auf die Unterlippe. Danach fuhr sie mit ihrem Zeigefinger darüber, um das gerade erlebte im Inneren Revue passieren zu lassen. Sie lächelte in sich hinein und ging daraufhin wieder zu den anderen.

„Benni komm her, ich halte zu dir.", feixte Laura und versuchte, ihn in die Arme zu schließen. Sie ging in die Hocke, als er auf sie zu rannte. Beide fielen lachend auf die Wiese. David ergriff die Chance und raffte ihn sich. Er legte ihn auf den Rücken und kitzelte seinen Bauch. Benni quiekte vor

Gelächter. Als Laura ihm helfen wollte, nahm sie sich David vor und die beiden drehten sich auf der Wiese hin und her. Maggie nutzte die Chance und schnappte sich ihren Bruder. Britta und Karl standen nebeneinander und beobachteten das Spektakel.

„Unserem Sohn scheint es hier definitiv gut zu gehen.", sagte Karl, die Bierflasche zum Trinken angesetzt.

„Das hat doch schon etwas von einem Kindergeburtstag, findest du nicht?", stieß es aus Britta hervor. Beide mussten anfangen zu lachen.

Karl legte seinen Arm um seine Frau.

„Ich wusste, dass er sich bereits in sie verliebt haben musste, ehe er sie hierher zu uns brachte."

„Sie ist ein gutes Mädchen, Karl."

„Dessen bin ich mir bewusst, mein Schatz."

„Und er ist ein wunderbarer Mensch und hat die Liebe verdient. Er wird wissen, was er macht."

„Ja, das hat und wird er."

Beide beobachteten die vier, die nun auf dem Rücken lagen und zu den Sternen hinaufschauten.

„Darf ich dir noch ein Glas Wein einschenken?"

„Gerne, vielen Dank. Ich hole derweil den Nachtisch für uns und die lieben Kinder."

Kapitel 17

Nachdem Britta zum Nachtisch gerufen hatte, war vor allem Benni derjenige, der sich über das Schokoladenmus hermachte. Den restlichen Abend blieben alle weiter am Tisch, um sich zu unterhalten und sich gemeinsam Bier und Wein zu genehmigen. David und Maggie saßen nebeneinander und tätschelten einander unter dem Tisch ihre Hände. Der Alkoholeinfluss war bei allen zu spüren und somit legte sich auch die Zurückhaltung. David nahm seine Hand und legte sie auf Maggies Knie. Er fuhr ihren Oberschenkel hinauf und streifte ihr Kleid ein kleines Stück weit nach oben. Maggie gefiel es und deshalb sträubte sie sich nicht dagegen. Zu gerne hätte sie ihn nochmals geküsst, doch hier am Tisch bei den anderen war ihr dies zu offensiv.

David machte Maggie auf eine wunderbare Art und Weise vollends nervös. Sie wollte seine Nähe, seine Lippen auf ihren, seinen Körper spüren.

Nach einer weiteren Stunde neigte sich der gesellige Abend dem Ende. Laura wurde angeboten, auf der Couch zu schlafen. Dies nahm sie dankend an. Benni war bereits vor einer halben Stunde zufrieden auf einer Liege eingeschlafen. Nicht einmal ein lauter Donner hätte ihn mehr wecken können.

Flaschen und Gläser wurden in die Küche geräumt und für den morgigen Tag dort stehen gelassen. Karl und Britta gingen zuerst ins Bett. David richtete Laura die Couch. Laura wankte beinahe etwas und gab vorab zu, zu tief ins

Glas geschaut zu haben. Maggie, die schon, mit Benni auf dem Arm, eine gute Nacht gewünscht hatte, ging mit ihm nach oben und legte ihn auf die Couch. Er war im Tiefschlaf. Sie deckte ihn zu und gab ihm einen Kuss auf die Stirn. Sie hörte, wie David die Treppe hinaufkam und wusste, dass sie gleich für sich allein sein würden. David schaute um die Ecke.

„Schläft er noch?", wollte er wissen.

„Er ist vollkommen weggetreten.", kicherte sie.

David ging daraufhin ins Badezimmer, um sich für das Bett fertig zu machen. Maggie wollte warten, bis er fertig ist, ehe sie sich zurechtmachte.

Sie blickte auf Benni und strich ihm über den Kopf. Jeden neuen Tag freute sie sich, ihn so glücklich zu sehen. Er sprach weiterhin beinahe fehlerfrei und wirkte, wie Laura bereits äußerte, wie ausgewechselt. Maggie war unendlich glücklich, ihren kleinen Bruder so oft lachen zu sehen. So voller Freude. Nun hörte sie, wie David aus dem Bad herauskam und stand auf, um sich selbst auf den Weg dorthin zu machen. Sie liefen einander mit einem Lächeln entgegen. Maggie versuchte, sich zu beeilen, aus Angst, David könnte schon eingeschlafen sein, wenn sie ins Bett kam.

Maggie kam wenig später ins Schlafzimmer und legte sich zu David ins Bett.

„Schläfst du schon?", fragte sie leise.

David drehte sich zu ihr um.

„Nein, ich habe auf dich gewartet.", gab er ihr als Antwort zurück.

David strich mit seiner Hand durch ihr volles Haar und rückte seinen Körper näher an sie. Maggie spürte seinen warmen Atem vor ihrem Gesicht. Sie fuhr mit ihrer Hand an seinem Hinterkopf entlang. Es dauerte nicht lange, bis sie einander wieder küssten. Bereits seit dem ersten Kuss konnten es beide kaum erwarten, wieder allein zu sein. Sie ließen nicht mehr voneinander. David fuhr mit seinen Fingerspitzen Maggies Körper entlang. Er fuhr über ihre Schulter hinunter in Richtung Arm. Ihren Oberschenkel hinab und wieder hinauf. Maggie streichelte seinen Rücken und genoss seine Hand auf ihrem Körper. David drehte sich, um sich über sie zu legen. Unter dem weiten und langen Shirt trug sie lediglich einen Slip. David begann sie am Hals zu küssen und griff sie leicht an der Taille. Maggie hatte eine ihrer Hände weiterhin an seinem Rücken und die andere an seine Wange gelegt. Als er dichter auf ihr lag, spürte sie seine Erregung. David fuhr unter das Shirt und begann ihre Brüste zu massieren. Seine Hand fand wieder ihren Weg nach unten und er streichelte über ihrem Slip bleibend ihren Intimbereich. Wieder fanden ihre Lippen einander und sie küssten sich innig. Sie spürte sein erregtes Glied auf ihrem Körper und wurde nervöser. Sie fuhr mit ihren Händen in seine Shorts und streifte über seinen Po. Mit einer Hand fuhr sie herum und berührte seinen Penis. Er machte es ihr gleich und schob seine Hand unter ihren Slip. Maggie wölbte sich und begann gleichzeitig zu zittern.

David bemerkte dies und blickte zu ihr. Beinahe wollte er sich von ihr entfernen.

„Es tut mir so leid, Maggie. Darauf war ich heute nicht aus, wirklich. Wir kennen uns noch gar nicht lange."

„Nein, das ist es nicht."

„Doch, ich war viel zu forsch. Es ist nur… du..."

„Ich will es, David.", kam es aus ihr heraus, doch Maggie zitterte weiter.

„Aber irgendetwas ist doch mit dir. Das merke ich."

David gab ihr einen sanften Kuss. Maggie atmete einmal tief durch.

„Ich habe nur keinerlei Erfahrung, naja…"

David war just bewusst, dass Maggie noch Jungfrau war.

„Willst du es wirklich, Meg?" David wirkte ernster.

Maggie strich ihm über die Wange.

„Ja, ich will es.", antwortete sie ehrlich.

„Du weißt, ich würde nichts tun, was du nicht auch möchtest."

„Das weiß ich." Maggie küsste ihn wieder und zog ihm seine Shorts nach unten. Der Alkoholeinfluss von diesem Abend nahm ihr ihre Hemmungen. David streifte sie sich vollends ab. Er schaute sie tiefen Blickes an.

„Versuch, dich auf mich einzulassen. Wenn ich aufhören soll, sagst du es."

„Okay.", bestätigte sie ihn mit leichter Nervosität in der Stimme.

David zog ihr Shirt nach oben und es über den Kopf hinüber aus. Er küsste abwärts ihren Hals, ihre Brüste, ihren Bauch.

Langsam zog er Maggie ihren Slip aus. Er küsste sie an ihrer intimsten Stelle und Maggies Körper wölbte sich erneut.

Er richtete sich wieder zu ihr auf und küsste sie voller Leidenschaft. In der Schublade suchte er währenddessen nach einem Kondom. Er küsste sie weiter, als er die Verpackung öffnete und sich das Kondom überstreifte. Maggie atmete schwer vor Aufregung.

„Alles okay?"

Sie nickte bestätigend.

Vorsichtig drang er in sie ein. Mit langsamen Bewegungen ließ er Maggies Körper Einklang damit finden. Sie griff seinen Rücken und küsste David innig. Er entfernte sich und küsste sie abwärts, um sie oral zu befriedigen. Mit seiner Zunge zog er Kreise um ihre Klitoris oder verharrte für kurze Zeit auf einer Stelle.

Maggie begann schneller und lauter zu atmen. Dieses für sie ungewohnte Gefühl war gleichzeitig berauschend. David merkte, dass sie kurz vor ihrem Höhepunkt stand und hörte auf, um wieder in sie einzudringen. Er wurde etwas schneller, doch war gleichzeitig vorsichtig. Er nahm ihre Hände in die Seinen. Maggie drückte seine Hände fest, als sie zum Orgasmus kam. Er stöhnte, als auch er seinen Höhepunkt erreichte. Er presste seine Lippen auf ihre und küsste sie voller Zärtlichkeit.

Noch für einen kurzen Moment verweilten beide in dieser Position. David strich Maggie durch ihr Haar und sie lächelten einander friedvoll an.

Maggie konnte kaum glauben, dass sie an jenem Abend, in jener Nacht, just alles um sich herum hatte vergessen können. David gab ihr das Gefühl von inniger Zuneigung und ebenfalls Geborgenheit, welches bei ihr schon beinahe in Vergessenheit geraten war.

Maggie und David schliefen an diesem Morgen ziemlich lange. Waren sie auch kurz einmal aufgewacht, wollten sie noch weiter aneinander gekuschelt im Bett liegen. Benni hörte man unten bei Britta in der Küche reden. Laura musste bereits zur Arbeit gegangen sein. Karl, so nahm David schwer an, würde wohl schon wieder mit einer Tasse Kaffee im Büro über den Skizzen für die Planung sitzen.
„Guten Morgen." David gab Maggie einen sanften Kuss.
„Guten Morgen.", entgegnete sie und schloss ihre Augen gleich wieder.
David griff zu seinem Handy, um auf die Uhr zu sehen. Maggie drehte sich derweil auf den Rücken.
„Uh, vorhin war es halb zehn und nun ist es gleich elf.", feixte er.
Maggie streckte die Arme nach oben aus.
„Ich habe gar keine Lust aufzustehen.", gähnte sie dabei.
„Wem sagst du das.", stimmte ihr David zu. Er drehte sich zu ihr auf die Seite, fuhr mit seiner Hand unter die Bettdecke und zog mit seinem Zeigefinger Kreise um ihren Bauchnabel.
„Wir werden aber keine andere Wahl haben, sofern wir noch etwas vom Tag haben möchten."

Vom Flur aus hörten sie jemanden die Treppe herauflaufen. Sie ahnten beide, wer gleich die Tür hereingestürmt kommen würde.

„Ich soll euch wecken kommen."

„Guten Morgen, Spatz.", begrüßte ihn Maggie.

„Wer hat dich denn geschickt?", wollte David wissen.

„Es war deine Mama. Sie sagt, es gibt bald Mittagessen." Benni stand vor dem Bett und hatte die Hände in seine Hosentaschen gesteckt.

„Würde sagen, da haben wir das Frühstück gekonnt übersprungen."

„Gib uns noch ein paar Minuten und dann sind wir unten.", sagte ihm seine Schwester.

„Ich sage es Britta. Spielen wir dann wieder Ball, David?"

„Machen wir, Benni."

Benni machte im Stand kehrt und ging wieder aus dem Zimmer hinaus und die Treppe zum Erdgeschoss hinunter. David drehte sich auf die Seite und blickte Maggie in die Augen. Sie zog sich die Decke über den Kopf.

„Ich denke nicht, dass sich nach dem Aufstehen ein intensiver Blick lohnt.", murmelte sie.

David zog ihr die Decke wieder nach unten.

„Das denke ich schon."

Er hielt den Stoff fest in seinen Händen, um Maggie davon abzuhalten, sie wieder über ihr Gesicht zu ziehen. Maggie spürte seinen warmen Atem auf ihrem Hals, ehe er diesen küsste. Wohlwollende Gänsehaut überkam ihren Körper.

„Ich würde sagen, es ist wirklich an der Zeit aufzustehen. Ich werde auch den Anfang machen.", sagte David an.

„Okay, ich komme gleich nach. Versprochen." David stand auf und Maggie zog sich just die Decke wieder über den Kopf. Darunter überkam sie ein breites Grinsen. Sie war in diesem Moment unendlich glücklich. Zu gerne hätte sie den ganzen Tag mit David im Bett verbracht. Die nächtliche Angelegenheit wiederholt. Dafür das viele das erste Mal als schmerzhaft beurteilen, dachte sie, fühlte es sich mehr als gut an. David ging behutsam mit ihrer Situation um und war überaus gefühlvoll gewesen. Für sie war es perfekt. Sicherlich hatte der getrunkene Alkohol alles etwas gelockert, doch sie wollten es in dieser Nacht beide. Dies musste nicht hinterfragt werden.

Alle fünf befanden sich am Tisch und aßen die köstlich schmeckenden Rinderrouladen mit Rotkohl und Klößen. Maggie schnitt für Benni alles klein und er konnte gar nicht genug davon bekommen. Von allem verlangte er einen Nachschlag.

„Du wirst mal groß und stark werden, Benni.", lachte Britta.

„Das schmeckt gut.", sagte Benni nur und schaufelte das Essen weiter in sich hinein.

„Es schmeckt wirklich hervorragend.", äußerte sich auch Maggie.

„Dankeschön. Freut mich. Es gibt auch noch einen Nachtisch. Vanillepudding mit Schokosauce und Erdbeeren." Bennis Augen wurden just größer. Alle lachten.

Karl und Britta blieb es nicht unbemerkt, dass ihr Sohn und Maggie heute eine gewisse Ausstrahlung an den Tag brachten. Stets wechselten sie Blicke miteinander und lächelten. Es schien, als konnten es beide kaum erwarten, bis sie wieder allein waren.

„Habt ihr heute noch etwas vor?", fragte Karl sie.

„Wir haben uns noch keine Gedanken über den restlichen Tag gemacht. Eure Pläne?", kam mithin Davids Gegenfrage.

„Wir wollen es uns noch etwas im Garten gemütlich machen. Zeitung lesen, Kaffee trinken. Was ältere Leute eben so machen.", lachte er.

„Wie wäre es, wenn wir gegen Abend Benni übernehmen würden?", fragte er die beiden.

„Was heißt das?", wollte Benni wissen.

„Nur, dass wir den Abend mit dir verbringen. Wir könnten uns einen Film anschauen oder etwas spielen. David und Maggie könnten dann etwas zu zweit unternehmen.", antwortete Britta ihm.

„Das müsst ihr doch nicht.", sagte Maggie.

Die beiden wurden definitiv ertappt und sie bekam einen leichten Hauch von Schamgefühl.

„Das machen wir gerne.", entgegnete sie.

„Wir könnten in die Stadt fahren. Klingt doch nach einer guten Idee." David legte seine Hand auf ihr Bein.

„Doch wirklich nur, wenn es euch keine Umstände macht.", betonte Maggie.

„Nein, Kindchen. Sonst würden wir es nicht anbieten.",
erwiderte Karl. „Hättest du Lust, den Abend mit uns zu ver-
bringen, Benni?"
„Schauen wir einen Trickfilm an?", wollte der wissen.
„Das können wir machen."
„Viel Spaß euch." Benni schaute erst zu seiner Schwester
und dann zu David.
„Ganz schön frech für einen Vierjährigen.", lachte Maggie.
„Du bist mir vielleicht einer."
Sie kniff ihrem Bruder spaßig in die Seite. Der quiekte
erfreut.

Nach dem Essen half Maggie Britta beim Aufräumen, wäh-
rend Karl noch etwas mit David wegen dem bevorstehenden
Termin mit dem Bauleiter besprechen wollte. Benni saß
gemütlich auf der Couch und schaute eine Kindersendung.
In der Hand eine zweite Portion des Puddings.
„Ich bin euch überaus dankbar, für all das, was ihr für mich
und Benni tut."
„Uns ist es wichtig, dass ihr euch wohlfühlt und es euch gut
geht."
Maggie blickte quer durch den Raum und schaute auf Benni.
„Er fühlt sich hier auf jeden Fall pudelwohl.", gab sie vollen
Herzens zu.
„Und du? Wie geht es dir hier?", wollte Britta wissen.
„Mir geht es hier sehr gut. Ich würde mich nur gerne mit
etwas beteiligen. Laura hat mir etwas Geld gegeben und ich
könnte…"

Britta unterbrach sie.

„Nein, behalte das Geld von ihr. Du kannst dich sehr gerne am Haushalt beteiligen, wenn du dich damit besser fühlen würdest."

„Ich möchte nur nicht, dass ihr uns aushaltet. Ich denke, du kannst mich in dieser Hinsicht verstehen."

„Ja, das kann ich, Liebes. Wir möchten euch zwei aber auch unterstützen. Wir haben beschlossen, euch bei uns wohnen zu lassen, bis sich alles wieder eingependelt hat. Wir werden uns sicher einig werden."

Maggie versuchte, dies so hinzunehmen, doch kam anderweitig ins Grübeln.

„Werden wir nicht?" Britta sah zu Maggie.

„Denkst du, er sucht uns?" Maggie schmollte.

„Nach allem, was du erzählt hast, glaube ich nicht, dass er euch einfach ziehen lassen wird.", antwortete sie voller Ehrlichkeit. „Denkst du, eure Mutter vermisst euch im Haus?"

Maggie lachte leicht auf, auch wenn es eher unangemessen war.

„Ich bin mir gar nicht mehr sicher, wann ich zum letzten Mal mit ihr gesprochen habe. Sie ist wie ein Geist, der jeden Tag auf der Couch sitzt. Alles, was gesprochen oder getan worden war, ging von Peter aus. Nein, ich denke, dass ihr nicht einmal aufgefallen ist, dass wir überhaupt weggegangen sind. Vielleicht hat ihr Peter auch irgendeine Lüge aufgetischt. Ich persönlich möchte auch nichts mehr mit ihr zu tun haben, so hart das klingt."

Britta nickte verständnisvoll und wirkte trotz allem leicht trübsinnig.

„Fakt ist, dass wir irgendetwas machen müssen, sonst können sich du und Benni nie mehr frei bewegen und deine Volljährigkeit ist auch noch einige Zeit hin.", stellte sie klar.

„Doch ich muss dir ehrlich sagen, dass ich stets das Gefühl habe, dass eine erwachsene Frau vor mir steht."

„Das liegt wohl daran, dass ich schnell erwachsen werden musste.", gab Maggie zu.

„Noch sind nicht zu viele Tage vergangen. Doch wir müssen uns bald einmal zu viert zusammensetzen und sehen, wie es weitergeht."

„Dafür wäre ich sehr dankbar, denn ich bin in dieser Hinsicht mehr als ratlos."

„Wir werden einen Weg finden.", sagte sie ihr zuversichtlich.

Maggies Vermutung hinsichtlich ihrer Mutter war nicht verkehrt. Elsa fragte Peter nach einigen Tagen, wo sie denn seien. Peter sagte ihr, dass Maggie mit Benni bei einer Freundin Urlaub machen würde. Elsa hakte daraufhin nicht weiter nach und ließ Stunde um Stunde und Tag für Tag verstreichen, ohne sich hinsichtlich ihrer Kinder Gedanken zu machen. Sie glaubte Peters Lüge und war sich nicht bewusst darüber, dass er allmählich alle Hebel in Bewegung setzte, um sich an der nächtlichen Aktion zu rächen. Er benötigte lediglich noch eine Antwort eines alten Bekannten.

Kapitel 18

David und Maggie fuhren an diesem Abend nach Würz-burg. Es waren knapp siebzig Kilometer Entfernung, doch dies nahm David in Kauf. Umso weiter die beiden vom Dorf entfernt waren, desto sorgloser konnten sie den Abend mit-einander genießen. David parkte das Auto in der Nähe der Ludwigsbrücke auf einem Parkplatz. Beide stiegen aus und freuten sich darüber, sich die Beine zu vertreten.

„Du hast nun die Wahl. Entweder wir suchen uns ein nettes Lokal oder aber laufen am Main entlang."

„Ich wäre dafür, dass wir uns irgendwo etwas zu trinken und eine Kleinigkeit zu essen holen, am Main entlang gehen und an jenem Platz, wo es uns gefällt, lassen wir uns nieder. Das Wetter ist perfekt für einen Spaziergang." Maggie drehte sich zum Wasser. David kam von hinten zu ihr und legte seine Arme um sie.

„Klingt bestens. Hauptsache du und ich sind zusammen." David zog ihr T-Shirt leicht zur Seite und küsste sie auf ihre Schulter. Maggie lehnte daraufhin ihren Kopf an seinen Oberkörper.

Nach kurzer Zeit entschieden sie sich, etwas in die Stadt hineinzulaufen, um sich etwas zum Essen zu suchen. Ihre Auswahl fiel auf zwei Döner, vier Baklava, zwei Flaschen Bier und eine Flasche Wasser. Alles in einer Tüte verstaut, liefen sie wieder zurück, um sich am Ufer des Mains einen Platz zu suchen. Sie setzten sich auf die niedrige Mauer und packten die Hauptspeise aus. David öffnete beiden das Bier und stellte es ab. Allmählich wurde es dunkel und die Lichter der Stadt spiegelten sich im Wasser. Der Anblick war wunderschön.

David saß nach dem Essen, mit den Beinen nach unten baumelnd, auf der Mauer. Maggies Kopf lag auf seinen Oberschenkeln und ihre Beine standen angewinkelt auf dem Steinsegment. David fütterte sie mit Baklava und ärgerte sie damit, es wieder wegzuziehen, ehe sie einen Bissen hätte nehmen können.

„Wenn du so weitermachst, werde ich dich ins Wasser schubsen müssen.", feixte sie.

„Dir ist bewusst, dass du auf mir liegst, oder? Wer würde wohl eher im Nass landen?!", konterte David und deutete an sie herunterzustoßen.

„Das würdest du nicht wagen."

Beide begannen zu lachen. David beugte sich leicht nach unten zu ihr, um sie zu küssen.

„Nein, das würde ich nicht."

Maggie hob ihren Kopf an, um seinen Kuss zu erwidern. Die beiden verweilten noch etwas dort. David streichelte über ihre Beine und das eine oder andere Mal verschwand seine Hand unter ihrem Rock und verharrte auf Maggies Oberschenkel. Maggie führte ihre Hand nach oben an seine muskulösen Oberarme und ließ ihre Fingernägel sanft nach oben und unten streifen. Nach einer knappen Stunde beschlossen sie, sich noch etwas die Beine zu vertreten, ehe sie wieder den Heimweg antreten würden. Es wurde allmählich ruhiger auf dem Weg. Nur noch wenige Leute kamen ihnen entgegen oder liefen hinter ihnen her.

Maggie und David liefen für zwanzig Minuten am Main entlang, bis sie wieder umdrehten, um zurück zum Auto zu gehen. Bereits zu Beginn ergriff David ihre Hand. Es war ein schönes Gefühl. Für ihn und für sie. Sie erzählten sich belanglose Dinge und lachten viel. Keiner wollte mit wichtigen Details beginnen, um diesen Abend nicht auf trübsinnige Weise ausklingen zu lassen.

Ihre Rückfahrt verflog in Windeseile, da die Straßen weitestgehend leer waren. Auf der Autobahn konnten sie die Autos an zwei Händen abzählen. Von der Autobahn abgefahren, mussten sie noch ein Stück auf der Landstraße entlang. Auf diesem Weg gab es mehrere Einbuchtungen und ebenfalls Wanderparkplätze.

„Lass uns dort noch einen Zwischenstopp einlegen." Maggie zeigte mit dem Finger zu einem Waldweg. Gleich daneben befand sich ein kleiner Schotterplatz.

David blickte fragend, doch ging ihrem Wunsch nach. Er parkte den Kombi und stellte den Motor ab. Innerlich hatte er einen Verdacht, doch glaubte nicht ernsthaft daran, dass Maggie so etwas vorhaben könnte. Just aber wurde er etwas anderem belehrt.

„Was hast du denn hier vor?", wollte er von Maggie wissen. Maggie schnallte sich ab und lehnte sich zu ihm herüber. Sie legte gleichzeitig auch seinen Gurt ab. Ihr Herz schlug rasend vor Aufregung. Sie hoffte inständig, dass sie mit dieser Aktion keinen Fehler machen würde. Sie fasste all ihren Mut zusammen, um überzeugend zu sein.

Maggie legte ihre Hand auf seinen Oberschenkel und begann seinen Hals zu küssen. Ihre Lippen bewegten sich langsam zu seinem Ohr.

„Ich hatte den Gedanken, den geräumigen Kofferraum etwas zu nutzen.", hauchte sie. „Ich möchte die Zeit mit dir allein genießen."

David war etwas perplex. Hatte Maggie doch erst in der letzten Nacht ihre Jungfräulichkeit an ihn verloren. Ihre Hand wanderte zu seinem Schritt und verharrte kurze Zeit darauf, bis sie unter sein T-Shirt fuhr. Dass David Lust verspürte, konnte er nicht verbergen.

„Ich habe nichts dabei.", sagte er mit leichtem Verdruss in der Stimme.

„Ich war noch in deiner Schublade, ehe wir losgefahren sind.", sagte sie bestimmt und holte ein Kondompäckchen aus dem Handschuhfach.

David hatte nicht bemerkt, dass sie es vor der Abfahrt oder während der Fahrt, dort hineingelegt hatte. Er schob seinen Fahrersitz so weit wie möglich nach hinten und zog Maggie zu sich auf den Schoß.

„Es wäre nicht nötig, erst den Platz zu wechseln."

David zog Maggie dicht an sich und küsste sie voller Leidenschaft. Er fuhr mit seinen Händen durch ihr langes Haar. Maggie zog sich ihr Shirt aus und warf es auf den Beifahrersitz. David tat dies bei sich gleich. Er küsste ihr Dekolleté und weiter abwärts den Teil ihrer Brüste, der sich aus dem BH wölbte. Maggie öffnete den Knopf seiner Jeans und daraufhin deren Reißverschluss. David erhob sich leicht und zog Jeans und Shorts gleichzeitig bis zu den Knien nach unten. Sie küssten sich innigst und Maggie hatte ihn so weit, dass er keinen Rückzieher mehr hätte machen wollen. Er fuhr von hinten unter ihren Rock und ergriff ihre Pobacken. Er wurde dabei etwas ungezähmter. Maggie schien dies jedoch zu gefallen. Er suchte mit der Hand nach der Verhütung. Zügig war das Kondom übergestreift. Er griff Maggie an der Taille und zog sie nochmals näher zu sich. Sie konnte sein steifes Glied spüren und es kaum erwarten, dass er in sie eindrang. David ging mit einer Hand an ihren Slip und schob ihn lediglich zur Seite, um in sie zu gehen. Das erste Eindringen war kurzfristig etwas schmerzhaft für Maggie, doch schon bald wurde es angenehmer. Langsam hob und senkte sie ihren Körper. David fasste sie außen an ihren Schenkeln und Maggie griff ihn fester am Rücken. Sie wurde etwas schneller und daraufhin wieder langsamer. Eine leichte Unsicherheit machte sich in ihr breit, ob sie alles richtig machte. David nahm ihr Gesicht in beide Hände und schaute ihr tief in die Augen.

„Du gibst den Ton an.", sagte er schneller atmend.

Maggie beließ es daraufhin bei der langsameren Variante. Diese schien David weitaus mehr in Ekstase zu bringen. Er schlang seine Hand um ihren Nacken und küsste sie wieder leidenschaftlich. Maggie begann zu spüren, wie sich das wunderbare Gefühl in ihr aufbaute. Ohne nachzudenken, wurde sie in ihren Bewegungen schneller und ihre Atmung lauter. David ergriff ihre Hüften und unterstützte sie in ihren Bewegungen. Während Maggie sich auf und ab bewegte, zog er sie zu sich und wieder leicht von sich weg. Beinahe zeitgleich erreichten sie ihren Höhepunkt. Maggie vergrub ihr Gesicht in seinem Hals und er lehnte seine Stirn an ihr Schlüsselbein. Sanft streichelte er sie über den Rücken und spürte ihre Gänsehaut, die er durch seine Berührungen bei ihr auslöste.

Es war schon weit nach Mitternacht, als die beiden im Haus ankamen. Alle Lichter waren aus und Karl, Britta und Benni schienen bereits zu schlafen. Leise gingen sie Hand in Hand die Treppe nach oben und verschwanden im Badezimmer, um sich für die Nacht fertig zu machen. Während David ins Schlafzimmer vorging, schlich Maggie nochmals zur Couch, auf der ihr kleiner Bruder tief und fest schlief. Sie streichelte ihn über seinen Kopf und gab ihm einen seichten Kuss auf die Stirn.

„Gute Nacht, mein Kleiner."

„Gute Nacht.", sagte Benni leise und womöglich unbewusst in seinem festen Schlaf.

Maggie ging ins Schlafzimmer und schlüpfte unter die Decke zu David, der schon einen Arm ausgebreitet hatte, um sie an sich zu holen.

Maggie fühlte sich unendlich wohl bei ihm. Er gab ihr ein Gefühl von Sicherheit. Sie konnte sich bei ihm gehen lassen und wenn sie beide intim waren, schaltete sich der Rest der

Welt um sie herum aus. Als gäbe es lediglich David und sie. Inständig hoffte sie, dass es ewig so sein würde.

Peter saß in der Nacht auf der Terrasse, als sein Handy klingelte. Er schaute auf den Namen, der auf dem Display erschien. Es war der Anruf, auf den er schon seit Ewigkeiten zu warten schien.

„Markus, hallo.", begrüßte er ihn voller Freundlichkeit.

„Hey, Peter.", kam ihm eine Begrüßung entgegen.

„Ich hoffe, du hast gute Neuigkeiten für mich."

„Wie man es nimmt, Alter."

„Was soll das heißen. Ich kann den Wagen doch bekommen, oder nicht?"

„Ja schon, aber er ist leider erst ab zwölf Uhr am Mittag verfügbar."

„Nicht schon am Vormittag? Ich hätte früher darauf gehofft." Peter wurde leicht zornig.

„Es tut mir leid, aber du wolltest unbedingt den grauen Lieferwagen. Der ist bis dahin ausgebucht." Markus konnte heraushören, dass sein Kumpel genervt davon war.

„Willst du ihn oder nicht?", fragte er Peter daraufhin direkt.

„Ja, natürlich.", sagte Peter ruhiger. Er brauchte diesen Wagen.

„Okay, dann ist er für dich ab nächsten Sonntag bis Montag reserviert. Einverstanden?"

„Alles klar. Ich werde ihn am Mittag holen? An deiner Werkstatt in der Stadt?"

„Genau, ich werde zur Übergabe dort sein."

„Zwölf Uhr, okay? Nicht später."

„Punkt zwölf. Abgemacht."

„Danke dir für deinen Anruf Markus."

„Kein Problem. Dann bis nächste Woche."

„Bis dahin. Tschüss.", sagte er kurz.

„Tschüss.", entgegnete Markus und beendete das Gespräch. Peter hatte sich erhofft, dass er den Mietlieferwagen am Vormittag bekommen würde. Seine Wut wurde Tag um Tag größer. Er leerte seine halbvolle Flasche Bier in einem Zug. Nun musste er es jedoch so hinnehmen und froh darüber sein, dass es überhaupt seinen Gang ging. Nach diesem Anruf hatte er einen Stichtag und bis zu diesem musste alles reibungslos geplant sein.

Kapitel 19

David musste sich intensiv mit den Vorbereitungen für die Baubesprechung beschäftigen. Sein Vater Karl und er verbrachten deshalb die Stunden im Büro. Es war nun wichtig, ihre Vorstellungen klar zu strukturieren, um den Bauherrn von ihrem Vorhaben überzeugen zu können. Britta schlug einen Einkaufsbummel vor, doch Maggie lehnte dankend ab. Sie wollte sich endlich mal wieder intensiv mit Benni beschäftigen. Das war sie ihm schuldig. Sie schlug ihm vor, gemeinsam einen Kuchen zu backen, und er war sofort dabei. Würde er gelingen, dann hatte die ganze Familie etwas davon. Britta überließ ihnen die Küche und zeigte Maggie, an welchen Plätzen sie die Utensilien und Zutaten finden würde.

„Was backen wir?", wollte Benni wissbegierig und bereit für die Arbeit wissen.

„Wir backen einen Bananenkuchen. Hört sich das gut an?"

„Oh ja, lecker."

„Gut, dann habe ich hier gleich einmal eine Aufgabe für meinen Bäckergehilfen."

Maggie hatte bereits drei Bananen in eine höhere Plastikschüssel geschnitten. Sie stellte diese vor Benni, der am Esstisch saß, ab und gab ihm einen großen Löffel.

„Soll ich die jetzt essen?", fragte er und blickte verständnislos erst auf die Bananen und dann auf den Löffel.

„Das hättest du wohl gerne.", lachte sie. „Nein, nein. Während ich die restlichen Zutaten abwiege, darfst du die Bananen zermatschen. Klingt doch gut, oder?"

„Das ist noch besser. Bananenpampe." Benni grinste breit und fing an, sich mit dem Löffel auszutoben.

Maggie wog derzeit Zucker und Mehl aus. Sie stellte eine Tüte Vanillezucker und eine Packung Backpulver sowie Öl und Eier bereit. Nachdem alles parat war, stellte Maggie es auf dem Küchentisch ab.

„Und, wie geht es voran?", wollte sie von ihrem Bruder wissen.

„Es wird pampig.", sagte der nur und schlug weiter auf die Bananen ein.

„Das macht sicherlich Spaß.", kam Davids Stimme in den Raum.

Liebevoll umarmte er Maggie von hinten und gab ihr einen Kuss auf den Nacken.

„Willst du auch mal?", fragte ihn Benni.

„Nein, tut mir leid. Keine Zeit. Ich hole nur rasch zwei Kaffee."

David entfernte sich wieder und ging hinüber zum Kaffeeautomaten. Er ließ die Maschine erwärmen und stellte derweil zwei Tassen unter den Ausgießer. Maggie lehnte sich mit dem Rücken an den Küchentresen.

„Kommt ihr gut voran?", wollte sie wissen.

„Sagen wir mal so, die meiste Zeit sind wir uns einig. Ich denke, bis morgen sollten wir es geschafft haben. Wir müssen nur dranbleiben."

David drückte auf *Start* und stellte sich vor Maggie, während der Kaffee in die Tassen floss.

„Nur machst du es mir nicht sehr leicht, mich darauf zu konzentrieren."

Er gab ihr einen sanften Kuss auf den Mund und streifte über ihre Arme.

„Wir haben uns dafür am Abend."

Neckisch fuhr sie in seine hintere Hosentasche und kniff ihn in den Po. Kurz darauf aber strich sie ihm über die Wange.

„Ich freue ich mich schon jetzt darauf."

„Ich mich auch.", erwiderte sie und gab ihm nochmals einen Kuss.

„Der Kaffee ist fertig.", sagte sie und blickte in dessen Richtung.

David stand stumm nickend vor ihr und schmollte. Er holte die Tassen und ging, mit einem leichten Grinsen, wieder zurück in das Büro von seinem Vater. Maggie ging wieder zu Benni hinüber, um zu sehen, wie weit er mit den Bananen war.

„Ich würde sagen, du bist damit fertig. Dann können wir weitermachen."

„Was kommt jetzt?", wollte er wissen.

Maggie stellte eine große Schüssel vor ihn und legte die Eier daneben.

„Die Eier werden jetzt aufgeschlagen und kommen in die Schüssel.", erklärte sie ihm.

„Darf ich auch?"

„Aber sicher. Hier." Sie gab ihm ein Ei in die Hand. Mit einem anderen zeigte sie ihm, wie sie dieses an der Schüsselkante aufschlug, die Schale öffnete und es hineinfallen ließ. „Und jetzt du.", forderte sie Benni auf.

Er schlug das Ei mit Vorsicht auf, zog die Schale auseinander und ließ es ebenfalls in die Schüssel fallen. Er beugte sich darüber und schaute hinein.

„Da ist Schale drinnen. Soll nicht sein, oder?"

„Das kann passieren. Ich hole einen Löffel und wir holen sie da raus. Beim Nächsten funktioniert es besser." Sie wuschelte über seinen Kopf und nach wenigen Sekunden war die Schale wieder herausgeholt. Beim dritten und letzten Ei meisterte Benni es bereits mit Bravour. Als nächsten Schritt holte Maggie die Küchenmaschine hinzu und forderte Benni auf, den Zucker und den Vanillezucker hineinzugeben, wenn die Eier miteinander vermischt waren. Er sollte aber sehr gut aufpassen, dass ja nicht seine Finger zu nah an die rotierenden Rührstäbe kamen. Die Teamarbeit funktionierte bestens. Als nacheinander das mit dem Backpulver vermischte Mehl und Öl an der Reihe war, zeigte Benni sich voller Energie. Sie konnte den Mixer nicht schnell genug ausschalten und etwas Mehl flog wie Pulver durch die Luft. Während bei Maggie lediglich das T-Shirt weiß gepudert war, sah Benni aus, als hätte er sich eine Maske aufgelegt. Benni rief laut *Ah* und *Oh*. Maggie konnte sich derweil nicht mehr vor Gelächter halten.

„Soll ich dir vielleicht noch ein Lachgesicht auf die Wange zeichnen?", fragte sie neckisch.

185

Benni dagegen zog einen Finger durch das Mehl, welches den Tisch bestäubte und strich es lachend seiner Schwester über die Nase, als sie sich zu ihm hinunterbeugte. Sie lachte weiterhin aus vollem Herzen. Ihr Bruder schien jeden Tag etwas besser gelaunt zu sein. Dass er sich hier gut aufgehoben fühlte, konnte keiner übersehen. Maggie freute sich erneut so sehr darüber, dass er endlich das Kinderleben führen konnte, welches er verdiente.

Sie mischten nach fertig gerührtem Teig die Bananenmasse darunter und füllten die Masse gemeinsam in eine Backform ein. Nun hieß es abwarten, während der Kuchen im Ofen backte.

Maggie brachte die Küche wieder auf Vordermann und rief zeitgleich Laura im Café an, um sie zu fragen, ob sie nach Feierabend etwas Zeit für einen Besuch hätte. Benni entschied sich, in der Zwischenzeit draußen im Garten ein wenig mit dem Ball zu spielen. Er schoss den Ball auf der Wiese umher und erfreute sich daran, auch wenn er allein war. An der Stelle, als es um die Ecke ging, trat er den Ball steiler als gedacht an die Hauswand und er prallte so ab, dass er über das hohe Stahltor hinaus auf die Straße sprang. Um das Tor zu öffnen, war er zu klein und deshalb rannte er durch das Wohnzimmer und ging in den Flur, um zur Haustür zu gelangen. Er sprang an die Türklinke und öffnete diese mit einem Mal. Maggie, die gerade den Hörer wieder zur Seite legte, sah ihren Bruder nur im Augenwinkel hinausgehen.

„Benni!", rief sie lauthals und rannte ihm hinterher.

„Mein Ball ist dort.", schrie er bereits draußen stehend.

Auch Karl und David bekamen den lauten Ruf mit. Das Fenster im Büro gab einen Blick auf den Hof, auf welchem die Autos parkten, preis.

„Renne nicht auf die Straße. Bleib stehen.", hörte man Maggie weiterhin lauter rufen.

Benni stand zwischen den Autos und suchte den Ball von dort aus mit Blicken. Er schien nicht im Hof zu liegen.

Maggie war bereits in seiner Nähe und hinter Karls SUV kam ein Mann zum Vorschein und der hielt den Ball in seinen Händen.

„Das ist jetzt nicht wahr.", sagte David fassungslos und konnte den Zufall nicht glauben.

„Was ist denn los?", fragte Karl ihn.

David jedoch, war bereits aus der Tür gegangen. Karl schaute nach draußen und sah den älteren und ungepflegten Mann. Ihm war just bewusst, dass es Peter sein musste.

„Hallo Benni, hast du deinen Ball verloren?", fragte Peter ihn mit langsamer Stimme.

Benni rannte hinter Maggie, worauf diese sich schützend vor ihm positionierte.

„Benni, na komm, hol dir deinen Ball zurück."

Der kleine Junge schüttelte nur seinen Kopf zur Verneinung.

Maggie konnte kaum etwas sagen. Sie stand wie versteinert auf dem Fleck.

„Verschwinden Sie hier.", sagte David, der sich nun zum Schutz vor Maggie stellte.

„Ich möchte doch nur, dass der Kleine seinen Ball wiederbekommt." Seine Stimme klang schmalzig.

Mit langsamen Schritten kam er ihnen näher.

„Sehe ich einen Fuß von Ihnen auf meinem Grundstück, rufe ich die Polizei."

Karl stand provokativ mit seinem Handy in der Hand, im Rahmen der Haustür.

Peter entfernte sich daraufhin wieder. Es schien, als hätte er Respekt vor Karl.

„Schon okay, keine Aufregung verbreiten.", sagte Peter mit den Händen wedelnd und nun etwas kleinlauter. „Ihr könntet ruhig mal wieder zu Hause vorbeischauen. Eure Mutter würde sich sicher freuen und ich mich auch."

In David kochte es vor Wut. Allein diesen Mann zu sehen, brachte ihn in Rage. Wäre sein Vater nicht anwesend gewesen, wäre er womöglich auf ihn losgegangen.

„Geh Peter, bitte." Maggies Stimme zitterte leicht.

„Ich gebe Ihnen drei Sekunden.", schritt Karl erneut, nun in bösartigem Tonfall, ein.

„Ist ja schon okay. Ich bin schon auf dem Weg.", beruhigte er alle selbstgefällig.

Peter lief davon, den Ball noch immer in seinen Händen haltend. David, Maggie, Benni und Karl standen weiterhin auf dem Hof, als würden sie sicherstellen wollen, dass Peter nicht zurückkam.

Der machte jedoch nochmals kehrt.

„Hey Benni.", rief er zurück in ihre Richtung. Er nahm den Ball in eine Hand und rollte diesen in seine Richtung. David fing diesen gekonnt mit dem Fuß ab.

„Hier dein Ball. Pass auf, wo du spielst. Schließlich könnten hier auch Autos fahren." Peter lachte in sich hinein und ging davon. David wandte sich daraufhin an Maggie und Benni.

„Alles okay bei euch?"

„Alles gut.", entgegnete Maggi leise.

Benni ging zu David und der gab ihm den Ball in die Hände.

„Tut mir leid. Darf ich trotzdem weiterspielen?", fragte der nur, auch wenn sich eine gewisse Angst in seinen Augen zeigte.

„Na sicher doch. Versuche bitte nur, den Ball im Garten zu lassen, Kleiner."

Benni nickte und ging wieder durch das Haus hindurch in den Garten. Maggie fragte sich in diesem Moment, ob Peter schon länger wusste, dass die beiden hier untergekommen waren.

„Versuchen wir wieder dort weiterzumachen, wo wir alle aufgehört haben.", sagte Karl beschlossen.

„Der wird erstmal nicht mehr hier auftauchen."

„Hoffen wir es.", sagte David und strich Maggie über den Rücken. Die jedoch vernahm einen leicht angebrannten Geruch.

„Oh nein, der Kuchen.", rief sie und rannte an Karl vorbei, um in die Küche zu gelangen.

Laut Uhrzeit war der Kuchen lediglich ein paar Minuten über der Zeit. Ein kleiner Teil des Teigs war über den Rand gelaufen und verbrannte auf dem Ofenboden, sonst nichts. Sie nahm eine Rouladen-Nadel und stach damit in die Mitte des Kuchenteigs.

„Ist er verbrannt?", wollte Karl wissen.

„Nein, war nur ein Fehlalarm, aber er ist fertig."

„Sehr gut, ich freue mich nämlich schon darauf später etwas davon zu probieren. Vorher aber wird noch ein Stündchen gearbeitet. Auf geht es, mein Sohn."

Karl schaffte es, mit seinem Ablenkungsmanöver die Situation wieder etwas aufzulockern. Dass alle wieder ihren Taten nachgingen, war derzeit die beste Variante gewesen. David wäre am liebsten nochmals zu Maggie gegangen, doch sie versicherte ihm, mit einem leicht lächelnden Blick, dass alles in Ordnung sei und er mit seinem Vater gehen solle. Im Inneren jedoch, war sie in einer weitaus anderen Stimmung. Ihre größte Angst war es, dass Peter der Familie Denz Schaden zufügen könnte. Egal wie. Wieder hatte sie das Gefühl, dass es besser wäre, wenn sie mit Benni verschwinden würde. Lediglich um andere nicht in Gefahr zu bringen. Sie ging nach draußen in den Garten und sah Benni auf der Wiese sitzen und den Ball mit den Händen hin und her rollen. Sie setzte sich neben ihn.

„Ist alles okay bei dir, Benni?"

„Mmh.", murmelte er.

„Benni?!" Maggie tippte mehrere Male auf seinen Oberarm. „Schau mich bitte an."

Als Benni sich zu ihr drehte, kullerte ihm eine Träne nach der anderen über seine Wangen.

„Er macht mir so große Angst, Maggie. Ich… ich…"

Da war es wieder. Benni stotterte. Maggie versuchte, nicht darauf einzugehen.

„Nicht nur dir, Benni. Mir macht er auch Angst."

„Ich…Schuld…der Ball."

„Benni, mach ganze Sätze und sprich langsam.", korrigierte sie ihn nun doch.

„Hallo. Ich bin wieder zu Hause. Gut riecht es hier.", begrüßte Britta die Leere und sagte es somit beinahe zu sich selbst. Karl, die Arbeit erneut unterbrochen, kam aus dem Büro heraus und begrüßte seine Frau mit einem sanften Kuss auf die Wange.

„Warst du erfolgreich oder muss ich überhaupt fragen?", wollte er wissen und musterte drei Taschen in ihrer Hand.

„Ja, das war ich. Jedoch nicht nur für mich. Wo sind Maggie und Benni? Und wo ist mein Sohn?"

„Hey Mom, hier bin ich.", begrüßte David seine Mutter, als er ebenfalls aus dem Büro kam.

„Die Männer waren wohl fleißig heute?"

„Wir sind gut vorangekommen.", bestätigte ihr Karl.

„Wo sind denn nun die anderen zwei? Ich konnte mich nicht zurückhalten, etwas für sie mitzubringen." Britta spähte quer durch die Räume und sah Maggie mit Benni auf der Wiese sitzen. Sie hielt ihren Bruder fest im Arm und streichelte ihn über seine wuscheligen Haare.

„Habe ich etwas verpasst?", wollte sie wissen.

Karl erzählte ihr von dem kleinen Vorfall. David lief derweil in das Wohnzimmer, um mehr davon mitzubekommen, was im Garten vor sich ging.

Er konnte hören, dass Benni arg weinte.

„Ich hätte nicht… mit dem Ball spielen…", stotterte er weiter vor sich hin.

„Du hast es doch nicht mit Absicht gemacht. Es war ein dummer Zufall, Benni.", versuchte sie ihn zu beruhigen.

„Weh tun…"

„Was meinst du?"

„Peter."

„Was willst du sagen, Benni? Versuche, den Satz langsam zusammenzusetzen."

Benni atmete tief durch und setzte erneut an.

„Peter wird uns wieder wehtun.", sagte er in korrekter Reihenfolge.

„Warum sagst du so etwas?"

„Ich weiß nicht.", entgegnete er und begann wieder mehr zu weinen.

Maggie musste nun auch mit den Tränen kämpfen, zum größten Teil deshalb, weil sie ihren Bruder wieder so verletzlich vor sich sah.

David gefiel die Situation keineswegs. Er ging zurück in die Küche. Seine Mutter hatte den Kuchen bereits aus der Form genommen und er schnitt drei Stücke davon ab und legte jeweils eines auf einen Teller. Damit ging er hinaus und setzte sich zu Maggie und Benni auf das Gras.

Er stellte die Teller neben sich ab. Er versuchte Maggies Blick zu erhaschen und sah den Kummer in ihren Augen. Er nahm sich sein Stück Kuchen und biss genüsslich hinein.

„Weißt du, dass man durch warmen Kuchen Bauchschmerzen bekommen soll, Benni?!", sagte David.

Maggie blickte ihn fragend an und auch Benni erhob seinen Kopf.

„Warum isst du ihn dann?", wollte er wissen.

„Weil ich nicht weiß, ob das wahr ist und er wirklich richtig gut schmeckt. Probiere ihn doch auch einmal." David reichte ihm einen Teller. Auch Maggie reichte er den für sie gedachten.

„Ich möchte auch herausfinden, ob das wirklich so ist.", sagte Maggie und biss genüsslich hinein. Sie zwinkerte David zu.

„Jetzt bekommt ihr beide Bauchschmerzen.", begann Benni zu kichern. Er brach sich auch ein Stück ab und begann zu essen.

„Jetzt wirst du aber mutig.", lachte David.

„Schau, nun bekommen wir sie alle fünf.", kicherte Maggie und zeigte auf Karl und Britta, die mit Tellern an der Terrassentür standen. Maggie war unendlich dankbar für diese Unterstützung und noch froher, dass es funktionierte. Es blieb zu hoffen, dass sie jedoch nicht wirklich alle fünf am Abend an Bauchschmerzen leiden würden.

Kapitel 20

Karl und David hatten sich für den gleichen Nachmittag ausgemacht auf die Baustelle zu fahren, um einen realen Blick darauf zu werfen. Eigentlich hatten sie dies bereits viel früher vorgehabt. Benni bettelte unendlich lange, bis sich Karl ein Herz nahm und ihm zusagte, dass er mit den beiden mitgehen könnte. Er versicherte, dass sie ihn nicht aus den Augen lassen würden. Als Maggie meinte, dass sie nicht wolle, dass Benni sie von der Arbeit abhielt, wehrten sie dies ab. Er solle eine Beschäftigung erhalten und auch Benni versprach, sich artig zu benehmen und sozusagen nicht im Wege zu sein. Es würde ihn gleichzeitig auch auf andere Gedanken bringen.

Britta wollte sich um die dekorative Gestaltung des Hauses kümmern. Maggie bot sich an, im Garten etwas Ordnung zu schaffen. Rundherum um die große Rasenfläche bildeten aneinandergereihte Steinquadrate, welche je knapp zehn Zentimeter im Durchmesser waren, einen Rand. Das Unkraut wucherte aus den Ritzen heraus. Sie nahm es sich zur Aufgabe, dieses auf allen vieren krabbelnd, zu entfernen. Britta war ihr sehr dankbar dafür.

„Die Fläche hat eine Größe von gut zehn Fußballfeldern. Wie viele Mehrfamilienhäuser sollen entstehen?", fragte David seinen Vater.

„Es hieß, es sollen zwölf bis fünfzehn Mietwohnungen werden. Sprich, wir wären bei vier bis fünf Häusern.", antwortete ihm Karl. Sie liefen quer über die Fläche, die teils mit Gras bewachsen war und ebenfalls aus Sandflächen bestand. Benni lief brav neben ihnen her. Bereits kurz nachdem sie ausgestiegen und losgelaufen waren, hatte er Davids Hand ergriffen.

„Möchte er Reihenhäuser oder mehrstöckige Gebäude?", fragte David weiter nach.

„Eher Reihenhäuser. Das geht heutzutage einfach besser in die Moderne."

„Dem stimme ich zu."

„Sie sollen im vorderen Bereich gebaut werden. Die Privatleute sollen im hinteren Bereich, Häuser nach ihren Wünschen und Vorstellungen bekommen. Viele von ihnen möchten den Blick in die Natur behalten. Viel Freiraum, also Platz auf ihrer kompletten Grundstücksfläche."

„Sprich, Nähe, dennoch weit genug entfernt von den anderen. Da wären wir bei nochmals fünf bis maximal sechs Häusern."

„Derzeit gibt es lediglich vier Anfragen für eigene Grundstücke. Es könnte somit noch das ein oder andere dazukommen."

„Wenn es noch genug Platz gäbe, könnte ich mir gerade für die Mietwohnungen eine Art Gemeinschaftsplatz oder einen Spielplatz gut vorstellen.", schlug David vor.

„Ein Spielplatz fände ich toll.", rief Benni ins Gespräch hinein.

„Das glaube ich dir gerne.", lachte David.

„Das wäre definitiv eine gute Idee. Er könnte etwas abgegrenzter zu den Privathäusern entstehen.", erwiderte Karl.

„Kommen wir mit den Käufern nochmals privat ins Gespräch?"

„Ja, das werden wir. Sie wollen uns schließlich sagen, wie sie es sich genau vorstellen. Wir müssen schlussendlich einen Entwurf entwickeln, so dass eine gewisse Chemie zwischen den Bauten zustande kommt. Haben wir genug Details gesammelt, können wir uns mit allen gemeinsam unterhalten."

„Klingt auf jeden Fall nach einem Plan. Ich kann das Gespräch kaum erwarten" klang David begeistert.

„Das ist mein Sohn.", freute sich Karl und klopfte ihm auf die Schulter.

An einem Sandhaufen machten die drei Halt, um Benni etwas Spaß zu gönnen. Karl und David unterhielten sich derweil über diverse Baustile und Formen von Dächern, wie Pultdach, Paralleldach und etliche weitere. Dieses Projekt würde eine große Herausforderung darstellen und eine Menge an Arbeit kosten. David war jedoch voller Vorfreude und wollte vor allem seinen Vater nicht enttäuschen. Am morgigen Tag fand das Treffen und Kennenlernen mit dem Bauherrn statt. Selbst wenn Karl den Auftrag längst besaß, wollte er niemanden enttäuschen und beweisen, dass er es wert war, die Architektur und anfallende Kleinigkeiten mit seinem Sohn zu übernehmen.

Es war nach fünf Uhr am Abend. Britta wühlte weiterhin in etlichen Kartons herum und kramte nach Dingen, die sie wohl bald als vermisst melden musste. Maggie hatte gerade eine Pause gemacht, nachdem sie zusätzlich den Rasen gemäht hatte. Sie wollte es ausnutzen, dass die Sonne an diesem Tag hinter den Wolken verschwand. Mit einer Zeitschrift und einem Glas Eistee saß sie auf der Bank der Holzgarnitur, als es an der Tür klingelte.

„Hallo Laura.", hörte Maggie Britta sie begrüßen.

Maggie war etwas verwundert, stand auf und ging ins Haus hinein.

„Hallo Britta. Ihr Haus nimmt im Inneren allmählich Gestalt an. Sehr schön.", erfreute sich Laura an den Dekorationsgegenständen.

„Danke dir. Es wird auch langsam mal Zeit.", lachte Britta.

„Soll ich euch beiden auch einen Kaffee machen? Ich wollte gerade welchen aufsetzen.", fragte sie die beiden jungen Frauen.

„Gerne doch. Da sage ich nicht nein.", bejahte Laura das Angebot.

„Ich kann auch Kaffee machen, Britta.", schlug Maggie vor.

„Nein, nein. Setzt ihr zwei euch nach draußen. Ihr wollt doch sicherlich private Frauengespräche führen. Ich bringe euch den Kaffee dann heraus. Natürlich mit einem Stück Kuchen."

Britta ging in die Küche, um die Kaffeemaschine vorzubereiten. Maggie und Laura gingen daraufhin wieder nach draußen.

„Nun aber erst einmal hallo." Laura umarmte Maggie.

„Hey. Schön, dass du gekommen bist, auch wenn ich noch nicht mit dir gerechnet hatte.", gab Maggie zu.

„Ach, seit drei Uhr war keiner mehr da, also habe ich zugemacht. Sollte jetzt jemand vor der Tür stehen, Pech gehabt. Was für eine Sommerflaute.", schmollte Laura.

„Das ist sehr umsatzdenkend.", lachte Maggie. „Setzen wir uns erst einmal.", fügte sie hinzu.

„Wo ist mein Benni jr.?", wollte Laura mit traurigem Gesichtsausdruck wissen.

„Der ist mit Karl und David auf der zukünftigen Baustelle, tut mir leid."

„Schade. Was mache ich denn dann überhaupt hier?", witzelte sie.

„Sehr lustig." Maggie schubste sie zur Seite.

„Nein ehrlich jetzt, wie geht es euch hier? Ich habe das Gefühl, du wirst immer hübscher."

„Danke für das Kompliment. Es geht uns gut. Benni geht es super. Und du? Wie geht es dir, was macht das Geschäft?"

„Der Laden läuft gut, auch wenn ich das Gefühl habe, dass die Leute denken, ich hätte meinen Urlaub vorgezogen. Ohne dich ist es jedoch nicht mehr dasselbe. Ich vermisse unsere gemeinsamen Arbeitstage."

„Ich auch. Wirklich sehr." Maggie stieß ihre Unterlippe nach vorne.

„Ach und, ich habe getindert."

„Du hast was?"

„Tinder, Schätzchen. Der eine Kerl war echt recht schnuckelig. Vielleicht treffen wir uns noch diese Woche."

„Ich wusste gar nicht, dass du so etwas machst."

„Irgendwie muss ich mir ja die Zeit vertreiben. David wollte meine Wenigkeit schließlich nicht näher kennenlernen. Was mich zur nächsten Frage bringt. Ihr zwei habt euch also am Grillabend geküsst?!" Es war mehr eine eigene Feststellung als eine Frage. Benni hatte die beiden schließlich auf nette Art und Weise enttarnt.

Britta stellte den beiden ein Tablett mit Kaffee, Kuchen, Milch und Zucker auf den Tisch.

„Weitermachen.", sagte sie rasch und ging wieder nach drinnen. Sie ahnte, dass die beiden derzeit ihre Privatsphäre brauchten.

„Ja, haben wir.", antwortete sie und errötete leicht.

„Das ist doch so schön und geht es auch schon bald in die zweite Phase? Tut mir leid, aber ich bin so neugierig."

„Ich denke, die hatten wir schon."

Laura griff sich mit beiden Händen ins blonde Haar.

„Nicht dein Ernst? Maggie, wow. Wie lange kennt ihr euch?"

„Möchtest du nicht noch lauter sein?!" Sie schlug sich die Hand vor das Gesicht.

„'Tschuldigung. Sorry, aber das hätte ich jetzt nicht von dir gedacht."

„Wie meinst du das?", wollte sie wissen und trank einen Schluck Kaffee.

„Du hast immer so zurückhaltend und schüchtern gewirkt."

„Ich kann es dir auch nicht sagen. Ich fühle mich bei ihm gut und frei. Wenn wir zusammen sind, dann kann ich…"

„… dann kannst du alles um dich herum vergessen.", vollendete sie den Satz.

„Ja, so ist es. Wenn wir miteinander schlafen, dann denke ich an nichts anderes."

„Das ist, irgendwie, süß. Jetzt bin ich neidisch."

Laura stopfte sich etwas von dem Bananenkuchen in den Mund.

„Könnte ich dich um einen Rat fragen, ohne dass du mich auslachst?"

„Wenn dir meine Erfahrungswerte von Nutzen sein können, gerne doch."

„Ernsthaft jetzt. Es ist mir doch etwas unangenehm, aber du bist schließlich meine einzige Freundin."

„Ich glaube, du hast mich gerade zum ersten Mal als deine Freundin betitelt. Ich stehe dir mit Rat und Tat zur Seite. Und ja, ich verspreche dich nicht auszulachen."

Maggie zögerte, dieses Thema anzusprechen. Ebenfalls schaute sie nochmals nach drinnen, um festzustellen, dass Britta außer Reichweite war. Sie saß am Küchentisch und blätterte in einer Zeitung.

„Okay. David ist schließlich um einiges älter als ich und besitzt sicherlich weitaus mehr Erfahrung."

„Möglich, beziehungsweise wohl eine Tatsache bei dem Augenschmaus. Gut und weiter."

„Ich würde ihm gerne einmal alleiniges Vergnügen bereiten, doch habe Angst davor, mich dabei dumm anzustellen.", sagte Maggie und kam sich in diesem Moment vor wie ein Teenager.

„Ah, das meinst du. Vorerst soll gesagt werden, dass wir alle eine Art animalische Triebe besitzen. Vieles, was wir gemeinsam *betreiben*, läuft meist ganz von selbst."

Maggie fragte sich gerade, ob ihr das bei ihrer Unsicherheit helfen sollte.

„Ernsthaft jetzt. Du hast im Grunde genommen Angst davor, dass er es langweilig finden könnte?"

„So könnte man es sagen. Er weiß, dass ich keinerlei Erfahrung habe, doch es soll sich so anfühlen, als wäre es für mich nicht das erste Mal."

„Ich werde jetzt nicht plump anfangen, dir zu sagen, dir einen Lolly vorzustellen. In meinen Augen ist das totaler Blödsinn. Ich kann dir lediglich sagen, womit die ein, zwei Männer, welche ich beglückt habe, zufrieden gewesen sein schienen."

„Dann leg mal los.", sagte Maggie erwartungsvoll.

Laura fing euphorisch an zu erzählen und zu berichten. Maggie hörte intensiv zu und versuchte, sich die Tipps einzuprägen.

„Das wichtigste jedoch ist, dass du durch einen eventuellen Patzer nicht in Unsicherheit gerätst. Schließlich weiß er, dass er der Erste ist. Lass dich von deinem Instinkt leiten und es einfach geschehen."

Maggie schmollte und nickte dankend.

„Mach dir nicht so viele Gedanken, Süße."

„Ich gebe mir Mühe. Nun erzähl mir mal von deinem Match auf Tinder."

„Also er heißt Rafael…", begann sie.

Der Tratsch zwischen den Mädels lief in vollem Gange und sie hatten ganz die Zeit vergessen. Benni kam urplötzlich in den Garten hinausgerannt und strahlte noch mehr, als er Laura sah.

„Hallo Laura.", begrüßte er sie freudig.

„Oh, mein Benni jr. Sehe ich dich ja doch noch. Komm her und lass dich drücken."

Laura stand auf und ging auf der anderen Seite um den Tisch herum, um zu Benni zu gelangen.

„Wie geht es dir, kleiner Mann?"

„Mir geht es gut."

„Das höre ich aber gerne."

David kam ebenfalls heraus, eine Tasse Kaffee in der Hand haltend. Er beugte sich zu Maggie und gab ihr einen zärtlichen Kuss zur Begrüßung.

„Wie war es bei euch?"

„Benni war ein superbraver Junge, dass sollte gesagt sein. Und ansonsten haben mein Vater und ich viel herumphilosophiert. Es wird viel Arbeit, aber ich freue mich darauf."

„Das klingt nach einem guten Tag.", erwiderte sie.

„Hallo David, hast du mich denn gar nicht gesehen?", grummelte Laura witzelnd.

„Laura nein, du bist hier?", feixte er.

„Ich freue mich auch, dich zu sehen."

„Hey Laura. Du weißt, du bist hier stets willkommen.", äußerte er sich voller Ehrlichkeit.

„Deshalb bin ich heute auch hier."

„Setzt du dich ein bisschen zu uns?", fragte ihn Maggie.

„Nicht ganz, aber Benni und ich bleiben in der Nähe. Ich habe ihm versprochen noch eine Runde mit dem Ball zu kicken."

Benni kam bereits mit dem Ball zurück zu ihnen.

„Wie wäre es mit zwei gegen zwei? Frauen gegen Männer.", schlug Laura vor.

„Oh ja, das könnte lustig werden. Benni, was sagst du?", fragte David ihn.

„Ja, spielen wir zu viert."

„Komm schon Maggie, erheb dich und komm her.", rief Laura sie zu sich.

Es wurden imaginäre Tore festgelegt und spöttisch, feindliche Blicke ausgetauscht. Es war nur zu klar, dass das ganze Spiel nach zehn Minuten in reinem Gelächter endete. Die vier verbreiteten mehr Chaos auf der Fläche als eine komplette Elf.

Nachdem allmählich die Dämmerung einbrach, verabschiedete sich Laura von allen. Sie umarmte Maggie und hoffte, dass sich beide bald wiedersehen würden.

„Ach und wie gesagt, mach dir nicht zu viele Gedanken. So wie er dich anschaut, kannst du sicher nichts falsch machen.", flüsterte sie ihr ins Ohr. Als sich Laura von ihr entfernte, zwinkerte sie Maggie nochmals versichernd zu.

Benni schlief bereits oben auf der L-förmigen Couch. David lag halb auf der anderen Seite und Maggie an seinen Oberkörper gelehnt. Sie ließen im Fernseher noch eine Sendung laufen, um einige bunte Bilder zu sehen.

„Du vermisst die Arbeit im Café, oder?", wollte David wissen.

„Wie verrückt, um ehrlich zu sein. Es ist kein schönes Gefühl, wenn man das Haus am besten nicht verlassen sollte."

„Mein Vater meinte, dass er vielleicht in der nächsten Woche doch einmal zur Polizei gehen wird. Er hat die Hoffnung, dass sie ihm in irgendeiner Weise Glauben schenken."

„Müsste er dann nicht auch dich verpetzen? Ich meine, der Einbruch und Co."

„Du kennst meinen Vater nicht.", lachte er vorsichtig.

„Ganz ehrlich. Ich hätte nicht einmal etwas dagegen. Ich möchte nicht mehr eingesperrt sein. Ich möchte mich frei bewegen können."

„Das glaube ich dir sofort. Doch ich würde meinen, dass er euch nicht zu nahekommt, wenn jemand von uns dabei ist."

„Peter schien heute sogar Respekt vor deinem Dad zu haben.", äußerte Maggie.

„Das liegt an seiner Ausstrahlung. Er hat die Gabe des selbstsicheren und überzeugungsstarken Auftretens."

Maggie drehte ihren Kopf, um David anzusehen.

„Das klingt beinahe, als würdest du ihn darum beneiden. Ich finde, du kannst auch sehr überzeugend sein."

„Findest du?"

Maggie drehte sich nun komplett zu ihm.

„Ja, das finde ich.", sagte sie und gab ihm einen Kuss.

Er hielt eine Hand an ihre Wange und schaute ihr tief in die Augen.

„Es ist unvorstellbar, was du mit mir machst, Meg."

„Solange es dir guttut, habe ich keine Einwände dagegen vorzubringen."

„Es tut mehr als gut. Nein, ehrlich. Ich hätte nie gedacht, dass ich wieder so empfinden könnte."

David merkte plötzlich, dass er den Satz zwar ernst meinte, doch ebenfalls so gelegt hatte, dass Maggie daraufhin eine Frage stellen würde, welche er beantworten müsste.

„Wie meinst du das?", wollte sie letztendlich wissen.

David fuhr sich ertappt durchs Haar und erzählte die Kurzfassung seines Verlusts von Lisa. Maggie hörte ihm intensiv zu. Sie hörte in seiner Stimme Verletzlichkeit, Wehmut und Wut im Wechsel.

Maggie wollte nicht glauben, was er ihr erzählte und ihr lief bei dieser Geschichte ein Schauer über den Rücken.

„Ich habe kaum noch daran geglaubt, mich wieder verlieben zu können, bis ich dich zum ersten Mal sah.", vollendete er letzten Endes seine Erzählung.

„Das mit ihr tut mir wirklich leid. Niemand sollte so etwas durchmachen müssen.", sagte sie ihm voller Mitgefühl.

„Danke. Im Moment geht aber alles wieder steil bergauf.", bestätigte er ihr nochmals. Er dachte eigentlich, sie würde etwas auf seinen letzten Satz erwidern. Jedoch legte sie sich wieder mit dem Rücken zu ihm. Sie schwieg einige Minuten, nahm schlussendlich seine Hand in die Ihre und küsste seine Handaußenfläche.

„Ich bin auch dabei, mich in dich zu verlieben.", sagte sie leise und David lächelte zufrieden.

Kapitel 21

Am heutigen Tag fand das Gespräch statt und alles sollte fehlerfrei und kompetent besprochen werden. Der Vorfall mit Peter geriet schnell in Vergessenheit. Selbst Benni hatte sich rasch wieder von seiner Tiefphase erholt.

Maggie war es trotz allem stets etwas verdächtig, dass Peter nichts unternahm, sondern eine gewisse Stille um seine Person verbreitete. Als wolle er jegliche Aufmerksamkeit verhindern. Dies war untypisch für ihn, machte es ihm doch ebenfalls nichts aus, sich auf dem Spielplatz zum Kinderschreck zu machen. Maggie beschlich das unheimliche Gefühl, dass hier irgendetwas nicht richtig lief. Zum einen dachte sie an die Ruhe vor dem Sturm und zum anderen fiel es ihr im Hause der Denz und vor allem bei David, stets wieder leicht alles zu vergessen. Sie genoss die schönen Tage, in denen Benni und sie ohne jegliche Angst in den Tag hineinleben konnten. Bis zu ihrer Volljährigkeit mussten immer noch über sieben Monate vergehen. Diese Wartezeit zog sich wie Kaugummi. Dringend musste vorher etwas geschehen. Wie sie bereits zu David sagte, wollte sie mit Benni endlich wieder ohne etliche Befürchtungen das Haus verlassen können.

In der einen Woche, in der sie hier war, es kam ihr selbst schon viel länger vor, fühlte sie sich Tag um Tag stärker. Manchmal glaubte sie sogar, sie könnte nun besser mit allem umgehen und es selbst mit Peter aufnehmen. Sie besaß noch finanzielle Rücklagen im Haus und gleichzeitig hätte sie gerne einige Sachen von Benni und sich geholt. Sie wollte schon beinahe David fragen, ob er dafür mitkommen würde, doch es war wichtig, dass er sich vorerst auf die Arbeit mit seinem Vater konzentrierte.

Ihr Körper hatte sich bestens erholt und seit langer Zeit konnte sie nach dem Duschen an sich herunterschauen und keinerlei blaue Flecken oder Blutergüsse sehen. Sie nutzte über den Tag dezentes Make Up und fühlte sich viel weiblicher. Ihre Gelüste, mit David intim zu werden, waren sehr stark.

Beim täglichen Abendessen erzählten die zwei Männer von ihrem Treffen. Sie konnten den Bauherrn mit ihren Entwürfen und Vorstellungen zu neunzig Prozent überzeugen. Er hatte noch ein paar Kleinigkeiten, welche sie doch bitte bis zum nächsten Sonntag abändern sollten. Er würde am Mittag bei ihnen vorbeikommen, eine kurze Besprechung durchführen und die neuen Skizzen ansehen. Dies bedeutete, nochmals eine Neuanfertigung und dementsprechend etwas Zeit, welche in Anspruch genommen werden musste. Im Großen und Ganzen waren sie jedoch zufrieden. Karl wusste, dass man zu Beginn niemanden vollends zufrieden stellen konnte. Es bedeutete auf jeden Fall vorerst weitere Stunden an PC und Zeichentisch. Karl war sich sicher, dass sie, würden sie sich intensiv bemühen, lediglich drei bis vier Tage dafür brauchen würden. Morgen stand für alle fest, einen arbeitsfreien Tag einzulegen. Es gab einen Flohmarkt in Gelnhausen, auf welchen Karl mit seiner Frau gehen wollte. Er fand auf einem sehr großen Parkplatz statt und das Wetter sollte optimal dafür werden. Die beiden hatten noch keinen einzigen Tag Zeit dafür gehabt, intensiv etwas miteinander außerhalb der vier Wände zu unternehmen. Somit wollten sie den morgigen Tag nutzen und dort etwas schlendern gehen. David hatte geplant, ein etwas entfernteres Wildparkgehege mit Maggie und Benni zu besuchen. Es war vor allem ein Ort, an dem er Peter keinesfalls vermuten würde. Die beiden mussten unbedingt mal wieder raus aus dem Haus und Benni hätte sicherlich seine Freude daran, die Wildschweine und andere Tiere zu füttern.

So wie alle es geplant hatten, wurde es am nächsten Tag auch umgesetzt. Karl und Britta machten sich bereits um halb zehn auf den Weg und David, Maggie und Benni fuhren etwas nach elf los. Sie würden maximal zwanzig Minuten fahren, deshalb hatten die drei es nicht gar so eilig. Da die Familie Denz keinen Kindersitz besaß, setzte sich Maggie mit nach hinten zu Benni auf den Rücksitz. Er war seit dem Morgen voller Vorfreude auf den kleinen Ausflug gewesen. Sie fuhren gemütlich, wie Sonntagsfahrer, die Straßen entlang. Der Großteil ihrer Strecke verlief auf der Landstraße. Der strahlend blaue Himmel und das saftige Grün der Bäume und Wiesen, war wunderschön anzusehen. Benni fragte immer wieder, wann sie endlich da sein würden. Glücklicherweise parkte David das Auto, nach gefühlten zwanzig Anfragen, auf dem Parkplatz. Es war weniger los, als sie dachten. Womöglich lag es an der Mittagszeit. Gleich zu Beginn rannte Benni zum Zaun, hinter welchem die Wildschweine zu sehen waren.

„Kann man die füttern?", fragte er und ging in die Hocke, um auf Augenhöhe mit ihnen zu sein. Drei Schnauzen rieben sich bereits am Zaun.

„Sicher. Ich hole etwas Mais und dann kannst du ihnen etwas geben.", antwortete David und lief zu einem der Automaten.

Keine zwei Minuten später kam er mit einer maisgefüllten Papiertüte wieder zurück. Er kniete sich zu Benni und Maggie, die neben ihrem kleinen Bruder hockte, nieder und sagte, er solle seine Hand flach lassen. Er schüttete sich ein paar Maiskörner auf die Seine und einige auf Bennis Hand. David zeigte ihm, wie er die Wildschweine füttern sollte. Benni beobachtete es ganz genau und tat es David gleich. „Das kitzelt.", lachte er, als eines der Wildschweine seine Schnauze auf seine Hand presste.

Es dauerte nicht lange und Weitere wollten etwas von dem Mais bekommen. Maggie nahm sich auch etwas auf die Hand und schloss sich der kleinen Fütterung an. Die drei blieben noch etwas bei den Wildschweinen, ehe sie ihren Weg weitergingen. Benni beobachtete all die Tiere und zeigte stets aufs Neue mit seinen Fingern in die Ferne, wenn er ein Reh am Waldrand sah. Er streichelte Ziegen und Hasen, welche in einem großen Stall herumhüpften. Er hätte sich am liebsten einen von ihnen mitgenommen. Maggie staunte darüber, wie liebevoll und vorsichtig er mit den

Tieren umging, da er vorher noch nie zuvor mit ihnen Kontakt hatte.

Als David, Maggie und Benni langsam etwas Hunger bekamen, machten sie sich auf in Richtung des kleinen Imbisses. Benni durfte auf Davids Schultern sitzen. Er umgriff seine Beine mit seinem Arm, um ihn sicher zu halten. Mit der anderen griff er nach Maggies Hand, um sie nah bei sich zu haben. Außenstehenden machten sie wahrscheinlich den Anschein eine junge Familie zu sein, doch das wäre ihnen im Endeffekt auch vollkommen egal gewesen.

Am Imbiss angelangt, ergatterten sie sich eine freie Bierbankgarnitur im Schatten und in der Nähe des Spielplatzes für die Kinder.

„Was wollt ihr zum Essen und Trinken?", fragte Maggie die zwei Männer. „Heute geht es auf mich."

„Pommes mit Ketchup.", sagte Benni voller Entschiedenheit.

„Und eine Apfelsaftschorle dazu?", wollte sie wissen.

Benni nickte bejahend. Maggie stellte sich daraufhin hinter David und umfasste seine Schultern. Mit dem Kopf herunterbeugend, fragte sie, was er wolle.

„Mmh… Currywurst mit Brötchen und ein kleines Bier, bitte.", gab er seine Bestellung auf.

„Alles klar, dann bin ich in Kürze wieder da." Sie gab David einen Kuss auf die Wange.

In der Zeit, in der Maggie an der Schlange wartete, beobachtete sie das bunte Treiben auf dem Gelände. Kinder kletterten und schaukelten fröhlich auf dem Spielplatz, während ihre Eltern auf den Bänken etwas aßen. Maggie versuchte, sich an ihre Kindheit zu erinnern. Ihr Vater und Elsa waren auch oftmals mit ihr auf dem Spielplatz gewesen. Ihr Vater schaukelte immer mit ihr und ließ sie dabei auf seinem Schoß sitzen. Sie konnte sich daran erinnern, dass er dies einmal mit ihr tat, als sie ein Eis in der Hand hatte. Er stoppte unbedacht die Schaukel und Maggies Eis landete prompt in seinem Gesicht. Er lachte aus vollem Herzen, als Maggie mit ihrem Finger Eis von seiner Wange nahm und es genüsslich vor ihm abschleckte. Maggie musste leicht lächeln, als sie daran zurückdachte.

Sie merkte gar nicht, dass sie schon an der Reihe war.

„Hallo, was darf es sein?"

„Hallo, tut mir leid, ich war ganz in Gedanken.", lachte sie.

„Kein Problem.", entgegnete die Frau mittleren Alters.

„Ich hätte gerne eine Portion Pommes mit Ketchup, zweimal Currywurst mit Brötchen, ein kleines Bier, eine kleine Cola und eine kleine Apfelsaftschorle, bitte."

„Das macht dann 18,70€, bitte."

Maggie reichte ihr einen 20-Euro-Schein.

„Stimmt so, danke."

„Vielen Dank. Hier sind ihre Getränke und das Essen kommt sofort. Sie können sich links ein Tablett nehmen."

„Super, danke."

Maggie stellte die Getränke darauf ab und wartete auf den Rest.

„Benni, schau. Da kommt unser Essen.", richtete sich David an ihn.

„Bitteschön, die Herren."

Maggie verteilte, wie von der Arbeit gewöhnt, das Essen an alle und setzte sich daraufhin zu ihnen.

„Lasst es euch schmecken.", sagte David.

„Guten Appetit.", sagten Maggie und Benni zeitgleich.

Die Arme ineinander gehakt, liefen Karl und Britta über den Flohmarkt. Sie waren an jenen Ständen angekommen, an denen die Privatleute ihre Abstellkammern erleichtern und etwas dazuverdienen wollten. Die zwei nahmen sich für jeden Stand ausgiebig Zeit, um die angebotenen Waren zu inspizieren.

„Ich finde es immer wieder faszinierend.", murmelte Britta vor sich hin.

„Was denn?", wollte Karl wissen.

„Es scheint keinen Stand zu geben, an dem kein Geschirr oder diverse Gläser stehen.", lachte sie.

„Obwohl ich zugeben muss, dass mich diese Kristallgläser stets faszinieren.", gab er zu.

„Möchtest du welche mitnehmen, Schatz?"

„Nur, wenn wir Whiskygläser inklusive Karaffe finden."

„Vielleicht haben wir ja noch Glück.", betonte sie.

„Es würde sich auf jeden Fall gut in meinem Büroregal machen.", grinste er.

„Sag mal, hättest du vielleicht noch Lust, kurz in das Möbelhaus zu spazieren? Die haben heute bis vier Uhr geöffnet.", fragte Britta ihren Mann.

„Brauchen wir denn etwas von dort oder möchtest du lediglich durchschlendern?", wollte Karl daraufhin wissen.

„Na ja, ich dachte, dass Benni vielleicht ein eigenes Bett bekommen könnte, statt dauerhaft auf der Couch zu schlafen."

„Denkst du nicht, du solltest das vorher mit Maggie abklären und es soll nicht böse gemeint sein, doch wer weiß, wie lange die beiden noch bei uns sind."

Britta schaute nachdenklich drein. Karl kannte diesen Blick seiner Frau. Sie wollte dem Kleinen unbedingt eine Freude machen und augenscheinlich vernahm er, dass sie wohl am liebsten wollte, dass die zwei ewig bleiben würden.

„Wenn sie gehen sollten, dann könnten wir das Bett schließlich wieder verkaufen.", schlug sie leise vor. Karl stellte sich vor seine Frau und schmunzelte.

„Meine Frau, der Samariter.", witzelte er. „Du sollst wissen, dass ich Maggie und Benni auch gerne bei uns habe, ist es auch noch nicht lange so."

„Sie sind zwei wundervolle Persönlichkeiten.", fügte Britta hinzu.

„Da stimme ich dir zu."

„David besitzt oben doch noch dieses eine kleine Zimmer und du weißt selbst, dass er sich vorerst kein Büro einrichten möchte. David und Maggie hätten somit auch etwas mehr Privatsphäre."

„Wieso habe ich das Gefühl, dass du mehr und mehr dafürstehende Argumente dafür aufbringen könntest?", schmollte er.

„Weil ich deine Frau bin, vielleicht?!", lächelte sie ihn an.

„Wir machen einen Kompromiss."

„Nun bin ich gespannt."

„Finden wir in den nächsten zehn Ständen ein Whisky-Set für mich, gehen wir ein Bett für Benni kaufen.", grinste er.

„Einverstanden.", entgegnete sie voller Euphorie.

Karl ahnte bezüglich ihrer Reaktion schon etwas. Er fuhr sich durch das kurze, graumelierte Haar und atmete ein und aus.

„Wo hast du welche gesehen?"

„Siehst du dieses ältere Ehepaar dort hinten?"

Britta zeigte mit dem Finger auf einen gegenüberliegenden Stand. Auf deren Klapptisch stand eine Whiskykaraffe und außenrum bildeten vier dazugehörige Whiskygläser einen Kreis darum.

„Der Stand liegt aber nicht in unserer eigentlichen Laufrichtung.", sagte er ironisch.

„Seit wann haben wir eine Laufrichtung?", lachte sie.

„Du bist einfach unschlagbar.", lachte er lauthals.

„Also lass uns deine Bürodekoration mal holen."

Karl hielt seine Frau sanft am Arm zurück, die schon auf dem Sprung war. Er führte seinen Mund an ihren und küsste sie liebevoll.

„Ich liebe dich, Britta."

„Ich liebe dich, Karl."

„Da hatte wohl jemand Hunger.", sagte Maggie zu Benni, dessen Teller leergeputzt bis auf den letzten Krümel war.

„Magst du dich noch etwas auf dem Spielplatz austoben?", fragte ihn David.

„Du schaust schon seit dem Essen dort hinüber.", fügte Maggie hinzu.

„Ich weiß nicht.", antwortete Benni etwas kleinlauter.

„Du weißt nicht?! Schau, da ist ein Klettergerüst, Schaukeln und ein riesengroßer Sandkasten.", sagte Maggie lauter und machte ihn mit Fingerzeigen darauf aufmerksam.

David wie Maggie hätten nicht gedacht, dass die geschehene Spielplatzsituation diesen negativen Einfluss auf Benni gehabt hatte. Der Kleine war sonst immer verrückt darauf gewesen.

Maggie stand auf und ging zu ihrem kleinen Bruder. Sie streckte ihm die Hand entgegen.

„Na komm schon, Benni. Ich komme auch mit."

David räumte derweil das leere Geschirr und den Abfall auf das Tablett.

„Ich räume das noch schnell weg und dann komme ich auch zu euch."

Davids Absicht war es, Benni keine andere Wahl zu lassen. Würde er nicht mit Maggie mitgehen, würde er allein am Tisch sitzen bleiben und er wusste, dass er das nicht wollen würde. Er nickte Maggie zu und sie konnte seinen Gedankengang diesbezüglich verstehen. Der Plan ging auf und als David nach wenigen Minuten zu den beiden dazukam, konnte er sehen, dass Benni dort glücklich und zufrieden war.

Auch Karl und Britta fuhren nach ihrem Ausflug zum Flohmarkt wieder zufrieden nach Hause. Karl bekam sein

Whisky-Set und das Bett für Benni würde in der nächsten Woche geliefert werden.

Kapitel 22

Es war bereits Mittwoch. Noch vier Tage und Peter würde sich von seiner Wut mit den Taten seiner Fäuste befreien können. Es kribbelte ihn schon regelrecht in den Fingerspitzen. Genug Zeit zum Verschnaufen hatte er Maggie und Benni gegeben. Er hatte sich an jenem Tag, an welchem der kleine Junge seinen Ball verloren hatte, immens zurückgehalten. Er ließ nichts von sich hören und auch die Familie, welche den beiden schützende Obhut gab, schien sich vorerst nicht an Polizei oder Jugendamt gewendet zu haben. Seinem Plan schien nichts im Wege zu stehen, bis auf ein kleines Detail, welches noch bedacht werden musste. Wie schaffte er es, Maggie und vor allem Benni für die Anzeige aus der Zeitung, welche vor knapp drei Wochen inseriert wurde, zu begeistern.

Lasst die Drachen steigen!

Die Gemeinde lädt euch und eure Kinder zum Drachensteigen ein. Jedes Kind kann sich unter diversen Vorlagen seinen eigenen Drachen basteln.
Für eine kleine Verpflegung ist ebenfalls gesorgt.

Ihr möchtet wissen wann und wo?

*Am **04.08.2019** um **14.00 Uhr** auf der großen Wiesenfläche in der Nähe des Funkmastes*

Basteln, malen, anleinen und es kann losgehen :-)

Der Kleine musste es schaffen, seine Schwester dazu zu überreden mit ihm dorthin zu gehen. Welcher kleine Junge möchte schließlich keinen Drachen steigen lassen?
Peter rechnete sogar damit, dass David mit dabei sein würde. Dies war ihm jedoch vollkommen egal. Er würde den perfekten Zeitpunkt finden, ihm Maggie und Benni zu entreißen.
Peter nahm sich die Zeit dafür, sich an den Computer zu setzen. Er schrieb die Anzeige wie aus der Zeitung ab und erstellte seinen eigenen Flyer mit dem Vermerk:

Veranstaltungserinnerung

Nun musste er nur noch den passenden Zeitpunkt finden, um seinen Flyer unbemerkt in den Briefkasten des Hauses der Familie zu werfen. Da die besagte Fläche beinahe an dieses angrenzte, würde auch keiner einen böswilligen Verdacht dahinter vermuten. Peter rieb sich die Hände vor Vorfreude.

„Karl, der Lieferdienst kommt gerade angefahren.", rief Britta ihrem Mann im Büro zu.
David, der mit ihm dort beschäftigt war, blickte fragend drein.
„Habt ihr etwas zum Essen bestellt?", wollte er wissen.

„Nein, es ist etwas größer. Die Bestellung kommt von einem Möbelmarkt.", antwortete er witzelnd und ging hinaus.

Britta ging zu Maggie und Benni hinüber, die gerade auf dem Boden sitzend, an einem Puzzle beschäftigt waren.

„Maggie. Benni. Karl und ich hätten da eine kleine Überraschung für euch. Vor allem für dich, Benni."

Maggie beobachtete, wie Karl den Zustellern anwies, alles nach oben in den ersten Stock zu bringen. Er ging voran, um dort zeigen zu können, wo die Pakete ihren Ablageort finden sollten.

David stand weiterhin mit fragendem Blick in der Küche und beobachtete das Tun. Vor allem, weil es in seine Etage gebracht wurde. Britta ging zu ihm und auch Maggie und Benni folgten ihr.

„Ich möchte euch aufklären und mich vorab für die eigene Entscheidung, ohne Nachfrage, bei euch entschuldigen.", begann Britta.

„Ich bin gerade sehr gespannt.", gab David zu.

Alle drei Blicke trafen sich gegenseitig, nur Benni stand erwartungsvoll, die Hände vor dem Bauch zusammengehalten, bei ihnen.

„Karl und ich, vor allem ich, dachten daran, dass es für Benni bequemer sein könnte, wenn er endlich ein eigenes Bett besitzen würde."

Britta schaute nacheinander zu den dreien und wartete deren Reaktionen ab. Da keiner etwas sagte, beschloss sie, weiterzureden.

„Du sagtest ja, dass du derzeit noch kein eigenes Arbeitszimmer einrichten wollen würdest, David. Zum einen ist dieses Zimmer somit lediglich ein leerer Raum und zum anderen, hättet ihr beide somit auch mehr Privatsphäre. Ihr könntet auf der Couch liegen und Fernsehen schauen, ohne dass es für Benni störend werden könnte. Für Benni ist es auch sicher nicht förderlich für den Rücken, stets auf dem Sofa zu schlafen."

„Das können wir nicht annehmen, Britta. Und vor allem soll es, damit meine ich, dass Benni und ich bei euch wohnen, keine Dauerlösung sein.", entgegnete Maggie.

„So ist das auch nicht gedacht. Nur für die Zeit, in der ihr bei uns seid. Danach können wir immer noch weitersehen, was mit dem Bett geschieht.", versuchte sich Britta etwas herauszureden.

„Ich finde ein eigenes Bett schon toll.", gab Benni leise hinzu.

„Gar so schlecht finde ich die Idee von meiner Mom gar nicht.", brachte sich David mit ein.

„Für seinen Rücken wäre es sicher besser.", gab Maggie zu und legte instinktiv eine Hand an Bennis Rücken.

Karl kam die Treppe hinab und stellte sich zu den anderen.

„Ich habe die Männer darum gebeten das Bett gegen einen Aufpreis aufzubauen. Perfekt, dass sie Zeit haben.", grinste er zufrieden.

Die zwei Lieferanten hatten ihren Stundenlohn, welchen ihnen Karl bar auf die Hand gab, sehr ernst genommen und benötigten daher auch eine gute Stunde für das Aufbauen des Bettes. Britta hatte bereits die Bettwäsche vorbereitet und überzog die Matratze mit einem hellblauen Spannbetttuch. Die Bettwäsche war mit großen und kleinen Bären verziert. Benni hatte einmal den Film Bärenbrüder geschaut, erzählte er Britta und war begeistert davon. Deshalb dachte sie sich, dass ihm dieses Muster gefallen würde. Sie ging die Treppe wieder nach unten, um Benni und Maggie zu sich zu holen. Maggie hatte im Nachhinein nachgegeben und gönnte es ihrem Bruder, dass er ab sofort nicht mehr auf der Couch nächtigen musste.

Nachdem die ganze Familie mitgegangen war und das Zimmer betrat, war es vor allem Benni, der über beide Seiten grinste. Britta hatte provisorisch einen stabilen Karton neben das Kinderbett gestellt. Darüber lag ein Tischläufer und auf diesem stand eine kleine Lampe.

„Na, gefällt es dir für den Anfang?", wollte Britta wissen.

Benni rannte auf das Bett zu und sprang auf die Matratze.

„Oh ja. Ganz toll und die Bären sind niedlich. Danke.", entgegnete er voller Freude.

„Danke.", sagte Maggie an Britta und Karl gerichtet.

„Kein Grund zu danken. Das haben wir gerne gemacht."

„Nun können wir zwei endlich einen Film in normaler Lautstärke schauen.", witzelte David und gab Maggie einen Kuss auf die Wange.

„Ach Maggie. Hast du einen Moment?", fragte Karl sie und Maggie ging daraufhin mit ihm auf den Gang hinaus.

„Was gibt es?", wollte sie zögerlich wissen.

„Ich möchte nur, dass du nicht denkst, ich habe den Besuch bei der Polizei diese Woche vergessen. Ich würde jedoch gerne die Zeit bis Sonntag noch nutzen, um das Gespräch mit dem Bauherrn vorzubereiten."

„Das ist kein Problem, Karl. Dann hätte ich noch etwas Zeit mir zu überlegen, ob ich mitkomme. Meine Bedenken auf diesen Kommissar zu stoßen, habe ich leider noch immer.", gab sie zu.

„Tu das. Ich denke aber, es wäre sicher nicht verkehrt, wenn du dich mir anschließt. Ich habe mir jedoch anonym etwas Informationsmaterial im Internet geordert. Vielleicht gibt es Möglichkeiten, welche man in diesem Fall nutzen könnte. Noch besser wäre eine Vertrauensperson, die uns bei alldem unterstützen würde, doch Peter hat dir das alles gründlich verdorben, nachdem was du uns erzählt hast."

„Mich hätte nicht gewundert, wenn er mich wegen Entführung des eigenen Bruders angezeigt hätte."

„Ohne dir Angst einflößen zu wollen, aber ich muss dir in einer Sache recht geben. Es ist schier etwas komisch, dass er bisher nichts unternommen hat."

„Das ist es auch. Er hält sich zurück und das lässt meine Befürchtung steigen, dass er innerlich vor Wut rast. Zugeben jedoch muss ich, dass es derzeit so das beste ist. Ich habe gleichermaßen Angst, dass er euch etwas antun könnte."

„Mach dir um uns mal keine Sorgen, Maggie. Ich habe seinen Gesichtsausdruck an jenem Tag auf dem Hof gesehen. Er mag arrogant sein und sich stark vorkommen,

aber er würde sich nie mit mir, mag es auch überschwäng-
lich herüberkommen, anlegen."

„Wenn du das sagst.", gab sie erstaunt zurück.

„Ja, das tue ich." Karl hielt kurz mit der Hand auf ihrer
Schulter inne und lächelte bestätigend.

Kapitel 23

„Lass und bitte dahingehen, Maggie.", bettelte Benni seine Schwester an.

„Warum bist du denn so aufgeregt?", wollte David wissen, da er Benni bis ins Wohnzimmer hörte, in welchem er gerade in der Samstagszeitung blätterte.

Seine Eltern waren Lebensmittel einkaufen und er wollte gemütlich seinen Kaffee trinken, ehe es die letzten Stunden mit seinem Dad an die Arbeit gehen würde.

Benni saß nervös am Küchentisch, während Maggie eher verzweifelter neben ihm aussah.

„Hier ist morgen Drachensteigen.", rief er zu ihm hinüber.

David ging nun zu Maggie und Benni in die Küche und setzte sich zu ihnen. Sie schob das Papier zu David herüber.

„Der Flyer war heute mit in der Post dabei."

„Ist damit die Wiese neben unserem Haus gemeint?", fragte David nach.

„Könnte man so sagen. Wenn du die Wiese hinauf und ins Eck läufst, befindet sich dort der benannte Funkmast. Interessante Ortsangabe muss ich zugeben.", lachte sie leicht.

„Kommt das vom Kindergarten aus?"

„Ich denke eher, das ist von jenen Müttern, denen gemeinsame Veranstaltungen der Familien am Herzen liegen. Das machen sie beinahe jedes Jahr in der Ferienzeit. Letztes Jahr waren alle für eine Nacht zelten."

„Gehen wir dahin?", funkte Benni fragend dazwischen.

„Ich hätte es vielleicht nicht laut für mich lesen sollen. Der Kleine hört alles.", lachte sie.

„Maggie. David. Bitte, bitte, bitte.", bettelte er etwas penetranter.

Maggie konnte ihren Bruder schon etwas verstehen. Er war beinahe nur noch in vier Wänden gefangen. Der Ausflug in den Wildpark war bereits wieder einige Tage her. Dass ihr Bruder darauf drängte, wieder etwas zu unternehmen, war somit nur verständlich. Er konnte es noch nicht allzu gut verstehen, weshalb sich Maggie mit den Ausflügen zurückhielt. Sie wollte sich und ihn schützen, bis sie endlich wusste, wie es mit den zweien weitergehen würde. David las sich den Flyer komplett durch.

„Tut mir leid, Benni, aber ich kann da morgen nicht mit hin."

„Warum?", wollte er, wieder seine Rehaugen formend, wissen.

„Mein Dad und ich bekommen doch morgen nochmals Besuch von dem Mann wegen der Baustelle."

„Oh nein.", erwiderte er. „Aber wir können doch gehen, Maggie. Nicht?!"

Maggie schmollte vor sich hin und dachte nach. Sie richtete ihren Blick auf David.

„Denkst du, er rechnet dort mit uns?", wollte sie ernsthaft wissen.

„Ich weiß es nicht.", gab er ehrlich zurück.

„Ich denke mal, dass genug da sein werden und ihm würde es sicher mal wieder guttun unter andere Kinder zu kommen."

Benni sah stumm zwischen seiner Schwester und David hin und her. Er konnte die Antwort kaum abwarten.

„Vielleicht könnte meine Mutter euch begleiten?"

„Soweit ich weiß, wollte sie morgen Mittag zu irgendeinem Kurs gehen?"

„Ein Kurs? Was für einer denn?"

„Sie erzählte mir, dass sie ab diesem Sonntag einen Yoga-Kurs anbieten. Sie überlegte sich, eine Zehnerkarte zu holen, und die Termine müssen da eingehalten werden. Zwecks Teilnehmerzahl oder so."

„Yoga hat sie früher schon immer gerne gemacht. Kein Wunder, dass sie sich bei einem Kurs anmeldet, wenn er angeboten wird."

„Wann kommt dieser Mann denn? Wie heißt er eigentlich? Ich kenne ihn lediglich unter dem Bauherrn?"

David lachte. „Er heißt Schneider. Stimmt, wir sagten stets, der Bauherr. Er kommt zwischen zwölf und eins. Ich denke, so zwei Stunden werden wir schon brauchen."

Maggie war sich sicher, dass David wusste, dass sie sich mit ihm sicherer fühlen würde.

„Ich könnte nachkommen.", schlug er, wenn auch etwas zurückhaltend über die Idee, die beiden vorerst allein gehen zu lassen, vor.

Maggie sah von David zu Benni hinüber. Der biss sich nervös auf die Unterlippe und schmunzelte sie dabei an.

„Wir gehen hin.", sagte sie kurz und mit nur leichter Überzeugung in der Stimme.

Benni hingegen war fortan das glücklichste Kind.

„Ja.", schrie er. „Wir gehen Drachen basteln und lassen sie steigen. Juhu!"

Benni lag am späten Abend bereits in seinem Bett und Maggie hatte es sich auf der Couch gemütlich gemacht. David kam nach oben und stellte eine Flasche Montepulciano und zwei Gläser vor sie auf dem Tisch ab.

„Lecker, Rotwein."

„Ich dachte wir können uns mal etwas gönnen." David öffnete die Flasche, schenkte beiden ein und gab Maggie ihr Glas, ehe er sich zu ihr setzte.

„Seid ihr gut für morgen vorbereitet?"

„Ich hoffe doch, aber lass uns nun nicht weiter von der Arbeit sprechen. Stoßen wir an." David erhob das Glas.

„Und auf was?" Maggie tat es ihm gleich.

„Auf Bennis neues Bett und auf das wir die Couch für uns haben."

„Dann sage ich doch zum Wohl."

„Zum Wohl." Beide prosteten sich zu.

„Was schaust du denn eigentlich?"

„Es läuft *ES 2*. Aber erst seit zwanzig Minuten."

„So etwas gefällt dir also.", witzelte David.

„Dir nicht?", wollte sie wissen.

„So ab und an ist auch mal ein Horrorfilm drin. Ich hole uns noch was zu knabbern."

In gemütlicher Atmosphäre tranken Maggie und David ihren Wein, aßen Chips und schauten dem Kinderschreck *Pennywise* bei seinen Taten zu.

Maggie lehnte an Davids Schulter und hatte ihre Hand auf seiner Jogginghose abgelegt. Nachdem der Film langsam dem Ende näherkam und währenddessen die Flasche Wein geleert wurde, schmiegte sie sich näher an ihn und begann ihn am Hals zu küssen.

„Ist dies das Ergebnis des Weins oder des Films?", fragte er und lachte.

„Würde ich sagen Zweiteres, hätte ich aber interessante Eigenarten."

„Kann ich das wissen?"

„Nein. Doch ich weiß eines ganz genau."

„Und das wäre?"

Maggie richtete ihre Lippen an sein Ohr. „Das ich dich jetzt für mich haben möchte.", hauchte sie ihm hinein.

David drehte seinen Kopf zu ihr. Maggie schaute ihm tief in die Augen.

„Dies klingt nach einer guten Gewissheit.", sagte er und küsste sie erst zärtlich, danach intensiver werdend.

Maggie und David verblieben auf der Couch und wollten nicht erst ins Schlafzimmer wechseln.

Sie ließ sich auf den Stoff sinken und David legte sich über sie. Sie zogen einander aus und ihre nackten Körper schmiegten sich aneinander. Maggie und David waren sehr erregt und sie konnte es kaum erwarten, dass er in sie eindrang.

Sie harmonisierten in ihren Bewegungen und es herrschte eine wahre Intensität zwischen ihnen beiden. David küsste ihren Hals, ihre Schulter. Maggie fuhr mit leichtem Druck ihrer Fingernägel über seinen Rücken. Beide kamen ihrem Höhepunkt näher. David ergriff mit seinen Händen die von Maggie, und sie hakten sich ineinander. David stieß fester zu, wurde schneller. Maggie stöhnte und David atmete laut. Sie löste eine ihrer Hände aus der seinen, legte sie auf seine Wange und zog ihn zu sich, um ihn ein weiteres Mal zu küssen.

„Ich liebe dich, Meg.", flüsterte er ihr zu.

Kapitel 24

Karl, Britta, David, Maggie und Benni saßen an diesem Sonntag gemeinsam am Frühstückstisch. Der Himmel strahlte in reinem blau und es versprach ein warmer Sommertag zu werden. Benni war wie an jenem Tag, an dem die drei in das Wildgehege wollten, voller Vorfreude darauf, seinen eigenen Drachen zu gestalten.

Britta würde um halb zwei zum besagten Yoga-Kurs starten und Maggie würde mit Benni gegen zwei Uhr zur Veranstaltung gehen. Der Bauherr Schneider sollte ab zwölf Uhr im Hause der Denz erscheinen. Bis dahin würden noch zwei Stunden Zeit ins Land gehen. Noch während des Frühstücks wurde entschieden, dass Maggie trotz allem Brittas Handy mitnehmen sollte. Für den Fall würde Karls und Davids Handynummer in der Notrufliste stehen. Britta hatte nur knapp zehn Minuten zu fahren und meinte, dass sie ihr Handy nicht mitnehmen bräuchte. Im Kurs könne sie es so oder so nicht gebrauchen.

Karl und David bereiteten nach dem Frühstück noch alles für das Treffen vor. Sie prüften ihre Entwürfe und Tabellen, um diese in bester Weise vorlegen zu können. Britta suchte ihre Yogamatte und ein passendes Outfit heraus. Sie freute sich ebenfalls, einige nette Frauen vom Dorf kennenzulernen, um allmählich Anhang hier zu finden. Benni spielte im Garten noch etwas mit dem Ball und Maggie setzte sich nach draußen, trank einen weiteren Kaffee und sah ihm dabei zu. Sie freute sich, ihren Bruder mit der Veranstaltung glücklich zu machen. Maggie selbst war von leichter innerer Aufregung befangen. Wie würden die anderen Mütter auf sie reagieren? Sie hoffte, dass all das Geschehene noch keine allzu große Runde gemacht hatte. Sie wusste, wie andere über sie sprachen, hatte die Hoffnung, dass sie womöglich längst anders über sie dachten. Zu gerne aber, hätte sie noch jemanden bei sich gehabt.

Es war kurz nach halb eins, als es an der Haustür klingelte. Karl öffnete die Tür.

„Guten Tag, Herr Schneider." Karl streckte ihm die Hand zur Begrüßung hin.

„Guten Tag, Herr Denz." Herr Schneider tat es ihm gleich. David schloss sich der Begrüßung an.

Britta, Maggie und Benni saßen in der Küche zusammen und versuchten sich im Hintergrund zu halten. Aus der Ferne begrüßten sie den Bauherrn mit größter Freundlichkeit.

„Wir dachten uns, dass wir das Gespräch bei diesem schönen Wetter nach draußen in den Garten verlegen könnten. Hätten sie etwas dagegen?", fragte ihn Karl mit größter Freundlichkeit.

„Ganz im Gegenteil. Sehr gerne sogar."

Karl zeigte ihm den Weg durch das Wohnzimmer hindurch in den Garten.

„Machst du uns bitte drei Kaffee, David?", rief ihm sein Vater zu.

„Schon dabei.", antwortete er bejahend.

„Na dann präsentiert euch mal gut.", sagte Britta zu ihrem Sohn, während er alles auf einem Tablett richtete.

„Er macht aber einen netten Eindruck.", gab Maggie hinzu.

„Ja, er ist ein freundlicher Mann, aber man sollte diese Leute immer mit etwas Vorsicht genießen.", sagte David etwas leiser und grinste leicht.

Die drei Kaffee waren durch die Maschine gelaufen und David wollte sich auf den Weg nach draußen in den Garten begeben.

„Viel Glück.", wünschten Britta und Maggie im Kanon.

„Viel Glück.", wünschte auch Benni, selbst wenn er keine Ahnung hatte wofür eigentlich.

„Dankeschön, ihr drei." David holte sich noch einen Kuss bei Maggie ab, griff daraufhin das Tablett und ging davon.

Die Zeit verrann fortan wie im Flug. Britta zog sich um, verabschiedete sich bei ihrem Mann und lief los zu ihrem Kurs. Die Männer schienen sich bisher noch nicht großartig über das Projekt zu unterhalten. Ihr Thema lag derzeit eher auf der häuslichen Gartenbepflanzung.

Maggie und Benni waren in der ersten Etage und zogen sich für die Veranstaltung an. Benni bekam eine knielange graue Jeans und ein rotes T-Shirt vorgelegt. Maggies Entscheidung fiel auf ein legeres gelbes Sommerkleid, welches ihr Britta mitgebracht hatte. Sie legte sich leichtes Make Up auf und ließ ihre braunen Haare offen über ihre Schultern fallen. Benni rannte bereits die Treppen herunter und sah aus dem Fenster heraus.

„Maggie, da laufen schon welche."

Maggie kam fortan mit nach unten und schaute ebenfalls nach draußen.

„Können wir dann auch gehen?", fragte er hastig.

„Kleinen Moment noch, Benni. Ich muss nur noch die Tasche packen."

Maggie nahm sich die von Britta geliehene Handtasche und füllte sie mit frauenüblichen Dingen. Taschentücher, Lippenbalsam, etwas Geld und vor allem Brittas Handy. Sie war insgeheim sehr dankbar, es von ihr bekommen zu haben, auch wenn sie hoffte, es nicht brauchen zu müssen.

„Ich gehe schon einmal tschüss sagen.", rief Benni und rannte heraus.

„Benni, warte doch bitte.", bat Maggie ihren Bruder, doch der hörte bereits nichts mehr.

Sie ging hinter ihm her und hoffte, dass er die Männer nun nicht unterbrochen hatte.

„Tschüss, wir gehen jetzt.", wollte er sich mit breitem Grinsen verabschieden.

„Tut mir leid, die Herren. Er sollte sie nicht unterbrechen.", entschuldigte sich Maggie vorab.

„Das ist doch gar kein Problem. Immer schön zu sehen, wenn Leben in einem Haus existiert.", gab Herr Schneider beruhigend zurück.

Benni stand dicht bei David und der Bauherr begann zu mutmaßen.

„Ach, ist das Ihr Sohn, David?", wollte er wissen.

„Der kleine Benni ist der Bruder meiner Freundin Maggie.", beantwortete er die Frage und richtete seinen Blick auf sie.

„Hallo.", begrüßte sie den Bauherrn schüchtern.

„Oh, tut mir leid. Da war ich wohl etwas zu vorschnell.", wollte er sich entschuldigen.

„Möglich hätte es ja sein können.", witzelte Karl.

„Wo geht ihr denn hin, Benni?", fragte ihn der Bauherr.

„Wir gehen hier Drachen basteln und am Ende dürfen wir sie steigen lassen.", gab er freudig zurück.

„Na, da wünsche ich euch viel Spaß dabei."

„Danke, euch hier auch.", sagte Benni und alle lächelten.

„Gut erzogen, der kleine Mann.", sagte Herr Schneider.

„Also gut, dann werden wir mal Ruhe in das Haus bringen und zur Veranstaltung gehen.", sagte Maggie in die Runde.

„Auf Wiedersehen."

„Auf Wiedersehen.", verabschiedeten sich Karl und Herr Schneider.

David machte mit einem Fingerzeig darauf aufmerksam, ihn eine Sekunde zu entschuldigen.

Er lief mit Maggie und Benni bis zur Haustür mit.

„Du hast das Handy dabei, ja?", wollte er wissen.

„Habe ich.", bestätigte sie ihm.

„Okay. Wenn ihr noch nicht wieder da seid, wenn wir hier fertig sind, dann rufe ich dich an und komme nach."

„Ist in Ordnung." Maggie legte eine Hand auf seine Wange.

„Euch weiterhin viel Glück."

„Danke dir. Viel Spaß euch. Passt auf euch auf."

Sie gaben sich einen zärtlichen Kuss und Maggie und Benni gingen aus dem Haus.

Der Lieferwagen war bereits bestens positioniert. Peter hatte ihn Punkt zwölf abgeholt, fuhr kurz nach Hause, um einige Utensilien darin zu verstauen und daraufhin geradewegs zur Wiesenlandschaft. Er wollte seinen Parkplatz eingenommen haben, ehe der große Ansturm auf der großen Fläche beginnen würde. Er stand seit einer guten halben Stunde auf einem Schotterweg hinter den dichten Bäumen und genoss eine perfekte Sicht, um alles sehen zu können, was er musste. Allmählich füllte es sich auf dem Veranstaltungsgelände.
Peter konnte sich nicht sicher sein, ob der Flyer auch von Maggie gelesen worden war. Er studierte jedes einzelne Gesicht, welches neu dazukam und konnte nun nur noch abwarten und vor allem hoffen. Er hatte seinen Plan und den wollte er durchführen. Mit einem Flachmann in der Hand hockte er wartend im Gebüsch. Nach etwa zehn Minuten war es eine Freude für ihn, als er Maggie und Benni kommen sah. Noch größer war diese, als er bemerkte, dass die beiden allein zu sein schienen.

„Benni!", rief ein kleiner Junge mit kurzen blonden Haaren von weitem.
„Das ist Lukas. Darf ich?", fragte Benni und Maggie nickte ihm bejahend zu. Er rannte sofort los.

Maggie kam sich etwas fremd vor. Es war nicht so, dass sie keine der Mütter kannte, doch sie fühlte sich nicht gar so wohl. Sie hatte sich nur selten in die Gesellschaft zu integrieren versucht. Es waren sicher über vierzig Personen anwesend. Es gab fünf große Decken, auf denen die Bastelteile für die Drachen aufgereiht waren. Eine lange Klappbank war mit Getränken und Kuchen bestückt. In der Ferne sah Maggie die Kindergartenleiterin Frau Jüngst stehen und beschloss zu ihr zu gehen.

„Lukas mag mit mir einen Drachen basteln. Wir sind da hinten.", sagte Benni, der urplötzlich wieder vor ihr stand, zu seiner Schwester und rannte daraufhin auch schon wieder weg. Sie konnte ihm nicht einmal eine Antwort geben. Maggie ging somit weiter in Richtung Frau Jüngst. Ihr Blicke trafen sich schon einige Meter vorher.

„Frau Krüger, hallo. Es ist schön, Sie hier zu sehen.", begrüßte sie Maggie.

„Hallo, Frau Jüngst.", entgegnete sie ebenfalls zur Begrüßung.

„Wie geht es Ihnen und wo ist Benni?", wollte sie wissen.

„Mir geht es gut. Benni ist mit Lukas beim Basteln. Dort.", antwortete sie und zeigte auf eine der Decken.

„Ich muss ja zugeben, ich habe von der Sache auf dem Spielplatz erfahren.", gab sie von sich.

„Ja, ich auch.", versuchte sie zu scherzen, doch wurde schnell wieder ernst.

„Hatte Benni wirklich eine Allergie vor den Ferien?"

„Könnte man so sagen. Es tut mir leid, doch ich möchte ungern darüber sprechen. Die ganze Situation ist oder war schon unangenehm genug."

„Da kann ich Sie verstehen. Wichtig ist, dass die Kinder hier heute ihren Spaß haben, und ich muss zugeben, dass Benni und sie wirklich erholt aussehen."

„Für uns hat sich auch einiges geändert.", gab Maggie zu, doch wollte dies nicht weiter erörtern.

Frau Jüngst schien das zu verstehen.

„Sie müssen unbedingt einmal den Schokoladenkuchen versuchen.", sagte eine Frau, die gerade zu ihnen gestoßen war. Sie war in etwa Mitte dreißig und besaß blondes langes Haar.

„Oh, entschuldigen sie beide, dass ich hier so in das Gespräch platze. Ich bin Kathrin, Mutter von Saskia."

„Ich bin Maggie. Schwester von Benni.", gab sie zurück.

„Ich sage nochmals, versuchen sie den Schokoladenkuchen. Der schmeckt richtig gut.", bekundete sie ein erneutes Mal.

„Ist der von Ihnen?", fragte Maggie lächelnd.

„Nein, leider nicht.", lachte Kathrin.

Die Frauen wurden immer mehr und Maggie versuchte sich, in diverse Gespräche zu integrieren. Einen kleinen Blick legte sie stets wieder auf Benni, um zu sehen, dass er an Ort und Stelle war. Bereits aus der Ferne konnte Maggie erkennen, dass ihm die Veranstaltung viel Vergnügen bereitete. An jener ausgebreiteten Decke war eine Person, welche den Kindern beim Basteln half. Sie sah auch, dass einige

Blicke ihre Person überflogen, doch vernahm jene intensiver, die sich einfach mit ihr unterhielten.

Die Stimmung wurde lockerer und auch Maggie holte sich irgendwann zwei Stück Kuchen und aß diese genüsslich. Sie gesellte sich ebenfalls einmal zu ihrem Bruder. Der aber war vollkommen im Fieber und konnte es kaum erwarten, seinen Drachen steigen zu lassen.

Der Platz wurde voller und da nach etwa einer Stunde viele Drachen ihren ersten Flug starten wollten, verteilten sich die Kinder auf der Wiese. Erste Kinder konnte Peter bereits zehn Meter vor sich sehen. Benni, den er stets im Auge behielt, war etwa fünfzig Meter von den Bäumen entfernt. Er musste allmählich versuchen, ihn irgendwie weiter nach hinten zu locken. Maggie stand in der Nähe des Essenstands, der etwa hundert Meter von ihm entfernt war. Er beobachtete sie und sah dadurch, dass sie stets ein Auge auf ihren Bruder warf. Die Situation erwies sich als nicht einfach.

Die Veranstaltung war in vollem Gange und dies war der Zeitpunkt, an dem seine geplante Entführung am besten stattfinden konnte. Peter ging zum Lieferwagen und holte drei Drachen heraus. Er hatte sie extra in einem Spielwarenmarkt gekauft. Für ihn waren es drei Versuche zum Erfolg. Er nahm sie an sich und stellte sich wieder hinter die Bäume. Leisen Schrittes suchte er ein kleines Schlupfloch. Er beobachtete, wie die Kinder ihre Drachen steigen ließen. Sein Augenmerk blieb auf Benni. Sobald er einen Blick nach hinten schweifen ließ, wollte er den Drachen sichtbar an das

Ende des Waldes platzieren. Er musste seine Aufmerksamkeit dafür bekommen.

Just verfang sich der Drache eines kleinen Mädchens in den Baumspitzen. Sie rannte in Peters Nähe und er zog den Drachen zurück, da sich ihre Mutter mit ihr näherte. Auch Benni schaute in dessen Richtung und beobachtete, wie Mutter und Tochter den Drachen aus den Blättern zogen. Einer der Elternteile durfte Peter definitiv nicht entdecken. Nach kurzer Zeit konnte das Mädchen ihren Drachen retten und ging etwas weiter nach unten auf die Wiese, um ein weiteres Mal des Verfangens zu verhindern.

Peter versuchte es ein weiteres Mal. Ein anderer kleiner Junge lief auf den von ihm auf den Boden gelegten Drachen zu. Er ließ die Schnur los und ließ den kleinen Jungen den Drachen nehmen und sah zu, wie er damit von dannen zog. Peter griff sich den zweiten mitgebrachten Drachen. Es blieben ihm somit nur noch zwei Versuche.

Benni versuchte, stets seinen selbst gebauten Drachen steigen zu lassen, Maggie stand weiterhin bei den anderen Frauen. Ein Windstoß ließ nun auch seinen Drachen in seine Richtung fliegen. Ehe dieser jedoch in den Baumspitzen hängen bleiben konnte, fiel er zu Boden. Etwa drei Meter vor Peter. Dies war seine Chance. Er legte den Drachen zwischen zwei Geäste und flatterte mit diesem hin und her. Benni hob seinen Drachen auf und blickte zu jenem von Peter. Peter wurde nervös, weil er nun alles richtig machen musste.

Kein anderes kleines Kind war bei Benni und er wedelte mit dem Drachen herum. Rief flüsternd seinen Namen. *Benni.*

Benni. Benni. Benni kam daraufhin näher. Der Kleine wollte den Drachen fassen, doch in jenem Moment zog Peter diesen, weiterhin versteckt hinter dichtem Gebüsch, weiter zu sich. So weit bis Benni letztendlich hinter den Büschen verschwand und Peter ihn sich packen konnte. Er griff nach dem in Chloroform getränkten Tuch und legte es Benni auf den Mund.

„Zufälle können gutes herbeibringen.", sagte er leise und ehe Benni hätte schreien können, war er längst in Peters Armen versackt.

Maggie hatte sich angeregt unterhalten und als sie nun wieder suchend nach Benni blickte, sah sie ihn nicht mehr. Sie hatte sich eigentlich gerade von den drei neu kennengelernten Frauen verabschiedet, um ihrem kleinen Bruder beim Drachensteigen Gesellschaft zu leisten. Sie versuchte, ruhig zu bleiben. Ging etwas weiter nach oben. Dort, wo sie Benni zuletzt gesehen hatte.

„Hast du Benni gesehen?", fragte sie einen kleinen schwarzhaarigen Jungen.

„Wer ist Benni?", fragte dieser nur.

„Benni?", rief sie in die Menge. Ihr Ruf fiel nicht zu sehr auf, da einige ihre Kinder ab und an suchten.

Irgendwann kam ein Mädchen auf sie zu und sagte, dass ein kleiner Junge in den Wald gelaufen sei. Maggies Herz begann zu rasen.

„Weißt du, ob er ein rotes T-Shirt anhatte?", fragte sie das Mädchen.

Sie nickte nur bejahend und ging weiter.

Maggie blieb nichts weiter übrig, als zum Waldrand zu gehen und dort nach ihrem Bruder zu suchen. Sie stellte sich dicht an die Bäume und rief nach ihm. Maggie bekam keine Antwort, doch hörte ein Rascheln, als würde jemand dort laufen.

„Benni, bist du hier?", rief sie fragend und lief weiter in den Wald hinein.

Sie bemerkte nicht, dass Peter längst auf sie wartete. Kaum war Maggie hinter den Bäumen verschwunden, griff auch er von hinten um sie und drückte ihr ein in Chloroform getränktes Tuch auf Mund und Nase. Sie versuchte, sich zu wehren, wollte aufschreien, doch es war zu spät.

Peter war stolz auf sich. Sein Herz schlug höher vor Freude. Keiner der Veranstaltungsgäste schien zu bemerken, dass Maggie und Benni verschwunden waren. Zu viel Trubel herrschte auf der Veranstaltung. Er hatte sie auf die Fläche des Lieferwagens gehoben und vorerst ihre Hände auf dem Rücken zusammengebunden. Er war sich unsicher, wie lange sie betäubt sein würden. Nur wollte er nicht allzu lange mit dem Lieferwagen an Ort und Stelle bleiben. Er schloss die Schiebetür von außen und setzte sich auf den Fahrersitz des Transporters, um an eine entlegenere Stelle zu fahren. Sein Ziel war eine abgelegene Waldstelle, an der er niemanden vermutete. Es war der Tag gekommen, an dem er sich endlich an Geschehenem rächen konnte. Kein David war da, um den beiden helfen zu können. Maggie und Benni waren allein. Sie waren auf sich gestellt. Würde Peter alles richtig anstellen, hätten sie keinerlei Chance, sich zu verteidigen. Peter startete den Motor und fuhr für eine knappe halbe Stunde den Spessart entlang. In einem Naturschutzgebiet machte er Halt. Knapp einen Kilometer von der Straße entfernt. In der Dichte des Waldes blieb er stehen und schaltete den Motor ab.

Kapitel 25

Peter stieg aus und begutachtete die Umgebung. Das Einzige, was zu hören war, war das Zwitschern der Vögel und ein etwas weiter entferntes Rauschen eines Bachs. Er öffnete die Schiebetür des Lieferwagens erneut und konnte sehen, dass beide weiterhin reglos auf dem Boden lagen. Er widmete sich vorerst Maggie, da sie stärker, als Benni war. Sicher würde sie bald aufwachen. Er verband lange Kabelbinder miteinander und schnürte sie fest um ihre Handgelenke. Er befestigte ein dickeres Seil um die Mitte herum und band es daraufhin an eine Stange, in der linken Ecke der Ablagefläche. Er nahm sich ein Tuch und rollte es zusammen. Peter spannte es zwischen Maggies Mund und knotete es hinter ihrem Kopf zusammen. Mit Benni machte er dies beinahe gleich. Er setzte ihn in die rechte Ecke des Lieferwagens und band ihn fest. Mit Klebeband verschloss er seinen Mund. Peter stellte sich entfernter vor sie und begutachte sein Werk. Nun mussten sie nur noch aufwachen.

Maggie war leicht schwindelig. Langsam öffnete sie ihre Augen und versuchte, ihre Umgebung wahrzunehmen. Sie hoffte, dass all dies nur ein Traum gewesen war. Die Konturen wurden kräftiger und es wurde ihr bewusst, dass sie wirklich in einem Lieferwagen war. Der Versuch, sich zu bewegen, scheiterte. Ihre Handgelenke begannen beim kleinsten Ruck zu schmerzen. Sie war gefesselt, ihr Mund von einem Tuch belegt. Sie schaute sich weiter um und sah ihren kleinen Bruder in der Ecke neben sich sitzen. Gefesselt und den Mund mit Klebeband verschlossen. Benni hatte seine Augen noch geschlossen. Sie versuchte, seinen Namen auszusprechen, doch es kam lediglich ein Quieken heraus. Die Tür des Wagens war einen Spalt weit geöffnet und der Geruch von Zigarettenrauch kam hindurch. Maggie wurde nervöser und ihre Angst steigerte sich. Die Tür öffnete sich weiter und es war wirklich Peter, der hineingestiegen kam. „Na, wer ist denn endlich aufgewacht?", fragte er arrogant und in klarem Ton.

Maggie schaute ihn mit müden Augen an, zappelte auf dem Boden herum. Peter kniete sich vor sie und strich ihr durch das Haar.

„Bleib ganz ruhig, Maggie. Es kann dir sowieso keiner helfen.", begann er. „Wie habt ihr zwei euch das eigentlich gedacht? Ihr werdet von eurem goldenen Reiter gerettet und habt fortan ein schönes Leben? Du musst verstehen, dass ich ziemlich wütend über die ganze Situation bin."

Maggie begann fürchterlich zu zittern. Peters Schnapsfahne schoss ihr in die Nase und ihr wurde übel davon. Schon die ganze Zeit über hatte sie das komische Gefühl gehabt, dass Peter nicht einfach aufgeben würde. Doch was hatte er jetzt nur mit ihnen vor? Maggie hätte gerne etwas gesagt, ihn auf ihre Mutter angesprochen oder ihn fragen wollen, welch kranke Persönlichkeit er besitzt.

„Der nächste öffnet seine Äuglein.", sagte er und richtete seinen Blick auf Benni.

Der kleine Junge wusste gar nicht, wie ihm geschah und stand neben sich. Er rutschte voller Nervosität auf dem Boden herum und man konnte heraushören, dass er versuchte zu schreien. Benni hatte dennoch keine Chance, dies zu tun. Maggie blickte zu ihrem Bruder und schüttelte ihren Kopf, um ihn zur Stille zu ermahnen. Benni jedoch wurde Sekunde um Sekunde unruhiger. Seine Augen wurden röter und dicke Tränen rannen über seine Wangen und das Klebeband. Seine Hose zeigte, dass er aus Angst urinierte.

„Würdest du dich bitte wieder beruhigen, Benni.", ermahnte ihn Peter.

Benni jedoch tat das Gegenteil.

„Benni!", ermahnte ihn Peter lauter werdend.

Maggie versuchte nochmals ihren Bruder mit einer Geste zum Ruhigsein zu bewegen. Er tat dies aber nicht.

„Sei jetzt verdammt nochmal still, du kleiner Mistkerl!" Peter holte aus und schlug Benni mit flacher Hand ins Gesicht. Sein Kopf fiel zur Seite und etwas benommen, schaffte er es lediglich, weiter zu weinen. Maggie holte aus Affekt aus und trat nach Peter. Ihr Fuß landete in seiner Magengrube und der Stoß ließ ihn nach hinten fallen. Peter rappelte sich schnell wieder auf, kam Maggie näher und umfasste mit einer Hand ihre Kehle. Er drückte ihren Kopf an die Eisenstange hinter ihr.

„Ich werde euch vernichten!", sagte er wutentbrannt. „Eure Mutter vermisst euch eh nicht. Kann sie auch gar nicht."

Maggie zog ihre Augen fragend zu einem Schlitz, während sie sich bemühte, atmen zu können.

„Ihre täglichen Medikamente schirmen sie von der Realität ab, weißt du. Sie besitzt, seitdem sie mich kennt, lediglich eine Art Tunnelblick. Sie lebt in ihrer eigenen Welt. In dieser ist sie allein mir ergeben."

Maggie konnte nicht verstehen, wie er das meinte, konnte sich aber auch kaum auf seine Worte konzentrieren. Umso mehr er sprach, desto fester drückte er ihren Hals zu.

„Aber sprechen wir doch nicht nur von eurer Mutter. Elsa ist das geringste Problem an der ganzen Sache. Ihr zwei macht mir mein Leben zunichte. Ohne euch wäre doch alles viel einfacher."

Maggie verstand weiterhin nur Bahnhof. Was sollte das mit den Medikamenten? Auf was hatte es Peter abgesehen? Was für eine Person war er? Wer war er?

Benni wurde wieder mobiler und als hätte der Schlag in sein Gesicht nie stattgefunden, versuchte er sich wieder zu befreien.

Benni, bitte hör auf damit. Er wird dir wehtun, dachte sich Maggie. Sie erinnerte sich an die Worte von Benni: *Er wird uns wieder wehtun.*

Maggies Augen füllten sich mit Tränen. Ihre Angst war enorm und sie wünschte sich ein Wunder herbei. Ob denn jemand mitbekommen hatte, dass die beiden von der Veranstaltung verschwunden waren? Sie hätte zu gerne gewusst, wie spät es war. Vielleicht würde David sie bereits dort suchen.

Endlich ließ Peter von ihr. Maggie atmete schwer. Er ging zu Benni hinüber und schaute ihm, beim Versuch sich loszureißen, spöttisch zu.

„Dir ist bewusst, dass du keine Chance hast, oder?", fragte er und legte, wie ein Psychopath wirkend, seinen Kopf schräg auf die Handinnenfläche. Benni schaute mit verweinten Augen zu ihm und zappelte weiter herum.

„Er versteht es nicht, Maggie. Was machen wir da nur?", fragte er sie.

Maggie versuchte ebenfalls, ihre Hände loszubinden. Die Kabelbinder schnitten sich jedoch in ihre Handgelenke. Peter stand auf und lief lockeren Schrittes auf der Fläche Kreise. Seine Finger nachdenklich ans Kinn haltend. Nach einem kurzen Moment streckte er den Zeigefinger nach oben.

„Ich habe es. Für jede Ohrfeige, die ich diesem nervtötenden Bengel gerade geben möchte, bekommst du zwei. So bleibt er verschont."

Maggie glaubte, ihr Herz würde aus ihrem Körper springen. Zum einen hoffte sie weiter auf ein Wunder, zum anderen wollte sie am liebsten aufgeben. All dem ein Ende machen. Peter zeigte eine wahrlich kranke Seite. Nie hätte sie ihn sich, trotz seiner aggressiven Ader, so vorgestellt.

Er kniete sich wieder vor sie und zwischen ihrem und seinem Gesicht waren gerade einmal zwei Zentimeter Abstand.

„Wenn Benni zappelt, dann musst du für ihn leiden, Maggie. Was denkst du? Wird er es verstehen, dass er nur ruhig sein soll, oder wird er dadurch verrückter werden?", flüsterte er zu ihr.

Maggie beantwortete sich die Frage selbst.

„Du könntest es ihm ja auch sagen, doch wo bleibt denn da der Spaß?!", grinste er höhnisch. „Lass es uns doch einfach einmal testen."

Peter ballte seine Hand zu einer Faust und schlug diese in Maggies Taille. Schmerz machte sich in Maggie breit und sie schrie auf. Benni quietschte und weinte in seiner Ecke.

„Tja, er versteht es wohl nicht.", sagte er ihr und der nächste Hieb ging geradewegs in ihre Magengrube. „Ich habe ganz vergessen, wie gut das tut.", sagte er euphorisch und sein Gesichtsausdruck nahm eine furchteinflößende Gestalt an.

„Wir freuen uns schon jetzt auf die Zusammenarbeit mit Ihnen, Herr Schneider.", verabschiedeten sich die drei Männer an der Tür stehend.

„Die Freude ist ganz meinerseits. Ich werde die Entwürfe nochmals der Gemeinde vorlegen und dann können wir sicher bald ans Werk gehen. Ich danke Ihnen beiden für die Mühe."

„Wir haben zu danken.", erwiderte nun David.

„Dann noch einen schönen Sonntag.", wünschte ihnen der Bauherr.

„Ihnen auch, Herr Schneider. Auf Wiedersehen."

„Auf Wiedersehen."

Der Bauherr Schneider ging aus der Tür. Karl und David schauten einander an und nickten lächelnd.

„Wir haben es geschafft, Dad."

„Er schien sehr zufrieden mit der Überarbeitung zu sein.", entgegnete Karl.

„Nun heißt es weiter warten, doch ich hoffe, es dauert nicht allzu lange, bis wir einen Anruf von ihm erhalten."

„Im Normalfall dauert dies maximal zwei Wochen. Sie wollen schließlich demnächst mit den Bauarbeiten beginnen."

„Denkst du wir haben uns darauf ein Bier verdient?", wollte David von seinem Vater wissen.

„Kein Bier vor vier.", lachte er. „Glücklicherweise ist es schon kurz nach."

„Dann hole ich uns eines und rufe gleich noch Maggie an. Mal sehen, ob es sich noch lohnt, zu ihnen zu stoßen."

„Wann wollte eigentlich deine Mutter wiederkommen? Geht so ein Kurs nicht lediglich eine Stunde?"

„Der Kurs geht, soweit ich informiert bin, bis halb vier. Sicher hat sie einige Damen vom Ort kennengelernt und es wird noch etwas getratscht."

„Es würde mich sehr für sie freuen, wenn sie einige Leute kennenlernt."

David gab seinem Vater eine geöffnete Bierflasche in die Hand. „Auf uns, mein Sohn.", sagte er und sie stießen an. Wieder im Garten sitzend, wählte David die Nummer seiner Mutter. Es klingelte.

Maggie konnte nicht einordnen, wie oft Peter auf sie eingeschlagen hatte. Mit jedem Hieb, den sie von ihm bekam, wurde Benni quengliger. Sie war vollends benommen und ihr ganzer Körper schmerzte. Im Raum des Lieferwagens nahm Peter just Vibrationen wahr. Er blickte über die Fläche und bemerkte, dass es aus Maggies Handtasche kommen musste. Mit kleinen Augen folgte Maggie Peter mit Blicken und beobachtete, wie er das Handy aus der Tasche holte. „Es ist David. Ich denke, wir sollten da mal rangehen.", sagte er kindlich.

Maggie konnte nicht verhindern zu weinen. Sie war kraftlos und fühlte sich schwach. Sie konnte lediglich zuhören.

David wollte beinahe auflegen, als er am anderen Ende hörte, wie doch abgenommen wurde.

„Hey Meg, wie ist es bei euch?", begrüßte und fragte er.

„Hallo David.", begrüßte ihn die kühle männliche Stimme.

Karl konnte nur sehen, wie sein Sohn die Bierflasche auf das Gras fallen ließ.

„Meg ist derzeit leider nicht abkömmlich. Soll ich ihr etwas ausrichten?"

Davids Puls raste. Sein Vater schaute fragend zu ihm.

„Peter, wo sind Maggie und Benni?", fragte er in wütendem Tonfall.

„Sie sind bei mir. Dort, wo sie hingehören.", antwortete er deutlich.

David konnte im Hintergrund ein leichtes Stöhnen vernehmen und vor allem Benni war nicht zu überhören.

„Wo zum Teufel sind sie?", fluchte er fragend.

Karl griff nach Davids Hand, um am Handy den Lautsprecher zu aktivieren.

„Weißt du? Ich darf doch *Du* sagen…", begann er und sprach geradewegs weiter, „… die Zeit bei dir scheint vor allem Maggie gutgetan zu haben. Ich wusste vorher gar nicht, wie hübsch sie ist und so weiblich. Wie sie hier so vor mir sitzt, in diesem wunderschönen Kleid. Ihr lockeres Haar."

David atmete hastig, konnte abwehrende Töne von Maggie vernehmen.

„Kannst du sie hören? Ich fahre gerade mit meiner Hand ihren Oberschenkel hinauf. Ich habe ihr hübsches Gesicht nicht angerührt, sollst du wissen."

„Lassen sie die beiden gehen und wagen sie sich…", begann David in den Hörer zu schreien, doch wurde unterbrochen.

„Was soll ich mich wagen, David? Weißt du, wo wir sind? Nein. Sind die zwei auf sich gestellt? Ja. Können die beiden sich wehren? Nein. Ich denke, ich habe die Zügel in der Hand, oder etwa nicht?"

„Möchten sie Geld, dann bekommen sie es.", mischte sich Karl mit ein.

„Wo bleibt denn da der Spaß? Doch danke für das Angebot. Doch wieder zu dir David. Hast du es ihr schon besorgt? So richtig? Ich möchte nur, dass sie nicht auf zu neues Terrain stößt.", sagte er kalt.

David und Karl konnten hören, wie die verneinenden Laute lauter wurden.

„Finger weg, von ihr!"

„Was für ein Mist, wenn man nichts machen kann, oder? Ich muss jetzt leider auflegen, denn es wird Zeit für etwas Zweisamkeit."

Ehe David irgendetwas hätte sagen können, wurde die Verbindung unterbrochen. Er stand unter Schock. Die bittere Wahrheit war, dass er keinerlei Ahnung hatte, wohin Peter sie beide verschleppt hatte.

„Können Mom und du einander orten?", wollte David wissen.

„Wie meinst du das?", fragte er, ebenfalls geschockt.

„Habt ihr eine App auf den Handys, auf der ihr eure Standorte abrufen könnt?", fragte er etwas lauter werdend.

„Nein, haben wir nicht."

„Scheiße!", fuhr es aus ihm heraus.

„Okay, ganz ruhig. Ich rufe die Polizei und du gehst zur Veranstaltung und fragst, ob irgendjemand etwas mitbekommen hat."

David schlug die Hände vor das Gesicht.

„Das habe ich jetzt nicht wirklich gehört, oder?"

Die Männer hatten nicht mitbekommen, dass Britta bereits eine Zeit lang an der Tür lehnte. Karl schaute sie nur an.

„David, los. Ich komme mir dir mit.", sagte sie aufgeregt, doch bestimmend.

„Geh mit deiner Mutter, Junge!", forderte Karl seinen Sohn auf, der in einer Schockstarre zu sein schien, und wählte daraufhin die Nummer des Notrufs.

Kapitel 26

Maggie zitterte am ganzen Körper, als Peter mit seinem Gesicht in ihrem Hals versunken war. Er fuhr an ihm mit seiner Nasenspitze entlang und atmete tief ein, als würde er ihren Duft einsaugen wollen. Maggie versuchte sich, mit dem Gedanken abzulenken, dass David nun Bescheid wusste. Er, seine Familie, würden sie nun suchen.

„Ich habe oft daran gedacht, mich mit dir zu vergnügen, weißt du das, Maggie? Sollen wir Benni zusehen lassen?" Maggie drehte ihren Kopf zur Seite, wollte eine Abwehrstellung einnehmen. Sie hoffte innigst, dass Peter nicht wirklich vorhatte, sich an ihr zu vergehen. Dass er sie nur provozieren wollte. Es schien jedoch nur ein Wunschdenken zu bleiben. Peter fuhr mit seinen Händen die Außenseite ihrer Oberschenkel hinauf und ergriff die Seiten ihres Slips, um diesen herunterzuziehen. Sie versuchte, es zu unterbinden, doch dies erleichterte es Peter noch besser, ihn ihr auszuziehen. Benni trippelte aufgelöst mit seinen Beinen auf den Innenboden des Lieferwagens. Peter, der in Bezug auf den kleinen Jungen sehr genervt war, brachte ihn deshalb mit einem derben Faustschlag zum Schweigen.

Maggie schrie verzweifelt auf. Peter kam ihr wieder näher und öffnete vor ihr seine Hose. Er ließ sie ihren Blick auf seinen steifen Penis richten. Sie schüttelte verneinend ihren Kopf nach rechts und links. Sie zitterte, ihr Herz pochte wie wahnsinnig.

„Siehst du, wie geil du mich machst, Maggie?!"

„Nein!", kam es fast deutlich, trotz des Tuches in ihrem Mund, herausgeplatzt.

„Hab dich nicht so. An deiner Stelle würde ich mich nicht wehren."

Maggie versuchte all ihre letzte Kraft zusammen zu nehmen und trat mit ihren Beinen um sich, um zu verhindern, dass Peter ihr näher kommen konnte.

„Du willst es also auf die harte Tour.", fauchte er.

Peter schnappte sich ihre Fußgelenke und zog sie ruckartig an sich. Die Kabelbinder schnitten sich dadurch weiter in Maggies Fleisch. Er fasste sie festen Griffes an den Oberschenkeln, so dass sie sich kaum noch von ihm lösen konnte. Er legte sein ganzes Gewicht auf sie und drang mit einem festen Stoß in sie ein. Maggies Geräusche klangen kläglich und verletzt.

Peter umgriff erneut mit einer Hand ihren Hals. Er stieß schnell und fest zu, mit enormer Brutalität.

Maggie, die kaum noch atmen konnte und deren Schmerzen im Körper kaum auszuhalten waren, schloss die Augen, da sie wusste, sie könne dem nicht entkommen. Peter stöhnte voller Lust und genoss es, die Gewalt über die derzeitige Situation zu besitzen. Sie war ihm vollends ausgeliefert. Maggie konnte nur hoffen, dass es so schnell wie möglich vorbei war. Doch es würde ihr so oder so, wie eine Ewigkeit vorkommen.

„Wir können keine vierundzwanzig Stunden warten.",
schrie Karl die Polizei über das Telefon an. „Er hat uns
schließlich am Telefon bestätigt, dass er sie entführt hat."
„Bitte behalten Sie einen normalen Ton, Herr Denz.", entgegnete es ihm aus der anderen Leitung.
Karl versuchte, seine Tonlage zu mindern.
„Bitte suchen Sie nach ihnen. Die zwei sind in großer
Gefahr."
„Ich werde Ihre Personenbeschreibungen an die derzeitigen
Streifen weitergeben und melde mich bei Ihnen, sobald wir
etwas wissen. Mehr können wir jetzt nicht tun."
„Danke.", sagte Karl stur und legte auf. Er war wütend
darüber, dass sie ihm damit kamen, was Peter über Maggie
und Benni in die Welt gesetzt hatte. Er konnte nur hoffen,
dass der Beamte es auch wirklich weitergeben würde.
Britta und David kamen nach einer guten halben Stunde
wieder nach Hause. Sie hatten keinerlei Erfolg gehabt. Niemand der Anwesenden hatte etwas mitbekommen. Die
meisten dachten, dass Maggie und Benni lediglich die Veranstaltung verlassen hatten.
Karl beschloss, mit David loszufahren und die Umgebung
abzusuchen. Britta sollte zu Hause bleiben, falls sich hier
jemand melden würde.
Es schien ein Rennen gegen die Zeit zu sein, so zumindest
fühlte es sich für David an. Er hatte große Angst um Maggie
und Benni. Befürchtete Schlimmes.

Befriedigt stand Peter draußen vor dem Lieferwagen, zog an seiner Zigarette und nahm einen genüsslichen Schluck aus seinem Flachmann. Es bildeten sich Wolken am Himmel und die Sonne verschwand dahinter. Es schien sich ein Gewitter anzubahnen. Bei den hitzigen Temperaturen kein Wunder, dachte er sich. Er blickte in den Lieferwagen hinein und begutachtete sein Werk. Benni war wach, doch blickte nur aus kleinen Augenschlitzen. Seine linke Mundseite war geschwollen. Maggie ließ ihren Kopf nach vorne gebeugt hängen. Tränen liefen ihr über das Gesicht und tropften auf ihr Dekolleté. Ihr ganzer Körper zitterte und leichte Flecken von Blut waren an ihren Innenschenkeln zu sehen.

Peters Rachefeldzug war ein voller Erfolg gewesen. Nun musste er überlegen, wie er weiter verfahren würde. Sein eigentlicher Plan war es, die beiden nicht mehr lebend in seiner Nähe zu haben. Peters Gedankengänge wurden je unterbrochen, als er aus der Ferne laute Motorengeräusche vernahm. Er schaute in jene Richtung, aus der sie kamen. Es waren zwei Fahrzeuge von Waldarbeitern.

Das kann doch jetzt nicht wahr sein, dachte er sich. Sie kamen immer näher und das bedeutete, dass er von hier verschwinden musste.

Diese Durchkreuzung seines Planes gefiel ihm ganz und gar nicht und er wurde leicht nervös. Er schlug die Schiebetür zu und stieg in das Auto. Die Vehikel kamen näher. Er startete den Motor und fuhr davon. Er musste eine andere Strecke fahren, um nicht an ihnen vorbeizumüssen. Er fuhr über einen Schotterweg durch das Waldgebiet hindurch und stand nach etwa zehn Minuten an einer Straßenkreuzung. Peter war just überfordert, wo er nun hinfahren sollte. Er musste wieder dichter in den Wald kommen und nicht weiter von dort hinaus. Er entschied, weiter zu fahren und darauf zu hoffen, dass er eine passende Einbiegung erreichen würde. Peter fuhr die Bundesstraße entlang und dachte stetig nach. Keine fünf Minuten später kam er an einer scharfen Kurve entlang. Peter war gerade vollends in Gedanken versunken und bemerkte dadurch nicht, dass er die andere Straßenseite schnitt. Das Hupen des entgegenkommenden Autos ließ ihn zur Obacht erinnern, doch es war zu spät. Peter erschrak derart, dass er ins Schleudern geriet. Er verlor die Gewalt über den Wagen, fuhr quer über die Straße und prallte frontal gegen einen dicken Baumstamm. Peters Kopf knallte mit voller Wucht auf die obere Hälfte des Lenkrads. Sein Sitz rutschte durch den Aufprall nach vorne und klemmte seine Beine im Fahrzeug ein. Noch für einen kurzen Moment hielt er seine Augen geöffnet, doch verlor wenige Sekunden später das Bewusstsein. Auch Maggie und Benni ereilte eine Ohnmacht. Durch den plötzlichen Aufprall stießen ihre Köpfe rücklings an die Wand im hinteren Teil des Transporters.

„Leo, halt hier an.", befahl er seinem Kumpel. Es waren zwei junge Männer Anfang zwanzig, welche von dem Transporter geschnitten worden waren. Markus, der Fahrer, parkte das Auto mit Warnblinker an der Straßenseite.

„Steig aus und stell das Warndreieck hinter dem Transporter auf. Ich rufe einen Krankenwagen.", sagte Markus ihm.

Leo eilte hinter das Auto und griff sich das Dreieck aus dem Kofferraum. Sein Kumpel Markus suchte in voller Hektik sein Handy. Vor Schock ließ er es auf den Boden des Autos fallen und begann wieder danach zu suchen. Leo rannte ein Stück weit hinter den Transporter und stellte das Dreieck auf. Er lief zurück, um zu sehen, wie es den Insassen geht. Die Windschutzscheibe war gesprungen. Leo öffnete die Fahrertür und sah den Kopf des dunkelhaarigen Mannes seitlich auf dem Lenkrad liegen. Eine Alkoholfahne stieg ihm entgegen. Er konnte sehen, dass seine Beine einge-klemmt waren.

„Hallo, können Sie mich hören?", fragte er laut.

Markus, der bereits telefonierte, stellte sich zu Leo.

„Sie wollen wissen, ob er einen Puls hat."

Leo griff dem Mann an den Hals und fühlte danach. Leo nickte bejahend und Markus gab die Information weiter. Er forderte Leo auf, die Schiebetür zu öffnen. Der Notruf wollte sicher wissen, ob es noch weitere Verletzte gab, dachte er sich. Als er diese zur Seite aufschob, stockte ihm der Atem. Er wollte nicht wahrhaben, was er da sah.

„Was ist, Leo?", fragte Markus ihn.

Leo zeigte zwei Finger nach oben und schluckte, um sich nicht übergeben zu müssen.

„Sie sollen die Polizei mitbringen.", sagte er kurz.

Kapitel 27

Markus wurde gesagt, dass Krankenwagen und Polizei in Kürze am Unfallort eintreffen würden und sie bitte so lange dortbleiben sollten. Leo hatte seinen ersten Schock überwunden und stieg in den Lieferwagen hinein. Markus folgte ihm. Wie es dem Fahrer ging, war ihnen nach dieser Erkenntnis vollkommen egal gewesen. Sie beide wollten nur noch wissen, wie es dem kleinen Jungen und der jungen Frau ging.

Markus richtete sich an ihn und Leo an sie. Beide konnten schnell feststellen, dass die zwei noch einen Puls hatten. Sie kamen sich vor, wie in einem Thriller. Sie waren sich unsicher, ob sie die beiden von den Fesseln lösen oder auf die Polizei warten sollen.

„Hey Kleiner, kannst du mich hören?" Markus strich ihm über den Arm, sah seine Schwellung im Gesicht.

Leo war geschockt, wie die junge Frau vor ihm lag. Er sah das Blut und ihre Blutergüsse. Ihr Gesicht war blass vor Kraftlosigkeit.

„Hallo, kannst du mich hören?", fragte er.

Maggie raunte. Leo fasste ihr vorsichtig an die Schulter und sie zuckte zurück. Er entfernte seine Hand wieder.

„Ich bin Leo. Ich werde dir nur das Tuch abnehmen, ja?!" Vorsichtig griff er hinter ihren Kopf und löste den Knoten und nahm das Tuch ab, an welchem etwas Blut haftete. Maggie hustete leicht.

„Der Krankenwagen ist unterwegs. Kannst du mir sagen, wie du heißt?"

„Meg.", antwortete sie zaghaft.

Leo hörte ein *Ratsch*, welches entstand, da Markus auch dem kleinen Jungen das Klebeband abzog. Benni schien es nicht gespürt zu haben, denn er gab keine Reaktion von sich.

„Benni?", sagte Maggie fragend.

„Der kleine Junge meinst du?"

Maggie nickte kurz, ihre Augen blieben geschlossen. Ihr Kopf dröhnte. Sie wünschte sich, jegliches Körpergefühl zu verlieren.

„Er ist hier. Er atmet.", sagte Markus zu ihr, auch wenn es ihm Angst machte, dass er nicht aufwachte.

„Gleich wird Hilfe da sein.", versprach Leo nochmals.

Karl und David fuhren in der Nähe der Wälder entlang. Sie hielten an diversen Wanderparkplätzen, da sie sich sicher waren, wenn er sie entführte, würde er einen Ort im Wald wählen. Sie mussten sich jedoch eingestehen, dass dies lediglich ein Versuch war. Es könnte auch sein, dass sie eine komplett falsche Richtung einschlugen. Aus der Ferne hörten sie Sirenen und mit ihnen klingelte Karls Handy.

„Denz.", meldete er sich seinem Gegenüber.

„Hier ist Klahm vom Revier. Sie wurden gefunden. Es gab kurz vor der Autobahn nach Würzburg einen Unfall mit einem Lieferwagen auf der Bundesstraße. Maggie und Benni sind auch darin. Krankenwagen und Polizei sind auf dem

Weg. Sie werden sie ins Krankenhaus nach Lohr am Main bringen.", gab er die Details bekannt.

„Danke für ihren Rückruf.", entgegnete Karl und legte auf.

„Die Sirenen haben etwas damit zu tun, nicht wahr, Dad?", zitterte Davids Stimme.

„Ja. Es gab einen Unfall. Hier auf dieser Strecke."

Die Sirenen kamen näher und zwei Krankenwagen, die Feuerwehr und ein Polizeiauto fuhren an ihnen vorbei. Mit einem Gedanken habend, stiegen sie in das Auto und fuhren den Einsatzkräften hinterher.

„Wir wussten nicht, ob wir die Fesseln entfernen sollen. Wir haben ihnen lediglich die Münder befreit.", sagte Leo hastig, als die Polizei mit ihm zu sprechen begann.

„Das ist in Ordnung.", entgegnete ihm der Beamte.

„Sie sagten, er hat sie geschnitten?", wollte er wissen.

„Ja, als er um die Kurve fahren wollte. Wir konnten gerade noch ausweichen. Markus hat zur Warnung gehupt und der Fahrer geriet ins Schleudern."

Ein weiterer Polizist begann die Straße abzusperren. David und Karl parkten vor der aufgestellten Absperrung und stiegen aus.

„Wo sind sie?", wollte David wissen und lief dem Beamten entgegen, der sich gerade mit Leo unterhielt.

„Sie sind?", fragte der ernst, als hätte er etwas gegen die Einmischung in das Gespräch gehabt.

„David Denz, ihr Freund. Einer ihrer Kollegen hat meinen Vater angerufen."

„Die Sanitäter sind gerade bei ihnen. Bitte warten Sie hier.
Sie können gerne mit dem Krankenwagen mitfahren."
David lief nervös auf und ab, entschied sich jedoch dagegen,
zu warten.
„Hey!", rief der Beamte, doch Karl versuchte, ihn zu besänf-
tigen.
„Bitte, lassen Sie ihn. Er wird sie sicher nicht behindern."
Der Polizist hob die Augenbrauen und beließ es dabei. Er
wendete sich wieder den zwei jungen Männern zu. Karl
beobachtete das Geschehen. Zwei Sanitäter, welche sich um
Maggie und Benni kümmerten, den Polizisten, welcher das
Gespräch führte. Ein weiterer, der nach aufgestellter
Absperrung etwas über Funk durchsagte und er sah zu, wie
die Feuerwehr versuchte, Peter aus dem Auto zu holen. Ein
weiterer Sanitäter, der auf dem Beifahrersitz saß, leistete derzeit erste Hilfe. Karl hoffte, dass er es nicht überleben
würde, sein Herz just aufhören würde zu schlagen. Er
wählte die Nummer des Hausanschlusses, um Britta zu
informieren und sie zu bitten, ins Krankenhaus gefahren zu
kommen.

David stand an der Schiebetür und es blieb ihm lediglich die
Möglichkeit anwesend zu sein. Er durfte die Sanitäter nicht
bei ihrer Arbeit behindern. Was er sah, füllte seine Augen
mit Tränen. Sie versuchten Benni wach zu bekommen, doch
er reagierte nicht. Maggie raunte nur Belangloses vor sich
her. Er hörte, wie die Sanitäter stets etwas von eventuellen
Kopfverletzungen vor sich hersagten. Die Sanitäter durch-

trennten Seil und Kabelbinder, um die Hände der beiden zu befreien. Nach der Ersten Hilfe holten sie zwei Tragen, um sie schleunigst ins Krankenhaus fahren zu können. Peter würde mit dem zweiten Krankenwagen abtransportiert werden. David versuchte, keinen Blick in seine Richtung zu verschwenden. Er hätte sonst nicht gewusst, welche Reaktion dies bei ihm auslösen würde. Er hoffte nur, wie sein Vater, dass er noch an Ort und Stelle sterben würde. David kam sich im jetzigen Moment so machtlos und unnütz vor. Karl ging zu seinem Sohn herüber und legte eine Hand auf seinen Rücken.

„Komm David, lass uns gemeinsam ins Krankenhaus vor-fahren. Deine Mutter kommt auch dorthin."

„Schau nur, was er mit ihnen gemacht hat. Benni wacht nicht auf. Er hat Maggie verg…" David wollte es nicht aus-sprechen. Er war verzweifelt und Karl zog ihn an seine Schulter. Die Sanitäter brachten die Tragen nacheinander in den Krankenwagen und baten um Platz.

„Lass uns fahren, mein Sohn. Die beiden brauchen uns dort."

Im Krankenhaus schien eine Ewigkeit zu vergehen. Britta kam bereits kurze Zeit später dort an. Karl holte ihnen allen einen Kaffee aus dem Automaten. Karl lief im Gang auf und ab, während Britta neben ihrem Sohn, eine Hand auf seiner abgelegt, saß. David hatte den Kopf gesenkt und versuchte Tränen, welche sich in seinen Augen breitmachten, zu ver-drängen. Das Einzige, was er wollte, war zu wissen, dass es dein beiden gut ging. Viele Ärzte und Schwestern liefen an ihnen vorbei, doch keiner wollte zu ihnen. Umso mehr Zeit verging, desto angespannter wurden sie. Nach gefühlten zwei Stunden kam ein Arzt auf sie zu.

„Sie sind Familie Denz, nehme ich an."

Alles standen sie nun aufrecht und nickten bejahend.

„Ich bin Doktor Lehnert und behandle Frau Krüger und ihren kleinen Bruder.", stellte er sich ihnen vor.

„Wie geht es den beiden?", wollte David endlich wissen.

„Sie sind beide stabil. Sie haben bei dem Aufprall zum Glück keine größeren Gehirnverletzungen erlitten. Beide haben eine Gehirnerschütterung davongetragen. Den Kleinen hat es etwas mehr getroffen, deswegen hat er nicht reagiert. Für einen kleinen Jungen spielt der Stressfaktor in einer solchen Situation ebenfalls eine große Rolle."

„War er hier schon bei Bewusstsein?", fragte Britta.

„Kurzweilig. Wir konnten auch mit ihm sprechen. Nun schläft er wieder und sein Zustand wird aller halben Stunde von einer Schwester kontrolliert. Er hat eine stark geschwollene Wange, welche durch einen derben Schlag entstanden sein muss, und seine Handgelenke haben etwas unter den Kabelbindern gelitten. Im Endeffekt hatte er großes Glück. Er benötigt Ruhe, um sich von den Strapazen zu erholen."

„Liegt er auf der Kinderstation?", fragte Karl.

„Ja, Zimmer 27. Sie können ab sofort zu ihm."

David war überglücklich, zu hören, dass es Benni weitestgehend gut ging. Um Maggie machte er sich weiterhin große Sorgen.

„Was ist mit Maggie? Wie geht es ihr?", fragte er schließlich leicht drängend.

Dr. Lehnert atmete tief ein und aus.

„Ihr Körper weist ab der Bauchgegend mehrere Spuren von äußerlicher Gewalteinwirkung auf. Innere Verletzungen konnten wir ausschließen. Sie muss sich sehr angestrengt haben, die Kabelbinder lösen zu wollen, da diese in beide Handgelenke bis zu einem Zentimeter tief ins Fleisch geschnitten haben. Ihr Hals weist Würgemale auf und…", unterbrach er kurz. Den Blicken zu urteilen wussten die drei, was er zu sagen hatte.

„Wie schlimm?", wollte Karl wissen und der Arzt wusste, was er damit meinte.

„Er ging brutal vor. Sie hatte ebenfalls leichte Blutspuren an ihren Innenschenkeln. Tut mir leid, wenn ich es Ihnen so direkt sage."

Davids Körper durchdrang es, als hätte er an einen elektrisch geladenen Zaun gefasst.

„Sobald Frau Krüger wach ist, muss sie von einer Gynäkologin untersucht werden und eine Schwester wird ihr die Pille für danach verabreichen."

„Also war sie noch nicht wach?", fragte Britta.

„Sie schien sehr neben sich zu stehen und laut den Sanitätern hat sie im Krankenwagen erneut das Bewusstsein verloren."

„Weiß man schon etwas von ihm?", fragte Karl ernst und kühl.

„Er liegt mit einem Schädelhirntrauma auf der Intensivstation.", antwortete er wahrheitsgemäß.

„Wie stehen seine Chancen?", wollte David wissen.

„Fünfzig, fünfzig. Mehr kann ich derzeit nicht sagen."

„Kann ich zu Maggie?", fragte er rasch weiter.

„Zimmer 121 im ersten Stock."

„Danke.", sagte er kurz und ging davon.

„Lass uns nach Benni schauen, Karl.", forderte Britta ihren Mann auf.

„Ja, gehen wir. Danke, Dr. Lehnert."

Kapitel 28

Britta saß an der einen Seite und Karl an der anderen Seite von Bennis Bett. Beide hielten seine Hand. Britta strich ihm über sein kleines Köpfchen und sprach mit ihm, als wäre er wach. Sie wollte es nicht wahrhaben, wie jemand so etwas tun konnte. Der arme kleine Junge, dachte sie sich. Er hatte schon so viel durchmachen müssen und nachdem er endlich ein Kinderleben führen konnte, da holte ihn alles wieder ein.

„Durst.", hörten sie ihn beide leise sagen.

„Benni, bist du wach?", fragte Britta ihn.

„Ich habe Durst.", sagte er nochmals und öffnete langsam die Augen.

Karl griff nach dem Schnabelbecher, welchen sie hier für die Kinder bereitstellten. Er hob Bennis Kopf leicht an und führte den Becher an seinen Mund.

„Aber nicht zu hastig.", forderte er ihn liebevoll auf.

Benni nahm einen Schluck Wasser daraus. Karl wollte den Becher wieder bei Seite stellen, doch Benni wollte noch mehr davon. Drei Schlucke später, legte Karl seinen Kopf wieder sanft auf dem Kopfkissen ab.

Benni blickte im Wechsel zu den beiden.

„Ihr seid hier.", sagte er erschöpft.

„Natürlich sind wir hier.", sagte Britta zu ihm.

„Wo ist Maggie?", wollte er wissen.

„Sie ist in einem anderen Zimmer, Benni.", antwortete Karl.

„David ist bei ihr."

„Ich bin müde."

„Dann schlafe dich aus. Es wird dir guttun." Britta bekam bei ihm stets Muttergefühle.

„Lasst ihr mich allein?" Leichte Tränen füllten seine Augen, die noch immer rotgefärbt waren. „Ich habe Angst zu schlafen."

„Wir lassen dich nicht allein, Benni. Versprochen. Einer von uns dreien wird immer bei dir sein. Karl, David oder ich."

„Dann schlafe ich jetzt."

Benni schloss die Augen und Britta blickte wehmütig zu ihrem Mann hinüber.

David hatte seinen Stuhl, so dicht es ging, an Maggies Bett geschoben. Er saß an ihrer Seite und streichelte ihren Unterarm. Die Wundheilbänder um ihre Handgelenke hätten verlauten lassen können, dass Maggie einen Selbstmordversuch hinter sich hatte. Ihr Gesicht besaß kaum Farbe. Ihr Hals war stark von Würgegriffen gerötet. Niemand von ihnen allen hätte dies am heutigen Tag vermutet. Es war schließlich eine öffentliche Veranstaltung. Wie konnte Peter es geschafft haben, sie genau dort zu erwischen? Jedoch war es passiert und nun konnte keiner mehr etwas daran ändern.

David strich ihr eine Strähne aus dem Gesicht. Er hatte ihr zumindest dort keinerlei Wunden zugefügt. Ihre Augenlider begannen zu zucken. Sie schien zu träumen. David legte seine Hand vorsichtig an ihre Wange.

„Nein.", sagte Maggie vor sich her. „Nein. Bitte nicht.", flehte sie im Traum.

„Maggie. Wach auf, ja?!", versuchte er sein Glück. Maggie jedoch sagte just nichts mehr und schlief weiter.

David legte seine Stirn auf ihre Handfläche und sinnierte beinahe vor sich her. Er spürte daraufhin, wie sich Maggies Finger bewegten. Er schaute zu ihr auf. Ihre Augen leicht geöffnet, trafen sich ihre Blicke.

„Meg."

Sie schaute ihn nur an.

„Geht es Benni gut?", fragte sie ihn.

„Soweit ja. Die heutige Situation hat ihm sehr zugesetzt. Meine Eltern sind bei ihm."

Sie nickte sich selbst bejahend zu und ließ ihren Blick durch das Zimmer schweifen.

„Kann ich etwas für dich tun? Möchtest du einen Schluck Wasser?"

Sie drehte ihren Kopf verneinend nach rechts und links. David bemerkte, dass sie mit den Gedanken woanders war. Ihr Gesicht hingegen wurde immer blasser. Sie begann schneller zu atmen und schluckte stets. Maggie fühlte die ihr zugefügten Schmerzen, vor allem in ihrem Unterleib. Der Gedanke an das Geschehene ließ Übelkeit in ihr aufsteigen. David schaute nach einer Schale im Raum und fand diese letztendlich in der Schublade des Nachtisches. Er nahm sie und versuchte instinktiv, Maggie etwas aufzurichten.

„Nein, du sollst mich nicht so sehen.", sagte sie hastig, wollte ihm die Schale aus der Hand nehmen und ihn zum Herausgehen bitten. Es war aber bereits zu spät. Maggie beugte sich prompt über die Schale und David hielt ihre Haare hinter dem Kopf zurück.

„Es ist okay, Maggie."

Maggie erbrach fast reine Galle und ihr Magen schien sich nicht beruhigen zu wollen. Sie spuckte immer wieder und reine Scham überkam sie. Als hätte es der Arzt gespürt, kam Dr. Lehnert in diesem Moment ins Zimmer herein.

„Alles okay hier?"

„Mir ist nur schlecht.", gab Maggie zu und erbrach sich ein weiteres Mal.

„Liegt es an der Gehirnerschütterung?", wollte David wissen.

„Nein, wohl nicht nur daran.", gab er zur Antwort.

Er setzte sich an die Bettkante und legte eine Hand auf ihre Schulter.

„Nicht anfassen.", kam es prompt aus ihr heraus.

Er entfernte seine Hand schnellstens wieder.

„Versuchen Sie ruhig zu atmen, Frau Krüger. Langsam ein und aus."

Maggie versuchte, die Worte des Arztes in Taten umzusetzen. Ihr Körper begann heftig zu zittern und die Übelkeit überkam sie ein weiteres Mal. David wusste nicht so recht, wie er die Situation deuten sollte. Maggie schien einer Art Zusammenbruch nahe zu sein.

„Machen Sie weiter. Langsam ein und wieder ausatmen. Denken Sie an etwas anderes. Denken Sie an ihren Bruder. Er ist ein starker kleiner Junge und es wird ihm schon bald wieder gut gehen."

Maggie atmete langsamer und auch ihr Körper beruhigte sich allmählich.

„Sie sind nun beide in Sicherheit und auch Ihnen wird es bald besser gehen."

Maggie legte sich auf ihr Kissen zurück. Sie atmete weiter in einem konstanten Rhythmus. David strich ihr über die Wange. Er schien jene männliche Person zu sein, die Maggie noch berühren durfte. Es schmerzte ihn, seine Freundin so zu sehen.

„Frau Krüger, ich weiß, dass jetzt sicher nicht der beste Zeitpunkt ist, doch unsere Gynäkologin Dr. Laiser würde Sie gerne untersuchen. Wenn Sie sie jetzt lassen, haben Sie es hinter sich.", äußerte er direkt.

Maggie musste Acht geben, dass es sie nicht wieder überkam.

„Frau Krüger, darf ich sie hereinholen?"

Maggie zögerte, doch nickte Dr. Lehnert zu.

„Okay, dann hole ich sie hierher."

Dr. Lehnert ging hinaus und kam schon wenige Minuten später mit einer Frau mittleren Alters wieder herein. Sie hatte rötliche, halblange Haare und einen warmherzigen Ausdruck im Gesicht.

„Ist es dir lieber, wenn ich draußen warte?"

„Ja, bitte.", beantwortete ihm seine Frage.

Er stand auf und die Ärztin nickte ihm bestätigend zu. Dr. Lehnert schloss sich David an.

„Darf ich Maggie sagen?"

„Ja.", sagte sie leise.

„Ich bin Dr. Marie Laiser. Ich werde Sie abtasten, einen Abstrich machen und mir zwei Proben entnehmen, okay?" Maggie nickte nur stumm.

„Wenn Sie bitte ihre Beine anwinkeln würden.", forderte sie Maggie auf. „Wissen Sie, ob er sich ein Kondom übergezogen hat?"

„Nein, hat er nicht."

„Okay."

Dr. Laiser sah, dass Maggies Intimbereich stark gerötet war. An der linken Seite zeigte sich eine leicht bläuliche Verfärbung.

„Ich werde Sie nun abtasten. Wenn es Ihnen zu schmerzhaft wird, sagen Sie mir bitte Bescheid."

Sehr vorsichtig führte Dr. Laiser zwei Finger in sie ein. Sie spürte, wie Maggie zusammenzuckte, doch sie sagte nichts. Ein Blick auf sie zeigte ihr, dass sie sich versuchte, mit einem starren Blick zur Decke abzulenken, während sich ihre Augen mit Tränen füllten. Dr. Laiser hasste diese Art von Untersuchungen. Viel zu oft musste sie jene schon durchführen. Sie konnte ertasten, dass ihr innerer Intimbereich an ebenfalls der linken Seite, leichte Risse aufwies. Ein weiteres Mal zuckte Maggie zusammen. Dr. Laiser zog ihre Finger wieder heraus.

„Alles in Ordnung?"

„Mmh.", gab Maggie schluchzend zur Antwort.

„Wir haben es gleich geschafft. Ich nehme noch den Abstrich und die zwei Proben. Im Anschluss führe ich noch eine Salbe ein, um einer Entzündung vorzubeugen."

Maggie kam die Tortur wie Stunden vor. Sie fühlte sich schmutzig. Ihr Körper ekelte sie an, vor allem seit der Untersuchung.

Dr. Laiser packte alles wieder zusammen, nachdem sie ihre Untersuchung abgeschlossen hatte.

„In drei Tagen werde ich nachschauen müssen, dass sich auch wirklich nichts entzündet hat. In etwa drei Monaten wäre es angebracht, einen Bluttest zu machen. Nur um sicherzugehen, dass keine HIV-Infektion vorliegt."

Maggies Kinn zitterte und Tränen kullerten über ihre Wange. Dr. Laiser setzte sich zu ihr.

„In den wenigsten Fällen kam es bisher dazu. Es wird alles gut werden. Ich rate Ihnen, Maggie, sich eventuelle psychologische Unterstützung zu holen. So etwas ist nicht einfach allein durchzustehen. Ich habe hier noch die Pille danach. Nehmen Sie diese bitte und dann bin ich wieder weg. Sollte irgendetwas sein, können Sie jederzeit nach mir verlangen."

Dr. Laiser gab ihr die Pille in die Hand, hob ihren Kopf an und führte den Strohhalm, welcher in einem Glas Wasser war, an ihren Mund. Maggie machte ohne Widerworte, das, was sie sollte.

„Versuchen Sie etwas zu schlafen."

„Sie sind nett.", sagte Maggie zu ihr und legte ihren Kopf wieder in Seitenlage auf das Kissen.

Dr. Laiser trat aus dem Zimmer und eine Schwester kam ihr bereits entgegen.

„Sie brauchen da jetzt nicht rein. Ich habe sie ihr schon gegeben.", versicherte sie der Krankenschwester.

„Wie schlimm ist es?", richtete sich David fragend an sie.

„Er hat ihr einiges zugefügt.", antwortete sie ehrlich. „Es wird heilen, doch die Erinnerung daran ist schwer zu verarbeiten. Das braucht seine Zeit. Im Moment geht es ihr definitiv nicht gut. Gehen Sie zu ihr und stehen Sie ihr bei, soweit sie es zulässt.", sagte sie und ging davon.

David ging leise in Maggies Zimmer und sah, wie sie ihre Tränen beiseite wischte. Er setzte sich zu ihr an die Bettkante.

„Hey. Du brauchst sie vor mir nicht zu verstecken.", versicherte er ihr.

„David?"

„Ja."

„Du musst nicht bei mir bleiben, wenn du nicht willst.", sagte sie weinend.

„Was meinst du damit? Du weißt, ich will nichts anderes." Er griff nach ihrer Hand.

„Ist es wirklich das, was du willst? Ein dreckiges Häufchen Elend.", sagte sie lauter und über ihre eigene Person beschämt.

„Hör auf so etwas zu sagen, Meg. Ich liebe dich und darin wird sich nichts ändern. Verstoß mich also nicht."

„Ich verstoße dich nicht. Ich will nur, dass du dir das nicht antun musst."

„Ich tue mir hier gar nichts an." David versuchte, sanftmütig zu bleiben. „Lass mich bei dir bleiben und für dich da sein, Meg."

Maggie wendete sich unter Schmerzen mit ihrem Körper von ihm ab. Sekunden später hörte er sie bitterlich weinen. Er zog seine Turnschuhe von seinen Füßen und legte sich oberhalb der Decke bleibend neben sie. Er deckte ihren bibbernden Körper zu und strich über ihr Haar.

„Versuche, etwas zu schlafen. Ich werde dich sicher nicht allein lassen."

Kapitel 29

Am nächsten Tag kam Laura sofort ins Krankenhaus gestürmt. Sie hatte in den Nachrichten von allem erfahren und sich daraufhin an David gewandt. Der sagte ihr, wo Laura sie finden könnte. Sie weinte vor Maggie und war so froh, ihre Freundin dabei nicht verloren zu haben.

„Ich werde im Anschluss auch nochmal bei Benni jr. vorbeischauen.", versicherte Laura ihr.

„Kannst du mir einen Gefallen tun?", fragte sie mit heißerer Stimme.

„Aber sicher doch. Welchen?" Sie nahm ihre Hand.

„Kannst du bitte einen Rollstuhl organisieren und mich mit zu ihm nehmen?", bat sie.

„Darfst du denn aufstehen?", wollte sie wissen.

„Ich stehe doch nur kurz. Bitte, Laura. Ich muss zu meinem Bruder."

Laura zögerte etwas, doch wollte ihr den Gefallen tun. Sie würde schließlich bei ihr sein. David war derzeit auch bei Benni. Britta und Karl waren am Morgen nach Hause gefahren, um sich frisch zu machen, und einige Sachen für Maggie und Benni einzupacken.

Laura ging nach draußen und fragte einer der Schwestern nach einem freien Rollstuhl. Ohne zu zögern, sagte diese ihr, wo sie welche finden könnte. Gerade, als sie damit in Maggies Zimmer gehen wollte, kam der zuständige Arzt Dr. Lehnert auf sie zu.

„Was haben Sie denn damit vor? Frau Krüger benötigt Bett-
ruhe.", sagte er bestimmt.

„Bitte, Herr Doktor. Sie muss ihren Bruder sehen.", antwortete sie ertappt.

Er schien zu grübeln und schaute auf seine Uhr.

„Sie sitzt doch darin und läuft nicht quer durch die Gänge.
Ich werde die ganze Zeit bei ihr sein."

„Zehn Minuten bei ihrem Bruder und ich werde mitkommen.", erwiderte er in leichtem Befehlston.

„Damit bin ich auch einverstanden.", lächelte sie.

Laura kam mit dem Arzt zu Maggie hinein und sie ahnte
eine kommende Verneinung der Aktion. Sie sah jedoch, wie
Laura eine braune Decke schnappte, während der Arzt den
Rollstuhl an das Bett schob. Er schien ein leichtes Lächeln
bei Maggie zu sehen. Laura legte die Decke auf der Sitz-
fläche aus.

„Kannst du allein aufstehen, Meg?"

Maggie versuchte, sich mit den Händen auf der Matratze
abzustützen. Ihre Hände zitterten und die Handgelenke
schmerzten. Sie gab jedoch nicht auf. Laura griff ihr von
hinten unter die Schultern und half ihr, sich aufzusetzen.
Maggie atmete tief durch, als ihr kurz schwarz vor Augen
wurde.

„Ist alles in Ordnung, Frau Krüger?"

„Mir ist nur etwas schwindelig. Geht gleich wieder."

„Darf ich Ihnen in den Rollstuhl helfen?"

Maggie war bewusst, dass sie sein Angebot annehmen
musste. Für Laura war sie zu schwer und auf eigenen Beinen

würde sie für den Moment nicht stehen können. Sie nickte bejahend, doch zurückhaltend.

„Legen Sie ihre Arme um meinen Hals.", sagte er ihr, als er sich vor ihr kopfüber nach unten beugte.

Maggie tat es und er nahm sie mit den Händen leicht an der Rippengegend.

„Ich werde Ihnen sicher nicht wehtun.", versuchte er, ihre zu spürende Nervosität abzuwenden.

Mit einem Hieb nach rechts, saß sie auch schon im Rollstuhl. Laura legte die restliche Decke um ihren Körper.

„Danke."

„Gehen wir zu Ihrem Bruder."

Laura schob den Rollstuhl und Dr. Lehnert ging voran, um den Weg zu zeigen.

Die Tür zu Bennis Zimmer, welches sich im dritten Stockwerk befand, stand offen. Man konnte Benni und David von weitem etwas lachen hören.

Laura blickte um die Ecke herum und in das Zimmer hinein.

„Benni jr., Überraschung."

„Laura.", sagte er freudig.

„Hey David.", begrüßte sie ihn.

„Hey.", erwiderte er ihre Begrüßung kurzgehaltener.

„Ich habe dir auch noch jemanden mitgebracht."

„Wen?"

Dr. Lehnert schob Maggie in das Zimmer hinein und stellte den Rollstuhl an seinem Bett ab. David schien etwas verwundert darüber und blickte fragend zum Arzt und zu

Laura. Der zeigte ihm eine Geste dafür, dass das schon in Ordnung gehen würde.

„Hey, kleiner Schatz. Wie geht es dir?" Maggie blickte auf die knapp sechs leeren Puddingbecher vor ihm auf dem Klapptisch.

„Es geht mir gut."

„Der Pudding scheint dir sichtlich zu schmecken.", versuchte sie, freudig zu sagen.

„Wie geht es dir, Maggie?", wollte er wissen.

„Ich werde schon wieder.", antwortete sie nur.

„Bleibst du jetzt hier bei mir?"

„Tut mir leid, aber ich muss dann wieder auf mein Zimmer gehen."

„Ich könnte ja noch etwas bei dir bleiben, kleiner Mann.", schlug Laura vor.

„Ja, da würde ich mich freuen. Wir könnten Memory spielen. Das hat David schon mit mir gemacht."

„Und ich habe die meiste Zeit gegen den kleinen Kerl hier verloren.", lachte er eingeschnappt. „Du könntest mich ablösen, wenn ich später kurz nach Hause fahre."

„Wann kommen deine Eltern wieder her?", fragte Laura.

„So in zwei, drei Stunden.", antwortete er.

„Löst du ihn ab, Laura? Das wäre schön.", richtete Benni sich fragend an sie.

„Aber sicher. Du weißt doch, wie gerne ich Zeit mit dir verbringe."

Maggie sah David nur kurz beim Hereinkommen an und lächelte leicht dabei. Seitdem war ihr Blick nur noch auf ihren Bruder gerichtet. Es schien sie zu freuen ihn, in gewisser Weise, in bester Gesundheit zu sehen. David bemerkte aber ebenfalls, dass Maggie allmählich Probleme bekam ihre Augen aufzuhalten. Ihre Hände wurden zittrig. Maggie selbst spürte, wie es sich stärker und stärker in ihrem Kopf zu drehen begann. Ihr Kreislauf war noch nicht stabil genug. Sie selbst beendete nach kurzer Zeit den Besuch bei ihrem Bruder.

„Ich muss wieder los, mein Kleiner. Es war schön, dich heute zu sehen."

„Ich kann dich morgen auch mal besuchen.", sagte er mit einem Grinsen.

„Da würde ich mich freuen."

„Danke für deinen Besuch, Laura.", verabschiedete sie sich von ihr. Laura gab ihr einen Kuss auf die Wange.

„Erhol dich gut, Meg. Ich möchte dich bald zu Hause besuchen kommen. Und melde dich, wenn du etwas brauchst."

„Danke, das werde ich."

Ihr Zustand schien sich wenig zu verbessern und sie wollte vermeiden, dass dies auffiel.

„Dr. Lehnert, würden Sie mich bitte wieder in mein Zimmer bringen?!", bat sie ihn.

„Ihr Kreislauf spielt gegen Sie, habe ich recht?", fragte er, während sie im Aufzug waren.

„Ja, aber ich liege ja gleich wieder im Bett. Sie müssen verstehen, dass es mir wichtig war, meinen Bruder zumindest kurz zu sehen."

„Das verstehe ich auch, sonst hätte ich es nicht zugelassen. Versprechen Sie mir aber bitte, sich jetzt auszuruhen."

„Versprochen Dr. Lehnert.", bestätigte sie.

Im Zimmer half er ihr wieder vom Rollstuhl hinaus ins Bett und legte die Decke über sie.

„Versuchen Sie heute Abend etwas mehr zu essen. Sie brauchen Energie, um ihren Kreislauf in Schwung zu bringen."

„Ich versuche es. Mein Appetit ist nur nicht so groß."

Dr. Lehnert miss ihren Blutdruck, während sie miteinander sprachen.

„Und Ihr Blutdruck ist zu niedrig. Ich werde Ihren Freund darum bitte, Ihnen eine Cola oder etwas anderes Zuckerhaltiges mitzubringen. Das kann auch etwas Abhilfe schaffen."

„Ist Peter auch hier?", wollte sie im Anschluss wissen.

„Er liegt auf der Intensivstation im Koma.", antwortete er ihr.

„Wie stehen seine Chancen aufzuwachen?"

„Sie wollen sicherlich eine ehrliche Antwort von mir."

„Das wäre freundlich, ja."

„Die ersten vierundzwanzig Stunden sind entscheidend. Die Nacht über war er stabil. Er hatte einen sehr hohen Alkoholspiegel bei der Einlieferung und dies spielt etwas gegen ihn."

„Was soll das bedeuten?"

„Bleiben seine Werte heute Nacht gleichbleibend, könnte er die Möglichkeit haben, wieder aufzuwachen."

„Bin ich ein schlechter Mensch, wenn ich hoffe, dass es anders kommt?"

„In Ihre Situation versetzt ist es wohl human, so zu denken. Doch selbst wenn er aufwacht, wird er sicherlich ins Gefängnis kommen."

„Und von dort irgendwann wieder heraus.", sagte sie vor sich hin.

„Ich kann verstehen oder besser gesagt vermute, dass Sie viele Sorgen wegen ihm haben. Wir haben hier sehr gute Psychologen auf der Station, mit denen Sie sprechen könnten."

„Derzeit nicht, aber danke für das Angebot.", sagte sie kurz.

„Versuchen Sie nun etwas zu schlafen, Frau Krüger."

Maggie hatte es geschafft, für zwei Stunden zu ruhen. Als sie aufwachte, waren Karl und Britta bei ihr. Diesmal war David kurz nach Hause gefahren, um duschen zu gehen.

„Wie geht es dir, Kleines?" Britta strich ihr über Stirn und Wange.

„Es geht schon.", antwortete sie ihr.

„Draußen wartet ein Kommissar, der mit dir sprechen möchte.", sagte ihr Karl. „Wenn du bereit wärst, würde ich ihn hereinholen."

„Was will er? Über den Vorfall sprechen?"

„Er sagte mir nichts. Soll ich ihn bitten, einen anderen Tag wiederzukommen?"

„Nein. Ich werde jetzt mit ihm sprechen.", entgegnete sie monoton.

Karl ging nach draußen und kam mit dem Beamten wieder herein. Maggie erkannte das Gesicht auf Anhieb. Jenes, welches sie bereits zweimal mit Verachtung angesehen hatte. Sie versuchte, sich etwas aufzusetzen.

„Guten Tag, Frau Krüger. Ich bin Kommissar Leiner.", stellte er sich vor und kam näher.

„Denken Sie, ich weiß nicht, wer Sie sind?! Sind Sie hier, um mir zu unterstellen, dass *ich* das alles geplant habe?", sprudelte es mit leichter Wut aus ihr heraus.

Karl blickte im Wechsel zu den Gesprächspartnern. Er konnte Maggie verstehen, wollte sich jedoch nicht einmischen.

„Nein, Frau Krüger, das möchte ich nicht. Es tut mir sehr leid, dass wir uns derart haben täuschen lassen.", entgegnete er reumütig.

„Warum sind Sie hier?", wollte sie wissen.

„Möchten Sie, dass Herr und Frau Denz im Zimmer bleiben?", fragte er Maggie.

„Sie können alles hören, was Sie zu sagen oder erfragen haben."

„Voran muss ich Ihnen etwas anderes sagen."

Maggie blickte ihn lediglich erwartungsvoll an.

„Ein Kollege und ich waren heute Morgen in ihrem Elternhaus, um mögliche Indizien zu finden und das Gespräch mit Ihrer Mutter zu suchen.", begann er.

Maggie hätte nicht damit gerechnet, was Kommissar Leiner ihr nun mitteilen würde.

„Es hat uns niemand geöffnet und deshalb sind wir am Haus entlang gegangen. Die Terrassentür stand offen und wir sahen Ihre Mutter auf dem Sofa sitzen."

Bisher waren dies für Maggie keine verwunderlichen Aussagen.

„Es tut mir leid, Frau Krüger, aber Ihre Mutter ist tot."

Maggie zog sich eine fragende Mimik ins Gesicht.

„Wie meinen Sie das? Seit wann? War er das?", stellte sie eine Frage nach der anderen.

„Laut der ersten Einschätzung der Rettungskräfte ist sie in der letzten Nacht gestorben. Auf dem Tisch lagen leere Schachteln hochdosierter Schmerztabletten und vier kleine leere Schnapsflaschen." Kommissar Leiner zog etwas aus seiner Jackentasche heraus. Es war ein Stück Papier, welches in Plastik gehüllt war.

„Dieser Zettel lag ebenfalls auf dem Tisch."

Maggie. Benni.
Es tut mir leid.

„Wir gehen davon aus, dass sie die Nachrichten gesehen hatte, da der Fernseher lief.", fügte er hinzu.

Maggie hatte seit vielen Monaten kein Wort mehr mit ihrer Mutter Elsa gesprochen. Peter sagte etwas davon, dass er sie in gewisser Weise unfähig gemacht hatte. Unfähig, eine eigene Meinung zu behalten. Wieder einmal schossen ihr die

Tränen in die Augen. Ihr Kopf fing fürchterlich an zu pochen. Britta und Karl starrten verwundert drein und auch David, der seit einigen Minuten in der Tür gestanden hatte, war mehr als verwundert.

Jeder der Anwesenden sah Maggie an, dass die in diesem Moment mit allem überfordert schien. Ihr selbst tat es leid, dass sie trotz allem wütend auf ihre Mutter war. Weshalb hatte sie es sich so einfach gemacht? Elsa hätte zu ihnen ins Krankenhaus kommen können. Doch was tut sie? Schreibt einen Satz und verabschiedet sich aus ihrem jämmerlichen Leben.

„Ich wäre gerne für einen Moment allein.", schluchzte sie. „Wenn Sie noch weitere Fragen haben, kommen Sie bitte in einer Stunde wieder, Kommissar Leiner, okay?"

„Ich werde Sie vorerst nicht mehr sprechen müssen, Frau Krüger. Derzeit wird das Haus weiter durchsucht, um mehr über Herrn Stein herauszufinden."

Alle gingen sie nach draußen, nur David blieb stur am Türrahmen gelehnt stehen. Er schien Maggies Gedanken bezüglich der Situation deuten zu können. Sie sagte zwar, sie wolle allein sein, doch er schloss die Tür hinter sich und setzte sich neben das Kopfkissen. Keiner der beiden sagte ein Wort. David legte seinen Arm um sie und zog Maggie an seinen Oberkörper. Er strich ihr durch das Haar, während Maggie ihren Tränen der Verzweiflung freien Lauf ließ und gab ihr einen Kuss auf die Stirn.

Kapitel 30

Zwei Tage später konnte Benni als erster entlassen werden. Maggie musste noch zwei Tage abwarten. Am Tag vorher kam David Maggie mit ihm besuchen und sie erzählte ihrem kleinen Bruder, was mit Elsa geschehen ist. Benni nahm es ohne Tränen auf. Nach allem, was David gehört hatte, konnte er diese neutrale Art von ihm vollends verstehen. Benni besaß keinerlei Bindung zu seiner eigentlichen Mutter. Er war stets in der Obhut seiner Schwester. Selbst als die zwei aus dem Haus geholt wurden, fragte er nicht ein einziges Mal nach ihr. Maggie war für ihn beides. Eine liebevolle Schwester sowie Mutterperson. Dies seit Jahren. Karl, Britta und David vergrößerten die für ihn perfekte Familie. Eine Familie, in der er Kind sein konnte. Maggie war erleichtert, dass er es so aufgenommen hatte und daraufhin gleich wieder sein Memory spielen wollte.

Im Verlauf des gleichen Tages, war auch Kommissar Leiner nochmals in das Krankenhaus gekommen. Gemeinsam mit David hörten sie sich die neuesten Erkenntnisse von ihm an und diese schockierten ein weiteres Mal.
„Wir haben in einer abgeschlossenen Schublade Unterlagen über die Einkünfte ihres Vaters finden können. Ebenfalls die Summe der Lebensversicherung, die auf ihre Mutter im Falle seines Todes an sie ausbezahlt werden würde. Es war jedoch eine Kopie dessen. Die wahren Dokumente waren in einem Ordner von ihrer Mutter abgeheftet."

„Also hat er sie sich kopiert?", fragte Maggie.

„Ja, jedoch nicht von ihrer Mutter."

„Wie meinen Sie das?"

Der Kommissar atmete tief ein und aus. Er wusste nicht, wie viel Maggie Krüger noch aushalten könnte.

„Bitte sprechen Sie weiter.", forderte sie ihn auf.

„Peter Stein heißt in Wirklichkeit Stefan Pfeiler. Er benutzte oft die Kürzel P.S. oder andersherum. So fiel es nicht zu leicht auf. Er ist ein vorbestrafter Gewalttäter und Betrüger. Er arbeitete ebenfalls in der Marketingfirma ihres Vaters als Hausmeister."

Maggie hatte das Gefühl, ihr Herzschlag hatte kurz ausgesetzt. Sie umgriff Davids Hand fester und wollte ihm somit andeuten, sich nicht von ihr zu lösen.

„Ihr Vater hatte ihn dabei erwischt, wie er sich durch die vielerlei Schlüssel, welche er durch seinen Job dort besaß, Zugriff zu sämtlichen Büroräumen verschaffte. Vorwiegend in seiner Nachtschicht, in der alle Angestellten bereits zu Hause waren. Ihr Vater veranlasste daraufhin seine Kündigung und gab Herrn Pfeiler sogar noch zwei Wochen Frist, um sich etwas anderes suchen zu können."

„Das hätte er besser nicht tun sollen, nicht wahr?", fragte sie erschüttert.

„Nein, hätte er nicht. Herr Pfeiler hatte ihn somit im Visier. Er nutzte die Zeit, um sämtliche Privatangelegenheiten ihres Vaters herauszubekommen, und ebenfalls fand er die Bankunterlagen in seinem Büro."

„Das heißt, er wusste alles über uns?"

„Ja, Frau Krüger. Er wusste darüber Bescheid, dass Ihre Mutter schwanger und Sie ihre Tochter sind."

„Wie konnten Sie das alles so schnell herausfinden?", wollte David skeptisch wissen.

„In der Schublade von Herrn Pfeiler, in Ihrem Elternhaus, lag ein Umschlag, in dem ein Brief zu finden war. Geschrieben von ihm selbst."

„Was stand darin?", wollte Maggie wissen.

Kommissar Leiner hatte diesen dabei, ebenfalls in einer Plastiktüte verpackt, um das Beweismittel zu schützen.

Ich werde es angehen, werde mich rächen.
Ich werde nie wieder auf der Straße leben.
Ich werde nie wieder arm sein.
Stefan Pfeiler gibt es nicht mehr.
Meine neue Identität wird mir ein neues Leben bescheren.
Ab heute bin ich Peter Stein.
Keiner wird sich mir mehr in den Weg stellen.

Maggies Herz schlug rasend schnell. Ihr Puls raste.

„Nachdem wir diesen Namen gelesen haben, konnten wir alles Weitere in Kürze herausfinden."

„Ist er schuld, an dem Unfall meines Vaters?", fragte sie von Gefühlen überrannt.

„Das ist noch nicht sicher. Wir werden jedoch versuchen, es nochmals zu analysieren."

„Es ist aber möglich, nicht wahr?"

„Ja, das ist es.", gab er wehmütig zu. „Es tut mir wirklich sehr leid, Frau Krüger. Alles was sie durchstehen mussten und ebenfalls ihr kleiner Bruder. Wir stehen in Ihrer Schuld.", versuchte er warmherzig zu klingen.

Maggie war gerade am Ende ihrer Nerven, sie wusste nicht, wie sie mit alldem umgehen sollte. Eines wollte sie jedoch in diesem Moment unbedingt. Auch wenn sie selbst nicht wusste, weshalb.

„Ich möchte ihn sehen. Und zwar jetzt sofort."

„Denkst du wirklich, dass das eine so gute Idee ist, Meg?"

„Ich möchte diesen Mann einmal sehen und wissen, dass er nichts tun kann.", schrie sie unter Tränen.

Kommissar Leiner und David blickten einander erschrocken an. David stand auf und holte ein Jäckchen von Maggie, welches sie sich überziehen konnte. Sie stützte sich auf und holte leichten Schwung mit ihren Füßen, um aufzustehen. Ihre Beine fühlten sich wackelig an. Sie nahm das Jäckchen und zog es sich über. Maggie, zum Schutz in der Mitte laufend lassen, gingen sie zum Zimmer von Stefan Pfeiler.

Kommissar Leiner wusste, wo sich dieses befand, da dort stets ein Beamter vor der Tür Wache halten musste. Er nickte dem Kollegen zu, als sie dort ankamen.

Maggie lief geradewegs in das Zimmer hinein und ließ den Kommissar und David im Gang stehen.

Keiner von ihnen wollte in diesem Moment eine weitere Konversation führen. Sie behielten den Blick auf Maggie gerichtet.

Maggie stand an Stefans Bett und blickte ihn von oben bis unten an. Seine Haare waren fettig wie immer. Auf seiner Stirn leuchteten die Farben grün, gelb und lila, von seinem Aufprall auf das Lenkrad. Ein Beatmungsschlauch half ihm, zu überleben. Einen kurzen Moment fragte sich Maggie, was geschehen würde, wenn sie ihm diesen herausreißen würde. Den gleichbleibenden Ton zu hören, der seinen Tod einläuten würde.

„Ich hoffe, du hattest deinen Spaß daran, vier Leben zu ruinieren.", sagte sie leise zu ihm.

Ihre Mutter hatte sich umgebracht, ihr Vater wurde wahrscheinlich getötet, ihr Bruder wurde gepeinigt und geschlagen, genauso wie sie. So viel ging von ihm aus, lediglich der Hass auf Benni, welchen Elsa ereilte, kam von ihr selbst. Ihre Labilität war jedoch bekannt. Womöglich wusste er darüber auch Bescheid. So vieles preschte auf sie ein. Kummer, rasende Wut. Gut war es, dass Britta und Karl Benni heute nach Hause geholt hatten und nicht hier waren.

Maggie ging noch etwas näher und beugte ihren Kopf leicht über ihn.

„Tu mir einen letzten Gefallen und stirb endlich.", sagte sie ihm voller Deutlichkeit. Maggie begann unerbittlich zu weinen und sank in die Knie. „Stirb endlich. Ich will, das dein Herz aufhört zu schlagen.", rief sie immer wieder.

David rannte in das Zimmer, kniete sich hinter sie und zog sie an sich.

„Es ist okay, Meg. Es ist okay. Lass uns bitte wieder gehen.", flehte er sie beinahe an und wog sie in seinen Armen.

„Warum ist Frau Krüger bei ihm?", fragte Dr. Lehnert erbost, als er das Spektakel sah.

„Ich habe es zugelassen.", log Kommissar Leiner.

„Das war keine gute Idee, wie Sie sehen.", sagte er ihm.

„Ich denke, es tat ihr gut, ihm das zu sagen.", sagte er in aller Ernsthaftigkeit, auch wenn ihm das an Sympathie nahm. Ihren Schmerz zu sehen, traf ihn tief in seinem Herzen. Zu einem großen Teil trug die Polizei eine Mitschuld daran, dass es so weit gekommen war. Er fragte sich, wie er es schaffen könnte, einen Teil davon wieder gut zu machen.

Als Maggie an diesem Abend wieder in ihrem Bett des Patientenzimmers lag, war sie vollkommen erschöpft. Ihre Augen waren gerötet und von Tränen gefüllt. Sie besaß jedoch nicht mehr genug von ihnen, um sie über ihre Wangen rinnen zu lassen. Maggie blickte auf den kleine freien Fensterspalt, welcher nicht vom Vorhang bedeckt war. Sie konnte den Mond sehen und den hellen Schein vernehmen, welcher er in die Nacht brachte. Sie hatte heute so viel erfahren, was wohl besser im Verborgenen hätte bleiben sollen.

Warum gerade unsere Familie? Wie kann ein einzelner Mensch, einem so etwas nur antun? Warum besaß ihr Vater die Gütigkeit, ihn noch weitere zwei Wochen als Hausmeister arbeiten zu lassen? Wäre es wirklich so weit gekommen, hätte er ihn fristlos hinausgeschmissen? Wäre er somit seinem Tod entgangen? Hätte ihr Mutter Elsa sich dann

nicht umgebracht? Hätten Benni und sie weniger durchmachen müssen?

So viele Fragen gingen ihr durch den Kopf, während Maggie
aus dem Fenster schaute. Sie hatte gar nicht bemerkt, dass
David bereits wieder im Zimmer war. Er lehnte an der
Wand und nippte an seinem geholten Automatenkaffee.
Selbst an ihm schienen die neuesten Erkenntnisse nicht
spurlos vorbeizugehen.

David war ihr Anker. Ihn kennenzulernen war wohl das
Beste, was ihr passieren konnte. Sie hoffte inständig, dass
David wusste, wie dankbar sie ihm war. Sie kamen sich in
dieser kurzen Zeit so nah und noch nie hatte sich Maggie so
wohl in der Nähe eines anderen Menschen gefühlt. Sie
wusste, dass sie ihn nicht verlieren wollte.

David spürte Maggies Blicke auf seine Person. Er stellte den
Plastikbecher auf dem Fenstersims ab, kam an ihr Bett und
legte sich zu ihr. Er strich Maggie über das Haar und ihre
Wange. Er sagte nichts, schaute sie einfach nur mitfühlend
und liebevoll an. In seine Augen zu sehen, gab Maggie in
dieser schweren Zeit das Gefühl, dass alles irgendwann gut
werden würde. Sie dachte an jenen Abend zurück, an dem
er ihre Liebe gestand. Sie hatte es nicht erwidert, obwohl es
ihr nicht anders erging. Sie versuchte, ihm ein leichtes
Lächeln zu zeigen, war ihr auch in jenem Moment kaum
danach. Maggie schaute ihm tief in die Augen und legte ihre
Hand auf seine Brust.

„Ich liebe dich auch, David.", sagte sie beinahe flüsternd. Er
lächelte glücklich und gab ihr einen sanften Kuss.

Kapitel 31

…die letzten Wochen…

Stefan Pfeiler lag zwei weitere Wochen im Koma. Weitere Tage später verschlechterte sich sein Zustand und sein Herz hörte auf zu schlagen. Dr. Lehnert konnte sich das kaum erklären, da Herr Pfeiler stets stabile Werte aufzeigte. In seinem Blutbild wurden ebenfalls keine anderen zugeführten Medikamente oder etwaiges festgestellt. Dr. Lehnert stellte daraufhin keine weiteren Nachforschungen an und erklärte ihn am 26. August 2019 für tot. Nachdem Kommissar Leiner dies Maggie und der Familie Denz mitteilte, sah er eine gewisse Art der Erleichterung in ihren Gesichtern.

Im ersten Monat, nach Verlassen des Krankenhauses, befand sich Maggie in einem sehr labilen Zustand. Britta versuchte, ihr nahezulegen ärztliche Hilfe anzunehmen, doch sie lehnte strikt ab. Sie wollte sich am liebsten stets allein in einem Raum aufhalten. Von nichts und niemandem etwas wissen. Selbst von Benni entfernte sie sich und vor allem Britta versuchte, dem Kleinen zu erklären, dass es seiner Schwester nicht gut ginge und sie Zeit für sich benötigte. Maggie wurde mit der Beerdigung ihrer Mutter und dem Haus konfrontiert. Sie sagte, es sei ihr egal und Elsa solle eingeäschert werden. Das Haus solle verkauft werden, sofern es jemand haben wollen würde. Sie würde schlussendlich nur noch einmal hineingehen, um einige Habseligkeiten von ihr und Benni herauszuholen. David wollte sie hierfür begleiten, doch sie sagte ihm, sie wolle allein gehen. Schließlich konnte ihr dort niemand mehr etwas antun. Ihre Erinnerungen und gemachten Erfahrungen übermannten sie in ihrem Elternhaus. Dort, wo alles wunderbar begonnen hatte und zum Schluss alles zum Albtraum wurde. Sie schnappte sich alles Wichtige und wollte just wieder dort heraus. Sie begann ihren Kummer in Alkohol zu ertränken und entfernte sich mehr und mehr von der Person, welche sie über alles liebte. David gab jedoch nie auf. Er ließ ihre Launen einige Wochen über sich ergehen. Versuchte sie mit seinem Beisein und liebevollen Worten aufzubauen. Er konnte sich nie voll und ganz in sie hineinversetzen, auch Laura konnte nie ganz zu ihr vordringen. Karl und Britta hielten sich etwas abseits und kümmerten sich in dieser Zeit um den kleinen Benni.

Nach über einem Monat, in dem Maggie weiter abzurutschen drohte, konnte David nicht mehr ruhig bleiben. Sie lag an jenem Abend auf der Couch und trank ein Glas Wein nach dem anderen. Er wollte sie zu einem normalen Gespräch bringen, doch sie war in ihrer eigenen Welt gefangen. Maggie schien kaum zu bemerken, dass David sie beobachtete. Sie schenkte sich gerade ein weiteres Glas ein, doch David ging zu ihr, nahm ihr die Flasche und das Glas aus den Händen und er begann sie anzuschreien.

„Ich habe lange genug dabei zugesehen, wie du dich selbst zerstörst.", begann er.

„Gib mir bitte das Glas zurück.", sagte sie nur.

„Es reicht jetzt, Meg! Wie lange möchtest du noch in deiner Opferrolle stecken? Nun, wo du endlich dein eigenes Leben, leben kannst. Und was ist mit deinem Bruder? Benni, braucht dich. Er will mit dir Zeit verbringen. Ich möchte mit dir zusammen sein und nicht jeden Tag mit ansehen müssen, wie du mehr und mehr zum Frack wirst.", schrie er voller Wut.

„Ich kann mit Benni von hier verschwinden, wenn euch das lieber ist.", entgegnete sie nur.

„Du kümmerst dich doch gar nicht um ihn. Seit den letzten Wochen hätte er ohne uns niemanden. Maggie, werde endlich wieder normal oder suche dir Hilfe, wenn wir dir schon keine sind."

„Ihr wisst, dass ihr uns eine große Hilfe seid."

David ging zu Maggie und nahm ihr Gesicht in beide Hände. Er schaute ihr tief in die Augen.

„Maggie, das hier bist nicht du. Du wolltest immer ein freies Leben führen und dafür hast du jetzt die Chance. Willst du wirklich so weiterleben, wie du es gerade tust?", fragte er in Rage.

„Ich weiß es nicht, David.", antwortete sie ruhig.

David war fortan stinkwütend und stand auf.

„Gut, dann tue es, Meg. Ich sage dir aber gleich, dass ich nicht daran teilhaben werde, wenn du an deiner Selbstzerstörung festhältst. Gute Nacht.", schrie er weiter und knallte die Tür zu seinem Schlafzimmer von innen zu.

Maggie trank an jenem Abend kein Schluck Wein mehr. Ihr drohte David endgültig zu verlieren und ebenfalls hatte er mit all seinen Argumenten recht. Sie verweilte noch einige Stunden auf der Couch, ließ Tränen über ihre Wangen laufen und begann zu grübeln. Sie war in einem Sog gefangen und nahm keinerlei Hilfe an, sich aus diesem zu entziehen. Sie vernachlässigte alle um sich herum, stieß jeden von sich weg, sogar ihren Bruder.

Sie nahm all ihren Mut zusammen und ging zu David ins Schlafzimmer. Sie legte sich, nun wieder ganz und gar nüchtern, neben ihn. Durch seine unbeständigen Atemgeräusche konnte sie heraushören, dass auch er wach war.

„Würdest du mir eine letzte Chance geben?", schluchzte sie beinahe.

„Es kommt darauf an, wie du sie nutzt, Meg.", sagte er ehrlich und drehte sich zu ihr.

„Ich möchte wieder das glückliche Leben zurückhaben, welches ich mit Benni bei euch erleben durfte.", gab sie aus ganzem Herzen zu.

„Dann müssen wir daran arbeiten, und zwar jetzt, sonst schaffst du es irgendwann gar nicht mehr."

„Ich weiß, es ist nur so schwer und ich habe euch alle jetzt schon so sehr verletzt. Meine Darbietung derzeit ist die schlechteste Danksagung."

„Ehrlich gesagt, ja. Doch noch erhältst du, vor allem von meinen Eltern, Verständnis."

„Ich werde morgen mit ihnen sprechen. Versprochen. Doch was ist mit uns?"

„Mein größter Wunsch ist, dass wir uns wieder näherkommen und wir gemeinsame Unternehmungen anstreben. Ich möchte, dass du dein Leben wieder in die richtige Richtung lenkst. Du hattest genug Zeit, um trübsinnig zu sein, findest du nicht?"

„Ja, die hatte ich.", gab sie zu.

In jener Nacht schliefen die beiden wieder aneinandergeschmiegt im Bett und Tag um Tag besserte sich Maggies Befinden. Sie sprach mit Karl und Britta, entschuldigte sich bei ihnen für ihr Verhalten und ebenfalls schenkte sie ihrem Bruder wieder mehr Aufmerksamkeit. David konnte getrost mit seinem Vater auf die Baustelle gehen und fand am Feierabend seine normale Freundin vor. Maggie wurde mehr und mehr wie zu Beginn ihrer gemeinsamen Zeit. Sie sprach mit Laura und entschuldigte sich auch bei ihr. Ab Oktober würde sie wieder beginnen bei ihr im Café zu arbeiten. Beide freuten sich schon sehr darauf, wieder zu zweit auf der Arbeit zu sein.

Benni, der nicht viel Zeit benötigt hatte, sich wieder in seinem wunderbaren Kinderleben einzufinden, war glücklich. Glücklich darüber, seine Schwester wiederbekommen zu haben. Er liebte es, jeden Tag aufs Neue, im Hause der Denz aufzuwachen. In seinem eigenen Bett, seinem eigenen Zimmer. Karl und Britta hatten es ihm, mit Zustimmung von David, komplett eingerichtet. Er besaß nun einen Kleiderschrank, einen kleinen Schreibtisch, an dem er malen konnte und eine Spielecke mit einem Teppich, auf dem Straßenwege aufgedruckt waren. Seit dem Ende der Sommerferien ging er wieder in den Kindergarten und freute sich jeden Tag darauf.

Maggie und Benni galten seit dem Tod ihrer Mutter als Waise, was Karl und Britta zu einer Möglichkeit führte. Ein gemeinsames Gespräch der Familie, Maggie und Benni fällte rasch eine Entscheidung. Karl und Britta sprachen mit dem Jugendamt und füllten daraufhin den Antrag zur Adoption aus. Lediglich für Benni. Da Maggie in einigen Monaten ihre Volljährigkeit erreichen würde und dies das Probejahr für Adoptiveltern unterschreiten würde, war es nicht von Nöten.

Karl und David waren mehrere Tage in der Woche auf der Baustelle beschäftigt, um die Arbeiten zu beobachten und gemeinsam mit dem Bauherrn Schneider zu leiten. Benni durfte den ein oder anderen Tag mit von der Partie sein und genoss es, von allen gemocht zu werden. Er durfte jedes Mal, wenn er dabei war, mit einem der Bauarbeiter Bagger mitfahren. Für ihn war es stets ein Highlight.

Kapitel 32

14. November 2019

Maggie bekam heute vom Gesundheitsamt die Blutergebnisse bezüglich ihres HIV-Tests. Die große Belastung Gewissheit darüber zu erlangen, war groß für sie. Überglücklich stimmte es sie, diese als negativ bestätigt zu bekommen. Britta hatte sie begleitet und sie waren gerade wieder auf dem Heimweg gewesen. Karl und David waren auf der Baustelle und Benni im Kindergarten.

„Denkst du, dass ich dir und Karl heute Abend Benni überlassen und den Garten in Beschlag nehmen könnte?", fragte sie während der Fahrt.

„Aber sicher doch. Ist es nur nicht etwas zu kalt für den Garten?", wollte sie scherzhaft wissen.

„Ich werde die Feuerschale nutzen.", lachte auch sie.

„Sollen wir noch irgendetwas auf dem Rückweg besorgen?", fragte Britta.

Maggie überlegte angestrengt.

„Wir könnten vielleicht noch rasch in den Supermarkt fahren."

„Dann machen wir dort noch einmal Halt."

Britta mochte es zu sehen, dass Maggie Tag für Tag wieder mehr zu strahlen schien. Es hatte lange Zeit gedauert, bis es ihr besser ging. Sie bedankte sich stets dafür, dass ihr die Familie so viel Halt und Unterstützung geboten hatte. Britta und Karl hatten Maggie und Benni so sehr in ihr Herz geschlossen, dass sie nichts dagegen gehabt hätten, sie immer bei sich zu haben. Sie wussten beide nicht, wie es sich alles einmal entwickeln würde. Sie genossen jedoch die Zeiten in der größer gewordenen Familie.

Karl und David würden wie immer gegen fünf Uhr am Abend von der Baustelle kommen. Benni konnte um halb drei abgeholt werden. Maggie freute sich darüber, ihn stets zu Fuß abholen zu können, ohne Angst davor haben zu müssen, beobachtet zu werden oder auf jene Person treffen zu können. Der Kontakt zu den Dorfbewohnern hatte sich ebenfalls verbessert. Oftmals schlossen sich Maggie und Benni den ein oder anderen Müttern an, um nach dem Kindergarten noch auf den Spielplatz zu gehen. So war es auch heute.

„Eine halbe Stunde, mein Kleiner, okay?"

„Ist okay.", bejahte Benni und rannte zum Klettergerüst, auf dem bereits drei neue Freunde auf ihn warteten.

Maggie unterhielt sich derweil angeregt mit zwei Müttern über ein Kindergartenprojekt, welches im Frühjahr stattfinden sollte. Die Zeit verging dadurch wie im Flug. Sie schaute auf die Uhr und es wurde Zeit nach Hause zu gehen, um einige Vorbereitungen zu treffen.

„Tut mir leid ihr zwei, doch ich muss los.", verabschiedete sie sich.

„Ein schönes Wochenende.", sagten sie freundlich.

„Danke, euch auch.", entgegnete sie.

„Benni, wir müssen los. Tut mir leid, Spatz."

„Ist die halbe Stunde schon vorbei?", wollte er schmollend wissen.

„Ja, ist sie. Ich muss zu Hause noch etwas machen. Wir können morgen nochmal länger her, wenn das Wetter so gut wie heute ist und sobald ich mit der Arbeit fertig bin.", bot sie an.

„Versprochen?"

„Versprochen. Und jetzt auf.", Maggie winkte ihn zu sich. Benni rief den anderen noch ein *Tschüss* zu und rannte zu ihr.

„Was musst du denn machen?", fragte er, während sie nach Hause liefen.

„Ich möchte David eine kleine Freude machen und dafür muss ich etwas vorbereiten. Ich habe nur noch eine gute Stunde Zeit dafür."

„Kann ich dir dabei helfen?"

„Wohl eher nicht, aber dafür wartet Britta auf dich. Ist es okay, wenn du den restlichen Tag mit ihnen verbringst? Britta und später Karl? Morgen verbringen wir dann ganz viel Zeit miteinander."

„Ich bin gerne bei den beiden.", sagte er nur, selbstverständlich klingend.

„Sie finden es auch schön, wenn du bei ihnen bist."

„Ich weiß.", grinste er frech.

Maggie musste auflachen.

Es war bereits nach fünf Uhr. Britta spielte mit Benni Memory, welches er seit seinem Krankenaufenthalt nur zu gern spielte. Es wurde langsam dunkel und Maggie war sogar etwas aufgeregt gewesen. David und sie haben zwar gemeinsame Abende auf der Couch verbracht und nebeneinander im Bett geschlafen, doch ihre Nähe war nicht mehr dieselbe. Zum einen waren es die Umstände gewesen und zum anderen schienen beide gewisse Bedenken zu haben. David wollte vorsichtig sein und sie nicht bedrängen, nach alldem, was war. Maggie jedoch machte es ihm auch nicht sehr leicht und wirklich wohl in ihrer Haut fühlte sie sich erst seit ein, zwei Wochen wieder. Sie vermisste jedoch seine Nähe und hoffte, dass alles wieder so werden würde, wie es einmal zwischen ihnen war.

Sie hörte, wie die Tür auf ging. Benni rannte zu den beiden, um sie zu begrüßen.

„Na Kleiner, die Baggerfahrer haben dich heute vermisst.", lachte David.

„Dann muss ich bald mal wieder mitkommen.", antwortete er.

„Auf jeden Fall.", gab Karl hinzu. Er begrüßte seine Frau mit einem Kuss auf die Wange.

„Wo ist Maggie? Gab es die Ergebnisse?", richtete er sich fragend an seine Mutter.

„Alles gut. Sie sind negativ."

David atmete erleichtert auf.

„Übrigens wirst du im Garten erwartet.", sagte sie ihm und machte eine Geste nach draußen.

David ging, die Hände in die Taschen seines schwarzen Wollmantels gesteckt, zur Verandatür und öffnete diese, um hinauszugehen.

Leise Musik erklang und ein einladendes Feuer brannte in der Schale, welche auf der Wiese stand. Eine Bank stand daneben, auf der zwei Decken lagen. Auf dem Tisch der Gartengarnitur standen Häppchen, Snacks und eine Flasche Rotwein. David konnte Maggie jedoch nirgends entdecken. Sie kam gerade um die Hausecke herum, um noch zwei Scheite Holz nachzulegen. Sie bemerkte ihn erst gar nicht.

„Hey.", holte er sich ihre Aufmerksamkeit und lächelte. Als sie sich zu David umdrehte, biss der sich vor Erstaunen auf die Unterlippe. Sie hatte ihre Haare locker nach oben gesteckt und sich Make Up aufgelegt. Es war dezent, aber ihre Augen wurden wunderschön betont. Sie trug ein langes beiges Rollkragenkleid aus Wolle und darunter eine schwarze Leggings.

„Hey.", entgegnete sie kurz.

„Wow.", kam es aus ihm heraus.

Maggie ging auf ihn zu und stellte sich dicht vor ihn. Ihr Puls raste etwas vor Nervosität. Sie legte ihre Hände auf seine Unterarme und schaute ihm tief in die Augen.

„Ich habe gehört, der Test ist negativ ausgefallen.", sagte er prompt.

„Ja, zum Glück.", entgegnete sie ihm. „Doch darum soll es jetzt nicht gehen."

„Ich bin ganz Ohr."

Maggie atmete tief ein und aus. David nahm seine Hände aus den Taschen und legte sie ihr an die Taille. Er neigte seinen Kopf leicht zur Seite und wartete.

„David, ich weiß gar nicht, wo ich anfangen soll."

Sie spürte, wie sich ihre Augen mit Tränen füllten. So war es nicht beabsichtigt. David schien dies sehr stutzig zu machen.

„David.", begann sie nochmals. „Du musstest in den letzten Wochen, beinahe Monaten, so viel mit mir durchmachen. Du warst immer für mich da und hast nie darauf bestanden, dass es auch nur *einmal* um dich geht. Du hast dich nie beschwert, dass ich es dir so schwer mache. Du warst stillschweigend an meiner Seite und hast mir geholfen, diese schwere Zeit zu überstehen. Ein schlichtes *Danke* reicht gar nicht aus. Auch das hier nicht. Ich möchte so gerne, dass es wieder so ist, wie es mal zwischen uns war. Ich vermisse unsere ausgelassenen Gespräche, unseren gemeinsamen Spaß. Ich möchte auch dir wieder ein offenes Ohr schenken. Ich weiß, dass es meine größte Angst ist, dich zu verlieren. Ich möchte alles daransetzen, dass es nie so weit kommt, weil ich dich liebe, David." Maggie kullerten zwei Tränen über die Wangen und auch David war von ihren Worten gerührt. Er nahm ihr Gesicht in beide Hände.

„Du wirst mich nicht verlieren, Maggie. Ich liebe dich über alles und ohne dich möchte ich nicht sein."

Er zog sie an sich und seit langer Zeit küssten sie sich nicht nur flüchtig oder aus Selbstverständlichkeit. Dieser Kuss, voller Zärtlichkeit und Leidenschaft zugleich, fühlte sich wie ein wunderbarer Neuanfang an.